从湘江到刚果河

CONG XIANGJIANG
DAO GANGGUOHE

张雨晴——著

湘潭大学出版社
XIANGTAN UNIVERSITY PRESS

图书在版编目（CIP）数据

从湘江到刚果河 / 张雨晴著. -- 湘潭 : 湘潭大学出版社, 2023.10
ISBN 978-7-5687-0984-2

Ⅰ. ①从… Ⅱ. ①张… Ⅲ. ①纪实文学－中国－当代
Ⅳ. ①I25

中国版本图书馆 CIP 数据核字 (2022) 第 255678 号

从湘江到刚果河

CONG XIANGJIANG DAO GANGGUOHE

张雨晴 著

策划编辑：蒋海文
责任编辑：渠珊珊
封面设计：李 平
出版发行：湘潭大学出版社
社　　址：湖南省湘潭大学工程训练大楼
电　　话：0731-58298960 0731-58298966（传真）
邮　　编：411105
网　　址：http://press.xtu.edu.cn/
印　　刷：长沙鸿和印务有限公司
经　　销：湖南省新华书店
开　　本：710 mm×1000 mm 1/16
印　　张：15.25
字　　数：203 千字
版　　次：2023 年 10 月第 1 版
印　　次：2023 年 10 月第 1 次印刷
书　　号：ISBN 978-7-5687-0984-2
定　　价：88.00 元

目 录

序章

心和梦想一起飞

“无数铃声遥过碛，应驮白练到安西。”在唐代诗人张籍的描绘中，1000 多年前的古丝绸之路盛况空前。一条直出大漠、连接东西的丝绸之路，圆了中国人与世界联通的梦想，撑起了汉唐几百年的盛世荣耀。而 2000 多年前汉武帝开辟的海上丝绸之路，则从中国东南沿海出发，穿过南海，把印度洋、波斯湾等水道相连，直达东非和欧洲。海洋这个人类互联互通的天然纽带，使中国和世界的距离更近、交融更深。驼峰阵阵、船帆点点，相知于心，相望于道，在交流互鉴中，人类得以进步，文明得以发展。

时序更替，华章日新。2013 年 9 月和 10 月，中国国家主席习近平在出访中亚和东南亚国家期间，先后提出共建“丝绸之路经济带”和“21 世纪海上丝绸之路”，即“一带一路”倡议。作为全球公共产品和重大国际合作平台，以共商、共建、共享为原则的“一带一路”倡议，将会给全球发展带来新的机遇，给沿线国家和地区注入发展动力，为“人类命运共同体”的构建提供新的契机，得到了国际社会的高度关注和有关国家的积极响应。共建“一带一路”，成为沿线国家和地区人民的共同梦想与期盼，也把全球发展、国家兴旺与个人命运紧密地连接在一起。

2018 年春节刚过，我新婚燕尔的女儿女婿就背井离乡，作为国家驻外人员，被有关部门外派到处于“一带一路”沿线的非洲中西部国家——刚果共和国。

儿行千里母担忧。虽说水是梦的故乡，但从云蒸霞蔚、清波荡漾的湘江岸边，去到万里之外，云谲波诡的刚果河畔，难免让父母牵肠挂肚。在日后频繁的通话中，女儿女婿把话题从我们担心的对环境和工作的适应、生活和安全的保障等方面，逐渐转移到对当地风土人情的描绘、部门业余活动的分享，目的是消减我们的担忧和思念。

作为一名记者和作家，我对女儿女婿远赴非洲为国效力，倍感骄傲和自豪，对他们这一批外派人员能够服务“一带一路”伟大倡议，在羡慕之余又心存期待。我相信，在世界百年未有之大变局中，“多边主义”是大势所趋，“人类命运共同体”是人心所向，而“一带一路”伟大倡议，肯定会在沿线国家落地生根、开花结果，不但会给这些国家的人民带来民生福祉，也会给世界贡献发展红利。

我多么希望能捕捉这方面的信息，获取这方面的素材，甚至，能写下这方面的文字！

果然，在以后的通话中，女儿女婿多次向我讲述中资机构、大型国企、华侨华人在当地的投资建设情况，给当地带来的各种改变，以及得到刚果共和国和刚果民主共和国两国政府部门乃至总理、总统的高度赞誉，听得我心花怒放、心动不已。我似乎听到了非洲舞蹈的鼓点，看到了机器轰鸣的建设工地，闻到了四季盛开的花香，触摸到了刚果河的波浪。于是一个小小的“野心”开始萌动：我想写“一带一路”建设中，奋战在刚果河两岸的湖南人！

知父莫若女。女儿揣摩到了我的心思，于是她也开始有意识地接触一些在刚果共和国的湖南人，甚至通过他们这张“非漂网”，了解更多在中西非国家的湖南故事。而且，女儿还大胆地向领导提出了接父母到刚果共和国探亲的请求。成人之美的领导同意以单位的名义，向我们发出了邀请函。

心动变成了兴奋，野心开出了梦想之花，我仿佛一只脚已经踏上了非洲大地！于是开始紧锣密鼓地办理请假手续、签证手续、检验检疫手续，并编制行程表。

2018 年 11 月 22 日，我们去到位于北京建国门附近的使馆区，找到刚果共和国驻华大使馆办理签证。由于女儿提前给大使写了信，使馆工作人员对我们很客气，而且特事特办，本来需要至少一周时间的签证，签证官 2 个小时就办理完毕。

12 月 6 日，湖南国际旅行卫生保健中心，宽敞的办事大厅人头攒动，我们遇到了一对同样去往非洲，在此做检疫的青年男女。他们已经是第四次来办检了。经验丰富的年轻人告诉我，黄色封皮的“疫苗接种或预防措施国际证书”，在某种程度上比签证更重要，它是健康证明，既利己又利他，千万马虎不得！

“登革热呀，疟疾呀，霍乱呀，非洲的热带病，都需要我们这些去的人做好检疫和预防。”男生说。

“还有啊，”女生生怕有遗漏，语气急促地说，“艾滋、埃博拉！”

“既然有这么多疾病的危险，你们还……”我疑惑不解地问。

“工作呀，那里的机会多。”男生说。

“没到非洲怕非洲，到了非洲爱非洲，离开非洲想非洲。”女生既像是自言自语，又像是有感而发。

“好在我们湖南人基因强大！”男生一脸自豪和炫耀。

湖南人基因强大！这句话令我内心一颤，不免陷入自问和沉思之中。强大的基因来自哪里？无外乎来自不同族群的融合，来自多种文化习俗的碰撞，来自南岳五岭的深根，来自三湘四水的滋养，还有严寒酷暑的打磨，厉兵秣马的锻造，于是才有了“中国不可一日无湖南”“若道中华国果亡，除非湖南人尽死”的豪迈与悲壮！

基因既可以内化为思想，也可以外化为力量，而在各个历史关头都敢为人先的湖南人，在当今世界发展全新格局下自然不甘落后。“一带一路”伟大倡议和实践，既给中国和沿线国家在政治互信、经贸互通、文化包容等多领域，提供了广阔的合作平台，也给沿线国家和人民提升国家实力、改变个人命运提供了难得契机。刚果共和国和刚果民主共和国等刚果河流域国家，积极融入“一带一路”的愿望和热情，远远超出人们的想象。相知无远近，万里尚为邻。过去，因为相同的命运际遇，中国与非洲是并肩战斗、相互援手的好兄弟；如今，追求幸福生活的共同理想，让中国与非洲成为重情重义的发展伙伴。

湖湘有情，四水长流。在这场宏大的、深刻改变人类命运的历史变革中，作为整体的湖南人因基因强大而自带光环。而作为个体的湖南人，他们怎样用自己的努力、勤劳和智慧，代表中国形象，传达中国意愿，增进中外友谊，在“一带一路”这个当今世界最大也最有朝气和活力的合作平台，上演属于湖南、属于中国和非洲的经贸合作大剧?

2019 年 1 月 9 日，我站在了神奇的刚果河边。脚下，汹涌澎湃、水流湍急的刚果河，经过 3000 多公里的长途跋涉，终于在刚果共和国首都布拉柴维尔与刚果民主共和国首都金沙萨之间，制造出一个心形图案的斯坦利湖。两个国家不但共有一条河流，还共有一个心脏。此刻，我的心情与斯坦利湖一样，怦然跳动，难以平静。我的身后是象征着刚果共和国国家荣耀的宽阔的八一五大道和璀璨的八一五大桥，对面是傍水而建的数十公里的金沙萨，高达 205 米的卢蒙巴纪念碑依稀可见。

卢蒙巴，一个与刚果河齐名的响亮的名字。我满怀敬意，向那座刚果河两岸最有名的地标性建筑——卢蒙巴纪念碑，深深地鞠躬。在陷入沉思的时候，我的母亲河——湘江，和那尊屹立在江心橘子洲头的雕像，英气勃发令全世界敬仰的导师——毛泽东，出现在我的眼前。那首旋律流畅优美、词句生动贴切的歌曲《东方红》，也回响在耳边。这一刻，湘江与刚果河，因为两个伟大人物而穿越时空，深度交融。

1925 年 9 月，也就是远在非洲的卢蒙巴出生两个月后，32 岁的毛泽东来到橘子洲头，面对浩荡湘江水，回望十多年艰苦斗争的峥嵘岁月，展望汹涌澎湃的大革命前景。他思绪万千，心潮起伏，夜不能寐，写下了著名的《沁园春·长沙》：

> 独立寒秋，湘江北去，橘子洲头。看万山红遍，层林尽染；漫江碧透，百舸争流。鹰击长空，鱼翔浅底，万类霜天竞自由。怅寥廓，问苍茫大地，谁主沉浮？
>
> 携来百侣曾游，忆往昔峥嵘岁月稠。恰同学少年，风华正茂；书生意气，挥斥方遒。指点江山，激扬文字，粪土当年万户侯。曾记否，到中流击水，浪遏飞舟！

一条湘江，激流奔涌；一群学子，意气风发。毛泽东带领他们在湘江的浪里搏击，在岳麓山的雨中洗礼，强健体魄，磨砺意志；兴办文化书社，成立新民学会，编印《湘江评论》，宣传马克思主义，寻求救国救民之道。从 1921 年中国共产党创建，经过 28 年血雨腥风，千百万先辈前仆后继，最终迎来了中华人民共和国成立，被西方列强欺凌的东方大地赢得生机，苦难深重的中国人民当家做主。可以说，一个新生的、生机勃勃的共和国的步伐，是从湘江岸边出发，走向辉煌。中国反帝反封建取得的民族独立、人民解放事业的成功，极大地鼓舞了仍然受压迫、受奴役的广大亚非拉地区人民。

刚果河同样承载着两岸人民争取独立自由的重任。刚果共和国曾是法国的殖民地，刚果民主共和国原来是比利时国王的“私人采地”，两国都受到殖民者和帝国主义的欺诈与掠夺，民不聊生，饿殍遍地。1958 年，33 岁的帕特里斯·卢蒙巴领导建立刚果民族运动党，并担任主席。

他奔走在刚果河两岸，出入于崇山峻岭之间，不顾个人安危，参加领导了1959年1月刚果人民反对比利时殖民统治的民族独立斗争，被捕入狱。1960年6月，在非洲风起云涌的独立运动中，刚果宣布摆脱比利时统治，实现独立。主张国家完全独立统一，奉行反帝反殖和不结盟政策的卢蒙巴，出任共和国第一任总理兼国防部长。然而，真正的民族独立和国家统一，是需要付出鲜血和生命的代价的。卢蒙巴的政治主张和治国方略，遭到了美国、英国和比利时的联合围剿。他们在内部扶持卢蒙巴的反对派，在外部挟持联合国拒绝援助卢蒙巴政府。在多方联合打击下，卢蒙巴政府被推翻，他本人在1961年1月17日被反对派枪杀。

一颗流星在非洲的天空陨落，但被黑暗笼罩已久的非洲大地迎来了晨曦。

> 历史自有公论。但这公论不会出现在布鲁塞尔、巴黎、华盛顿或联合国所讲授的历史中，它只会出现在从帝国主义及其傀儡统治下获得自由解放的国家所讲授的历史中。非洲会书写它自己的历史，对撒哈拉北部和南部来说，那将是一段光荣而有尊严的历史。
>
> 不要为我哭泣，我的爱妻。我知道我那正受苦受难的祖国最终会知道如何保卫它的独立和自由。
>
> 刚果万岁！非洲万岁！

这是卢蒙巴写给妻子的绝笔信。一颗火热的心和“出师未捷身先死”的悲壮，令人肃然起敬。

在卢蒙巴遇难一个月以后，一直支持非洲独立解放运动的中国政府，为卢蒙巴下半旗志哀。1965年，由中国海政文工团话剧团集体创作并出演的7场话剧《赤道战鼓》，在中国各大城市上演，以颂扬卢蒙巴的英雄事迹，声援非洲人民反帝反殖民、争取民族独立的正义事业。剧情所展示的血淋淋的场景和英雄大无畏精神的感召，唤醒了中国人心底的痛苦记忆，激发了反抗列强的斗争热情。很多人通过各种途径，表达了支援非洲人民的强烈意愿，刮起了一阵“非洲旋风”。非洲，在几代中国人的心里，既有着雾一般的神秘，又有着火一般的热烈和水一般的亲近。

几十年后，我终于踏上了神秘的非洲大地，亲眼见证中国人民和非洲人民肩并肩的另一场改变非洲命运的战斗，我按捺不住激动的心情。湘江柔润的清波为纸，刚果河氤氲的水雾作墨，一定能铺陈叠印出一幅新时代中非合作的新图景。我迫不及待地要去寻找那些喝着湘江水、说着湖南话的老乡们，去记录他们在刚果河两岸洒下的汗水、留下的足迹、取得的成就，去感受非洲这片热土上，被“一带一路”催生出的惊人变化，被“中非命运共同体”所召唤出的遍地春光。

第一章

水润万物

湘江，一条可以阅读的河

河流是陆地的血管，是海洋的脐带。人类逐水而居，文明伴水而生。有城市的地方，就有河流。据统计，全世界95%的城市建在河流边，全世界约40%的人口伴河而生，靠河而居，依河而作。河流，滋养造就了城市，推动了生产力的发展，促进了人类文明的进步。

中国中部的内陆省份湖南，三面环山：南以南岭与广东、广西为邻，东以幕阜、武功诸山对接江西，西以云贵高原东缘连接贵州。唯有一条湘江，从南到北贯穿整个湖南，汇入洞庭湖，裹挟长江，直奔大海。湘江，似乎打通了这方南高北低，有如簸箕形的封闭山水的“任督二脉”，使整个湖南“活”起来，而且“活”得壮怀激烈、彪炳史册。湘江，从湖南省永州市蓝山县紫良瑶族乡野狗岭起源，到岳阳市湘阴县注入洞庭湖，干流全长948公里，流经永州市、衡阳市、株洲市、湘潭市、长沙市、岳阳市，流域面积94721平方公里。

湘江是可以阅读的，从阅读中触摸它的灵魂、它的情怀、它的血性。沿湘江溯流而上，至支流洣水上游，“炎帝崩葬于茶乡之尾”，那里的炎陵县，是炎帝神农氏安寝之地。又沿湘江向西南行走，至湘江主流另一支——潇水的源头，“舜南巡狩，崩于苍梧之野，葬于江南九疑”，那里的宁远县，是舜帝最后的归宿。

远古时代，环境恶劣，山路崎岖。从北方而南下的炎帝和舜帝，大多的迁徙方式只能依湘江行舟，悠长且宽阔的水路使他们能顺利到达目的地。北望黄土高原满目疮痍，而江南水乡四季葱茏，湘水的滋润激发了他们的灵感和智慧。炎帝揉木为耒，教人耕种；尝遍百草，为人治病；治麻为布，制作衣裳；首辟市场，互通有无。舜帝以身作则，德化众生；清明政治，兴盛百业；和合千邦，崇尚礼让；举贤罚恶，广开言路。风调雨顺、气候温润的环境丰富了人们的劳动条件，改善了他们的生存状态，湘江的贡献显而易见。

在湘江西岸衡阳县的岣嵝峰上，有禹庙、禹祠，是人们纪念大禹治水而建。山前有高高的禹王碑，讲述大禹治理湘江的故事。宋代，有人将此碑文铭刻到长沙岳麓山顶的一块石头上，由此可见大禹与湘江有着何等的亲密接触。

三皇五帝之中，竟然有三位喝过湘江水，听过湘江的涛声，体味过湘江的温存与豪烈，并赋予了湘江最初的荣耀。

伴水而居，依水而活。湘江承载着远古的方舟，驶向人类纪元的第一个黎明。

从源头起步，行千里路，阅读湘江的精华段落，可以领略湘江的人文亮点。

2000 多年前，秦始皇开凿大型水利工程灵渠。那 37 公里长的渠道联络了湘水和漓江，改变了岭南岭北交通闭塞的状况。当人们惊讶地发现长江之舟可以从内地直达南海和越南等国的时候，又讶异于这个“灵”字对于经济交流与发展有着高超的艺术构思。

湘水与潇水合流的萍岛，总让人流连忘返。唐代柳宗元谪居永州 10 年，那“独钓寒江雪”的诗句道出了湘江的沉稳与冷静。而同朝的元结在湘江岸边打造的浯溪碑林，至民国时期已有505方之多的摩岩石刻，清波倒影，流不走的是中国古代文学的豪放与坚忍。怀素在绿庵草堂以湘水研墨，铺开芭蕉叶狂放地草书，有如江水奔腾的情韵至今仍然荡漾在中国书法的海洋之中，独领风骚。

华夏五岳之一的南岳衡山，巍峨地挺立在湘江西岸，是中国佛教和道教的圣地。那里有以寿文化为题材所铸造的大鼎，云缠雾绕，月洗日染，成为人们心中的一座新高峰。岁岁年年，不计其数的善男信女从四面八方乘船而来，湘江用母亲般的引领，将他们送达精神的彼岸。

湘江支流众多，水量充沛，径流主要来源于降雨。据出口控制站湘潭站监测，湘江多年平均径流量为791.6亿立方米，年平均流量2050立方米/秒。湘江水系发达，河网密布，支流已建成控制性枢纽工程11座。湘江之水在推动经济社会发展、改善民生福祉、促进文明进步方面，发挥着不可替代的作用。

湘江流域是湖南人口最稠密、城市化水平最高、经济社会文化最发达的区域，也是汉、壮、瑶、苗、土家族等多民族聚居地。丰富多彩的风俗展现和厚重的文化呈现，使这里成为具有独特魅力、生动活力、强烈吸引力的地区。

自从湘江架起与中原地区沟通的桥梁，湘江流域纳入中央集权的高度统治以后，文化交融，学风渐浓，湘江全域成为滋养华夏文明的重要地域，湘江流域涌现了一幕又一幕辉煌灿烂、令人叹为观止的文化奇观。

屈原是浩瀚星海中最明亮的一颗，也是最早为湘江注入灵魂，最后在它的支流汨罗江纵身一跃、向死而生的伟大爱国主义诗人。当地老百姓寻找屈原遗骨的悲怆行动，因为怀念，千百年来演变成一项大众体育活动——龙舟竞渡。屈原逝世2230年后的1953年，世界和平理事会通过决议，确定屈原为“世界四大文化名人”之一。

在长沙的贾谊故居，推窗便可领略江上清风。当年的贾谊正是因为湘江的宁静和坦荡，才化却心中块垒而挥洒出激扬文字。他留下的《过秦论》《论积贮疏》《吊屈原赋》等才华超群的经典之作，至今仍振聋发聩。

诗仙李白、诗圣杜甫，均在唐朝时期的湘江清波之上，饱尝人间冷暖，书写家国情怀，留下了诗歌杰作。在湖南省会长沙市的湘江边，至今仍有一座高耸看日月、静心听涛声的杜甫江阁。

惟楚有材，于斯为盛。行走在湖湘大地，阅读的却是一部中华文化的经典巨著。历史学家谭其骧说：“清季以来，湖南人才辈出，功业之盛，举世无出其右。”而历史上湖南涌现出来的旷世英才，大都出生于湘江流域，与湘江有着割不断的渊源。

说起举世闻名的中国古代四大发明之造纸术，人们不可能忘记蔡伦。他的故乡在湘江边的耒阳，家的前面是荷塘，后面是大江。造纸要以水泡浆、以水漂白、以水成型，少年时的蔡伦就在水边做过无数次有趣的尝试，才终成千古一绝。

出生于北宋中期的周敦颐，是道州营道（今湖南道县）人，北宋五子之一，宋朝儒家理学思想的开山鼻祖，哲学家、文学家、思想家。他提出的无极、太极、阴阳、五行、主静、至诚、无欲、顺化等理学基本概念，构成宋明理学的重要内容，为后世的理学家反复推论和发挥，把儒学思想又朝前推动了一大步。他的《爱莲说》一文，优美浑厚、哲韵悠长、脍炙人口，成为千古绝唱。周敦颐世称濂溪先生，濂溪为周敦颐家乡的一条小河，也是湘江的支流。

清代著名学者、经史大师王闿运有一副名联：吾道南来，原是濂溪一脉；大江东去，无非湘水余波。写出了周敦颐的宋明理学对湖南、对后世的极大影响力。

魏源是就读于岳麓书院的又一位大思想家。他提出“师夷长技以制夷”主张，被誉为近代中国“睁眼看世界”的先行者之一。魏源1794年出生于邵阳隆回县，1845年中进士，曾官至高邮知州，晚年辞官归隐，潜心学问。魏源认为治学要“经世致用”，提出“变古愈尽，便民愈甚”的变法主张，倡导学习西方先进科学技术。“师夷长技以制夷”开启了了解世界、向西方学习的新潮流，这是中国思想界从传统转向近代的重要标志。他所编撰的《海国图志》一书，囊括了世界地理、历史、政治、经济、宗教、历法、文化、物产等方方面面，达百卷之多，是一部具有划时代意义的浩繁巨著，给闭塞已久的中国人以全新的世界概念，影响和促进了中国近代洋务运动和资本主义工商业的萌芽。

有人说，中国的近代史有一半是由湖南人书写的，此言不虚。从魏源开始，在湖南，特别是在湘江流域，爆发式地产生了一大批具有思想文化深度、爱国为民高度的国之干才、民族脊梁。他们像湘江一样汇纳百川、清澈明亮、兼收并蓄，又像湘江一样，激情澎湃、长歌万里、奔向海洋。

曾国藩1811年出生于紧邻湘江的湖南湘乡，是中国晚清时期著名的政治家、战略家、理学家、文学家、书法家，湘军的创立者和统帅，“晚清中兴四大名臣”之首。

曾国藩出生于普通耕读家庭。1838年中进士，入翰林院，累迁内阁学士、礼部侍郎。时势造英雄。太平天国运动兴起，曾国藩受命组建团练，后为湘军，从湘江起航，剑指东南，力挽狂澜。经过多年鏖战剿灭太平天国，使百病缠身、虚皮蚀骨的清王朝得以苟延。他一生修身律己，以德求官，礼治为先，以忠谋政，在官场上获得了巨大的成功。曾国藩的崛起，对清王朝政治、军事、文化、经济等方面都产生了深远的影响。在他的倡议下，建造了近代中国第一艘轮船，建立了第一所兵工学堂，印刷翻译了第一批西方书籍，安排了第一批赴美留学生。他是中国近代文化建设当之无愧的开拓者。作为一代鸿儒，曾国藩事功极大，手段高明，心性坚柔，立德、立功、立言，扶大厦之将倾，成就文人奇迹，为后世景仰。毛泽东曾说“独服曾文正”。

左宗棠，1812 年 11 月出生于湖南湘阴。湘江纵贯全县，进入洞庭湖。全县水网密布，加之地势低洼，十年九涝。按说，这里出生的人应该性情如水，随遇而安，但左宗棠却是中国历史上出了名的“硬骨头”。“中国不可一日无湖南，湖南不可一日无左宗棠”，他的才干举世公认；抬棺西出阳关，击溃阿古柏，收复新疆，他强烈的爱国心为世人景仰；兴办洋务，在福建设立福州船政局，他是民族工业的鼻祖。当然，还有他与曾国藩惺惺相惜又明争暗斗的文人故事，也为人津津乐道。左宗棠历任闽浙总督、陕甘总督、两江总督，官至东阁大学士、军机大臣，与曾国藩等人同为“晚清中兴四大名臣”。

与左宗棠几乎同龄，生于 1818 年，同为湘阴老乡，喝湘江水长大的郭嵩焘就没那么幸运了。郭嵩焘也是湘军创建者之一，数有军功，部属众多。作为中国首位驻外使节忍辱负重为国效力，本应褒扬。但因他为人耿直，不懂得通权达变，在官场得罪了一些人，受到排挤；也由于他奔波洋务，被朝廷派往英国“通好谢罪”，给顽固派以口实而遭挞伐。“出乎其类，拔乎其萃，不容于尧舜之世；未能事人，焉能事鬼，何必去父母之邦”就是守旧派文人对他的讥评；更由于他在外交事务上有得有失，被同僚抓住细节，罗织罪名，被朝廷免职，黯然回国。哪怕是回到长沙，不仅没有故旧迎送，反而被人阻拦，并把大书“沟通洋人”的标语贴在大街上，以示羞辱。巡抚以下的地方官员更是对他傲慢无礼。最后，郭嵩焘只得蛰居乡野，潜心治学。尽管仍然关心国家大事，但朝廷对他疏对不答，逝世后传谥不准。“眼前万事随云变，镜里衰颜借酒温。身世苍茫成感喟，盛衰反复与谁论?”写尽他晚年的孤独和无奈，苍凉如隆冬之江水，虽流却寒。

但湘江儿女流血不流泪。

离郭嵩焘故居不远，有一条湘江的支流——浏阳河。在郭嵩焘第一次被罢免回乡的前一年，一个注定与他有着不同命运的铁血男儿——谭嗣同诞生了！

谭嗣同，字复生，号壮飞，湖南浏阳人，中国近代资产阶级著名的政治家、思想家、维新志士，“戊戌六君子”之一。其所著《仁学》，是维新派的第一部哲学著作，也是中国近代思想史中的重要著作。谭嗣同早年在家乡湖南倡办时务学堂、南学会等，主办《湘报》，倡导开矿山、修铁路，宣传变法维新，推行新政，颇有名望。光绪二十四年（1898年），谭嗣同参与领导“戊戌变法”，失败后被杀，年仅33岁。

但真正给人带来震撼和冲击的，除了他的学贯中西、他的剑胆琴心，就是他的气魄和豪情，他以自己的一腔热血唤醒沉睡中的亿万同胞的浩然之气。1898年9月21日，慈禧太后发动政变，连发谕旨，搜捕捉拿维新派人士。康有为、梁启超早已逃亡，但谭嗣同并不惊慌。他置自己的生死于不顾，多方活动，策划营救被囚的光绪皇帝，但因措手不及，计划均告落空。在这种情况下，他决心以死来殉变法事业，用自己的牺牲向封建顽固势力作最后的反抗。他对劝他离开的友人说：“各国变法无不从流血而成，今日中国未闻有因变法而流血者，此国之所以不昌也。有之，请自嗣同始！”并留下一首令人热血偾张的绝命诗：“望门投止思张俭，忍死须臾待杜根。我自横刀向天笑，去留肝胆两昆仑。”格调高标，大义凛然，悲壮慷慨，肝胆照人！

从此以后，湘江就成了一条流淌着仁人志士浩然正气的江。从此以后，以湘江流域为核心的湖湘大地又接连走出了一生救亡图存、宣传革命，以所著《猛回头》和《警世钟》为革命号角的陈天华；创立华兴会，组建同盟会，组织广州黄花岗起义，领导武昌起义，联合孙中山，为推翻帝制、建立民国作出了伟大贡献的革命家黄兴；联合各省军事力量，反对袁世凯称帝的“铁血将军”蔡锷；中国近代革命先驱者之一，被称为“中国宪政之父”，为实现民主宪政而献身的宋教仁；等等。

湘江，其流非远，而水势强盛；湖南，其地幽闭，而人心思变。这一切造就了湖南人“吃得苦、霸得蛮、扎硬寨、打死仗”的苦斗秉性，也造就了湖南人家国天下、永不罢休的进取精神。著名作家刘和平深有感慨地说，中国长的河流，经过长途跋涉，沿途一定会有一个冲积平原，让河流停下脚步，歇一歇，灌溉平原上的农田。但湘江不是，它只知一路向前，不知停歇，这一点，像湖南人！

一方水土养育一方人，一方水土也造就一方人。随着湖南特别是湘江流域大文化的融合、大血性的滋养、大名士的楷范，孕育出一批又一批为民请命、为国效力的莘莘学子、铁血后辈。他们接过前辈们在黑暗中探索的火把、在苦难中拼死的刀枪，用湘江水洗涮自己身上的尘土，掩埋好前辈和同伴们的尸体，攒足精神，拼下一条命，为灾难深重的华夏民族、饿殍遍野的泱泱大地、饱受凌辱的骨肉同胞，顽强拼杀，殊死搏斗，以自己的血止民族的血，以自己的命换中华的命，向死而生！

这是一群特殊的人，他们衣衫褴褛，却风采不减；他们食不果腹，却豪情万丈；他们历尽万险，却坚信胜利；他们舍家舍命，却毫无私心。共产党，从微细到洪亮的名字、从弱小到强大的组织、从手无寸铁到战无不胜的政党。100 年的奋斗史，就是一部血泪史！这支队伍中，湖湘儿女格外耀眼，有我们党、人民军队和新中国的主要缔造者和领导人毛泽东，有国家主席刘少奇，有“五大书记”之一的任弼时，有中国人民解放军元帅、中央政治局委员、国务院副总理兼国防部长彭德怀，有中国人民解放军元帅罗荣桓，有中共中央总书记胡耀邦，有中央政治局常委、国务院总理朱镕基，等等。

湖湘儿女，群星闪耀，为湘江这条奔流千万年的大江注入了浓烈的家国情怀、高远姿态、坚定信念。湘江，以她清澈照人的纯净，吸纳万物的能量，饱沾文气的厚重，一泻千里的豪迈，汇入长江，融于大海，为滋养这个蔚蓝色的星球和它的子民，在蒸腾中释放能量，在绚丽中绽放光芒。

进入新时代，湘江非但没有孤芳自赏，放慢她的步伐，反而更为自信、更为豪迈地跨步在万水奔流第一方阵，胸怀更博大、姿态更优美地在全球化中发展自己、拥抱世界，传统农业大省朝着制造业大省、文旅大省、数字化大省和外贸大省豪华转身。2022 年，湖南全省地区生产总值达 48670.4 亿元，同比增长 4.5%，GDP 增速在全国排名第九；居民人均可支配收入 34036 元，提高 6.4 个百分点。湘土丰腴，湘水甘甜，湘人幸福！同年，湖南省实际使用外资 35.3 亿美元，同比增长 46.1 个百分点，这个中国中部的内陆省份，正越来越受到全球投资者的青睐；全省全年进出口总额达 7058.2 亿元，同比增长 20.2%。中欧专列从长沙鸣笛，驶向“一带一路”沿线国家；集装箱巨轮在岳阳城陵矶新港装载，携长江碧波，温柔地汇入蔚蓝色的大海。岁月从不败美人，湘水滋养、湘风润泽、湘魂铸造的湖南，伟岸健硕，玉树临风，在一个新的时代高点上，继续书写自己的辉煌篇章。

刚果河，蓄势待发

认识刚果河，是从认识加恩古开始的。

2019 年 1 月 9 日，到达刚果共和国首都布拉柴维尔的第三天，时差还没有完全倒过来，我晕晕乎乎中被孩子们拉到拉皮狄斯（Rapides）去看河，看刚果河。

拉皮狄斯距首都大约 20 公里，是刚果河著名风景区朱埃地区两段急流观赏点之一。穿过坑坑洼洼的街道、熙熙攘攘的集市，我们走上了一条土路，土路两旁是由建筑挡板做墙、白铁皮做屋顶的低矮破败的房子。路边的小男孩大都赤脚光身欢快地追打着，女孩则裹着非洲袍，瞪着大眼睛好奇地打量着我们。车行得慢，车窗开得低，偶尔有成年男女挥手和我们友好地打招呼：“Ami，ami。”（法语：朋友，朋友。）

屁股被颠得生痛，头也常常顶到车顶。好在车窗外的异域风景很是吸引我们这些外来客。

终于到达拉皮狄斯。说是旅游景点，其实就是在河边一个不大的土坪上，搭了一个凉棚，放了几张咖啡桌和几把椅子。简易操作间里有两男两女在制作本地食品，准备冰水、茶、咖啡、点心。

所谓的凉棚，其实就是在大树之间扯了几块遮阳布而已。那大树有些类似我国沿海地区常见的高山榕。树下松软的红土，踏上去柔软舒适，不沾鞋，水分很重。脚下不停地有小爬行动物闪过，再仔细看，树干上、树根部，甚至树叶上，到处爬满了这种小动物，颜色随光线和角度而变化。孩子们告诉我，这是变色龙，在非洲是极为常见的动物。

仔细观察，有些类似壁虎的变色龙，头尖尾细，眼睛很大，气囊也很大，趋光性很强，但对人的敌意却不强，只要不做出侵略性动作，慢慢靠近，它根本不予理睬。

我们正平心静气地观察变色龙，远处突然传来“砰”的一声，变色龙集体“唰”的一下逃光了。

这声音来自河上。这一段之所以成为景点，就在于这里有著名的瀑布，水急浪高。上游宽阔的河面，平缓的水流，到了这里突然出现了将近 10 米的落差，峭壁丛生，暗礁频现。水在落差之后又撞向峭壁，形成极为明显的旋涡和 200 多米长的急流。

我们正在河面巡睃。上游冲下来的朽木、树枝、衣物、用具甚至还有动物尸体，从河上快速地流过。突然在下游不远处，一双手在用力地挣扎。

“快看，有人落水！”我们惊呼起来。

“没事，是跳水的。”同行的外交官见多识广。

果然，不到几分钟，一个只穿着裤衩的青年爬上岸边的岩石，向我们招手。生怕我们没注意到他，还夸张地做出跳水和划行甚至溺水的动作。

我们先向他伸出大拇指，然后鼓掌。

他有些得意，快速地从我们凉棚底下的河边小道通过，走到上游，在一块临河突出的岩石上站定，高喊几声，以期引起我们和在河边浣洗的本地妇女的注意，然后“砰”的一声，跃入河中。姿态极美、极柔软，扎入水底，至少有 20 秒，在湍急的急流深处露出头，然后在旋涡的中心，一个翻滚接一个翻滚地随流而下，双手极有节奏，控制力极强。我们看得惊心动魄，他却游得怡然自得、轻松自如。

他再一次上岸，蹦跳着来到我们凉棚边的河坡下：“Bonjour!”（法语：你好!）这时，我们才看清：他原来只有一条健康的腿，另一条腿高位截肢。

外交官跟他用法语交流，并拿了 100 非洲法郎给他。他收下了，突然又说了一句：“人民币。”

我们吃了一惊，他居然会说中文?

外交官说：“布拉柴维尔会说这种‘中文’的多了。他们嫌非洲法郎不值钱，人民币值钱。按目前的汇率，113 元人民币可兑换 1 万非洲法郎。”

他叫加恩古，22 岁。2015 年非洲运动会残疾人男子跳台跳水亚军。从小在刚果河练习跳水，10 岁时左腿摔伤，不幸截肢。但他喜欢跳水，又没有好的练习场地，只能在跳跃和沉潜中，把自己的身体和梦想一并交给汹涌的刚果河水。终于，加恩古站到了非洲运动会的领奖台上。

我不由得对他刮目相看，那是一种怎样的不屈不挠、坚韧顽强啊。他选择了刚果河，刚果河造就了他!

刚果河，全长4640公里，流域面积约370万平方公里，为非洲仅次于尼罗河的第二大河。刚果河发源于加丹加高原，流经米通巴山脉，向北流到基桑加尼，然后向西流到博约马，再向南流经布拉柴维尔和金沙萨，最后流入大西洋。刚果河流域主要涵盖刚果民主共和国和刚果共和国，还包括中非共和国大部、赞比亚东部、安哥拉北部以及喀麦隆和坦桑尼亚的一部分。在中西部非洲这片广阔的流域，密集的支流、副支流和小河流，分成许多河汊，构成一个扇形的河道网。这些河流从周围海拔270米至460米的斜坡汇入一个中央洼地，形成了地球上最大的盆地——刚果盆地。

位于非洲腹地，横跨赤道，拥有浩瀚广阔热带雨林的刚果盆地，因其河湖纵横，自然环境恶劣，是非洲大陆较晚开放的处女地。刚果河流域有着极为丰富的水资源、森林资源和石油矿产资源，也是西方大国觊觎已久的一方宝地。

1816年至1864年之间，英国皇家地理学会、法兰西地理学会等西方国家组织机构，先后派出塔克、伯顿、利文斯敦、斯坦利等探险家和海军军官卡梅伦等，率队对刚果河流域和刚果盆地进行探险考察，收集各种地理资料和人文信息。

1876年，比利时国王利奥波德二世组织英、法等7个国家，联合成立“国际考察和开发中非协会”，开始了向非洲扩张的步伐。1879年，斯坦利与比利时国王达成合作协议，带领一批亡命之徒，以“上刚果研究委员会”（1882年改名为“国际刚果协会”）之名，开始了他的第二次非洲探险。这一次与他5年前穿越非洲中西部广袤地区发现刚果河源头不同的是，这次“探险”已经不是他的个人兴趣，而是为比利时国王建立刚果殖民地服务。代表比利时国王利益的斯坦利探险队，开发了大量的刚果据点，发现了丰富的各类资源，从而引起了西方列强的垂涎与争夺。1884年，德意志铁血宰相俾斯麦组织召开15国参加的“柏林会议”，瓜分刚果河流域和刚果盆地。广阔而富饶的非洲大地黑云压城，铁蹄横行，在经历了16、17世纪血腥而罪恶的黑奴贩卖之后，又一次陷入西方列强肢解般争夺资源的血与火的深重灾难之中，非洲人民的命运完全被西方宗主国所扼制。

刚果共和国自15世纪起先后被葡萄牙、英国、法国侵占，1884年被划为法国殖民地。1910年到1959年期间，法国成立法属赤道非洲，疆域范围从刚果河向北延伸到撒哈拉沙漠，主要包括四个行政区，大致相当于现在的加蓬、刚果共和国、中非和乍得，总督府设在现在的刚果共和国首都布拉柴维尔。1960年8月，刚果共和国宣布独立，但仍留在法兰西共同体内。1969年正式独立。1970年“八一五”革命后，成立刚果人民共和国，由刚果劳动党领导，是非洲的第一个社会主义国家。1991年，刚果实行多党制，使用国名“刚果共和国”，简称刚果（布）（以下使用简称）。刚果（布）国土面积34.2万平方公里，海岸线长150多公里，人口566万，自然资源禀赋优越，其中已探明石油储量约19亿桶、天然气1000亿立方米、铁矿石约250亿吨，还有大量的金、铜等有色金属。森林覆盖率占国土面积的65%，占全非洲森林资源的10%以上。大洋铁路是刚果（布）境内唯一的一条铁路，也是非洲撒哈拉沙漠以南最早的铁路。第二次世界大战时，布拉柴维尔曾作为法兰西共和国流亡政府的所在地，戴高乐总统在此指挥法国的抵抗运动。

刚果民主共和国，1884年被欧洲殖民者划为比利时国王的“私人采地”，成为比利时殖民地，称为比属刚果。1960年6月独立，定国名为刚果共和国。1964年改国名为刚果民主共和国。1971年改国名为扎伊尔共和国。1997年5月17日，洛朗·德西雷·卡比拉领导刚果解放民主力量同盟的武装部队攻占首都金沙萨，宣布就任总统，并恢复国名为刚果民主共和国，简称刚果（金）（以下使用简称）。刚果（金）国土面积234.5万平方公里，排名世界第十二，非洲第二；人口1.023亿，排名世界第十五；官方语言为法语；经济以农业、采矿业为主；铜储量占世界储量的15%，钴储量占世界储量的50%，铌钽储量占世界储量的80%，钻石储量居世界第二，森林覆盖率为53%，占全非洲森林面积的47%，可开发水电蕴藏量占非洲水电资源的37%。此外，还探明了丰富的石油和天然气资源。但由于技术水平落后，矿产、林业、水资源和油气开采利用率低。

刚果河和刚果河流域有着丰富的水资源和动植物资源。刚果河年平均流量4.1万立方米/秒，年径流量13026亿立方米。尽管长度略逊于尼罗河，但流量却比尼罗河大16倍，为本流域渔业发展、能源开发和航运提供了极大便利。

刚果河鱼类资源丰富，有包括三文鱼、肺鱼等在内的30多种鱼类。几乎所有生活在刚果河两岸的人都从事捕鱼作业。无论是水流平缓的金沙萨上游河段，还是水流湍急的博约马瀑布河段，都能看到独木舟或木桩系网打鱼人的身影。河流中有鳄鱼、河马等爬行类和水生哺乳类动物。

20世纪90年代后，刚果河的水电开发进入活跃期。刚果（布）在中上游和主支流上建有装机容量为500万千瓦至1000万千瓦的水电站10座，发挥了良好的经济效益。由中国水利水电建设集团有限公司（以下简称中国水电）投资兴建的英布鲁水电站，斥资6.1亿美元，装机容量为12万千瓦。下游段（金沙萨至河口段）河道窄，水流急，在刚果（金）首都金沙萨至马塔迪之间200多公里河段有30多个瀑布和急流，落差为280米，这就是世界罕见的利文斯敦瀑布群，是非洲水能资源最为集中的地段。全部开发后，可装机4000万千瓦，是刚果河水电重点开发地区，也是非洲电能的核心聚集区。

水电的梯级开发，除了给非洲提供充足的电力供应，还极大地改善了刚果河恶劣的航运条件，使得奔流湍急、暗礁丛生、宽窄不一的河道，因为水电站的截流效应，而变得宽阔平缓，便于航行。据初步测算，到2030年，刚果河中下游水电开发完成规划的50%后，航运能力将比现在提高10倍以上。可以预见，一个千帆竞发、百舸争流的壮丽图景，将会在古老非洲的这条大河上充分展现。

刚果（布）首都布拉柴维尔和刚果（金）首都金沙萨是全球距离最近的两国首都，隔刚果河相守相望，互为风景。两地河面宽度不到2公里，原来一直流传两国高层曾多次协商建立“两刚大桥”，那将是又一项“世界之最”。但由于经济条件制约、两国政局不稳等原因，一直不见下文。

非洲受欧洲殖民统治时间长、范围广，西方掠夺资源，输出文化，培植信仰，教化语言，使得非洲国家在20世纪60年代开始的民族独立运动中举步维艰。在摆脱帝国主义统治、争取国家主权的斗争中，国家利益和人民福祉往往受到损害，经济命脉、语言文化往往受到宗主国的制约。所以，独立后的非洲国家内乱不断，经济发展迟缓，矛盾问题成堆，人民生活难有明显改善，贫富差距日益悬殊，社会矛盾更加突出，天灾人祸，恶性循环，美丽富饶的非洲一直处于贫困、战乱、疾病和饥饿的深渊。地处中西部非洲的刚果（布）和刚果（金）两国，虽然地理位置优越，资源丰富，石油和有色金属矿产储量大，原始森林和水资源都极为丰茂，但由于政局不稳、行政司法体系不完善、教育落后、科技水平低、基础设施差，一直没有得到有效的开发利用，国家财政收入捉襟见肘，人民生活极为贫困。

进入20世纪90年代，工业革命进入第三次浪潮，非洲以外其他国家取得的日新月异的惊人成就，既让非洲望洋兴叹，自愧不如，也促使非洲的有识之士猛然警醒，发出振兴非洲的强烈呐喊！

东方大国与非洲相距遥远，发展历程和道路迥异，但受到西方列强欺凌掠夺的痛苦经历却如出一辙，因而心灵相通、志愿相同，互相支持，互称兄弟。20 世纪 70 年代，是“非洲兄弟把我们抬进了联合国”，中国得以恢复联合国安理会常任理事国席位，也为非洲争取到了有代言人的地位。20 世纪八九十年代，中国经济的拨乱反正、快速发展，人民生活快速改善，国家实力显著增强，也让非洲兄弟耳目一新，极为感佩。

进入 21 世纪，特别是 2013 年以来，中国制度、中国道路、中国文化、中国治国理政方略越来越得到包括非洲各国在内世界多数国家的认同和赞美，以“中非合作论坛”等高层协商为标志的各层级中非交往日益密切，合作成果日益丰硕，感情纽带越来越紧密。刚果（布）和刚果（金）两国从国家领导人到社会各阶层，都有着急切的发展紧迫感，把中方提出的“一带一路”倡议，与各自国家中长期发展规划深度融合，表现出强烈的打造“中非命运共同体”的互利合作意愿。

萨苏，全名为德尼・萨苏－恩格索，1943 年出生于刚果（布）北部盆地省奥旺多，曾在阿尔及利亚和法国学习军事。1979 年当选刚果劳动党主席并就任总统，1984 年和 1989 年连任。1997 年 10 月再次执政，2002 年 3 月再次当选总统，2009 年 8 月、2016 年 4 月两次连任。萨苏总统曾 6 次对中国进行正式访问，2006 年来华出席中非合作论坛北京峰会，2010 年 4 月来华出席上海世博会开幕式，2018 年 9 月出席中非合作论坛北京峰会并正式访华，是一位对中国极为友好的老资格非洲政治家。中国和刚果（布）互相尊重、经济互补、政治互信，是全面战略合作伙伴关系。2018 年 9 月，萨苏在接受媒体采访时，对中非、中刚关系有一段十分中肯和全面的表述。

萨苏总统表示，中非合作论坛北京峰会的主题选得恰如其分，时机也很好。“我们将研究一切能够让中国人民和非洲人民共同迈向进步的可能性。我想现在是讨论这些重要问题的时候了。”

"'中非命运共同体'是一个伟大的构想。中国人民与非洲人民曾有着几乎相同的历史遭遇。中非人民曾经受到奴役、压迫、剥削。像全世界所有向往解放的人们一样，中非人民一起战斗、为了解放而相互支持，并最终赢得了解放。"萨苏总统介绍说，现在中非人民选择在发展经济社会水平、提高人民福祉的道路上共同前行。

萨苏总统表示，当习近平主席提出"一带一路"倡议，这一倡议将非洲纳入其中。非洲国家支持"一带一路"倡议。因为"一带一路"与非盟《2063年议程》、联合国可持续发展目标十分和谐地融合在一起，包括贯穿非洲的基础设施、铁路、公路、电信、其他发展项目等。"'一带一路'对全世界来说非常重要，通过'一带一路'，非洲能够更好地融入全球经济。非洲将对世界更加重要。"他说，"'一带一路'倡议位于中非共同前行的大方向之上，是中非命运共同体的体现。我们期待下一步如何更好地发展中非命运共同体。"

在布拉柴维尔，除了大教堂、玉米楼、八一五大桥等，还有一个标志性建筑，那就是布拉柴维尔体育场。

体育场位于距离市中心25公里的北部金德勒地区。主体育场的设计以太阳为灵感，利用场地的高差变化，创造出独有的空间层次。总体布局以体育场为定位轴心，16块巨型区段发散开来，象征着光芒万丈的太阳。刻有刚果图案的火炬盆，端放在南侧火炬塔上，寓意着欢迎八方来宾。立面主题色彩以非洲土地的金黄色为主色调，渐变的折线图案是非洲文化的象征。通透的立面便于体育场自然通风和遮阳，场内的观众可以透过火炬塔遥望刚果河。

整个体育场的设计恢宏大气，布局巧妙合理，共有72000多个座位，是仅次于2010年南非世界杯“第一国家银行体育场”的全非洲第二大体育场。

举办一次盛大而成功的非洲运动会，是埋藏在刚果（布）人民心中50年的梦想。

刚果（布）历史上盛产石油，曾经是非洲比较富裕的国家，首都布拉柴维尔数百年来一直是中西部非洲的一座名城。早在1965年，布拉柴维尔就成功举办了第1届非洲运动会。这场非运会也激发了刚果人民对体育的热爱和对国家的自信。

后来，随着石油危机和国际政治的风云激变，刚果（布）的发展遭到了重大的打击。一直到1999年，终于稳定下来的刚果（布）开始稳步发展经济，人民的生活水平得到了恢复。于是，深藏多年的体育梦重新被提上日程。

2015年，刚果（布）申办第11届非洲运动会并取得了成功，这意味着，时隔50年，非洲运动会重又回到了这个饱经风霜的创始国，刚果（布）人十分珍视这次机会。

然而，不同于50年前，在2015年开办非洲运动会需要一座符合21世纪现代化要求的超大型综合场馆。刚果（布）毕竟没有修建这种大型场馆的工程能力，这项超级工程最终毫不意外地落到了中国公司的肩上。

中国建筑第八工程局有限公司（以下简称中建八局）承接该项目后，克服当地原材料短缺、地质条件恶劣、工期紧张等不利因素，提前高标准完成了施工建设任务。

2015年9月4日到19日，第11届非洲运动会在中国公司承建的布拉柴维尔体育场成功举办，不仅圆了450万刚果（布）人民期盼已久的梦想，也让中国基建品牌深入亿万观众的心。

布拉柴维尔体育场项目组获得了萨苏总统亲自颁发的“共和国总统

骑士勋章”。

也许，在不久的将来，还会有一枚同样的勋章颁发给另外一家中国公司。大洋铁路是20世纪20年代修建的一条窄轨铁路，连通刚果（布）首都布拉柴维尔和第二大城市黑角，由法国人主持修建。由于政局动荡，铁路破坏严重，基本处于瘫痪状态，严重损害了刚果（布）国家发展和民生改善。2018年中非合作论坛北京峰会后不久，刚果（布）大工部与中铁十六局集团有限公司（以下简称中铁十六局）签订了大洋铁路升级改造项目合同。项目前期准备进展顺利。

2019年9月8日，时任中铁十六局集团党委书记、董事长孔令键率队来到中国驻刚果（布）大使馆，与大使马福林就项目合作提速进行商谈。

孔令键感谢中国驻刚果（布）大使馆一直以来对中铁十六局的信任、支持和帮助，并简要介绍了中铁十六局的发展现状和综合实力。他表示，刚果（布）大洋铁路改造项目是落实2018年中非合作论坛北京峰会成果，践行“一带一路”倡议“共商、共建、共享”原则的重要经济民生工程，对推进中刚产业合作、促进共同繁荣发展意义重大。中铁十六局将充分发挥投融资、专业品质品牌、铁路运营+维保、技术研发等全产业链优势，在项目实施过程中创新模式、配强资源，以最好的施组设计、最先进的运营方案、最优的品质服务在海外树旗帜、创品牌，在“一带一路”建设中彰显央企责任，为刚果（布）改善国计民生贡献中国智慧、中国力量。

马福林代表中国驻刚果（布）大使馆对孔令键一行表示热烈欢迎，感谢中铁十六局团队多年来扎根刚果（布），为促进国家海外发展及中国与刚果（布）友好合作作出的重要贡献。他表示，中刚两国具有深厚的友谊，大洋铁路改造项目投资、建设、运营一体化方案与中非合作论坛北京峰会精神高度契合，与国家发展方向高度一致，将为刚果（布）

的经济发展和民生改善打下坚实基础。中国驻刚果（布）大使馆对该项目十分关注，对目前取得的阶段性成果感到欣慰。今后将一如既往地在方向上、政策上给予更多的支持与服务，在与刚方的协调上多做工作。希望双方进一步加强交流、加强融合，共同推进项目加速实施、优质实施，实现多方共赢。期待中铁十六局立足自身强大优势，以一流的方案模式、一流的技术管理、一流的品质服务为国家海外事业的发展和刚果（布）经济民生的改善贡献更多的力量。

稳定是发展的前提。和平能医治所有的战争创伤。从建国开始，刚果（金）一直饱受战乱和独裁之苦，国库空虚，民不聊生。1997 年 5 月，洛朗·德西雷·卡比拉领导的刚果解放民主力量同盟，推翻独裁者蒙博托的统治，自任总统。2001 年，洛朗·德西雷·卡比拉遇刺身亡，其子约瑟夫·卡比拉继位。

约瑟夫·卡比拉，1971 年 6 月出生，2001 年 5 月至 2019 年 1 月任刚果（金）总统。约瑟夫·卡比拉对中国友好。他曾于 2000 年前来中国，在国防大学留学。担任总统后，尽管国内派系林立，政局不稳，内战不断，西方国家又经常掣肘打压，但约瑟夫·卡比拉坚持对华友好，并数次访华，出席中非合作论坛等高层活动，欢迎“一带一路”倡议，对中资企业在刚投资和华人在刚经商都给予积极的支持。约瑟夫·卡比拉年轻有为，但也颇知进退，2018 年 3 月宣布不参加下一任总统选举，并保证了 2019 年总统选举的顺利进行和权力的和平交接。

费力克斯·安托万·齐塞克迪·奇隆博，1963 年 6 月出生，2019 年 1 月 9 日，赢得总统选举，1 月 24 日，就任刚果（金）总统。

齐塞克迪的父亲艾蒂安·齐塞克迪，曾任刚果（金）政府总理，并且是民主与社会进步联盟的创始人，对刚果（金）经济、社会和民生等问题，都有深刻的思考和多方面的实践。齐塞克迪年轻时即追随父亲参与政治活动，2011 年当选国民议会议员，2016 年起先后任民主与社会进步联盟副总书记、主席。在2019年1月的总统大选前和当选后，齐塞克迪顺应国际大势、时代潮流和刚果人民的民心，提出“不需要仇恨、分裂和部族主义，只有和解才能实现刚果（金）的发展、强大和所有刚果人民的安全”。

2020年1月14日，齐塞克迪总统在接受中国新任驻刚果（金）大使朱京递交国书时，积极评价刚中关系发展和两国在政治、经贸与文化等领域的合作。他说，中国是刚果（金）的重要合作伙伴，刚中合作成果丰硕、惠及民生，为刚果（金）经济社会发展发挥了重要作用。

2021年1月6日，齐塞克迪总统会见到访刚果（金）的时任中国国务委员兼外交部长王毅，表示：刚方珍视刚中友谊，始终视中国为好朋友，愿继承两国友好传统，进一步发展两国关系。刚方感谢中方为刚抗击新冠疫情和发展经济提供的帮助，希望尽快重启两国经贸联委会，推动两国合作取得更加互利双赢、惠及民众的成果。刚方在涉台、涉港问题上坚定支持中方。

同日，王毅还同刚果（金）国务部长兼外长通巴签署了中刚两国政府关于共同推进“一带一路”建设的谅解备忘录。刚果（金）成为“一带一路”在非洲的第45个合作伙伴。

2021年5月7日，齐塞克迪总统同习近平主席通电话，达成一系列重要共识，为两国关系健康稳定发展发挥了强大的政治引领作用。两国在涉及彼此核心利益问题上相互支持，在重大国际和地区问题上密切协调。

随后，齐塞克迪于5月13日考察中国中铁资源集团有限公司与刚果（金）国家矿业公司合资的华刚矿业股份有限公司。他高度肯定项目采用的先进设备和工艺，希望进一步推动项目健康发展，带动当地经济，实现两国合作共赢。

7月27日，他又率领多名政府高官出席在首都金沙萨的中刚合资金苏卡 220 千伏变电站及配套电网开工仪式，为项目奠基，并表示期待同中方开展更多领域的互利共赢合作，推动两国战略伙伴关系迈向更高水平。

11 月 8 日，齐塞克迪率领基础设施和公共工程国务部长等政府官员，前往中国政府援建的金沙萨中部非洲文化艺术中心项目工地视察，对项目的整体设计表示满意，对项目为促进非洲文化传承和走向世界，极为乐观和期待。齐塞克迪感谢中方的无私援助，祝愿中刚合作、中非合作更多惠及两国人民。

“梦想走遍中国”的刚果（金）新任驻华大使巴卢穆埃内，2022 年 3 月才到任，相比 2008 年在华工作时的记忆，他觉得今天的中国只能以“日新月异”来形容。2022 年是中国和刚果（金）外交关系正常化 50 周年，巴卢穆埃内认为这是继 2015 年两国建立合作共赢的战略伙伴关系，2021 年刚果（金）成为非洲第 45 个“一带一路”合作伙伴之后，又一次更进一步发展、强化两国关系的契机。他认为，与中国的紧密合作，能够将丰富的资源优势转化为发展优势，刚果（金）这颗“非洲的心脏”，有成为非洲发展“火车头”的潜力。“蓄势待发!”他强调说。事实上，中国已连续多年成为刚果（金）第一大贸易伙伴和主要投资来源国。2022 年，中刚双边贸易额达 218 亿美元，同比增长 51.5%，中国企业在刚果（金）矿业和基础设施领域的投资总额已超过 100 亿美元。

中非国家间第一对友好城市

2022 年 6 月 20 日以前，在湖南省省委机关大院的某号楼，人们经常能够看到一位慈眉善目、鹤发童颜的老人在院内看书、练字、作画。大家经过时尽管都想停下脚步，向老人问声安，欣赏欣赏他的墨宝，但看到他专注的神情，心怀敬意的人们又不忍心打扰他，只好轻轻地走过，在心里祝福他。

熊清泉，中共湖南省委原书记，湖南省军区原第一政委。我 2019 年拜访他的时候，他刚刚过完 92 岁生日。

说起 1982 年 8 月 7 日至 22 日，率领长沙市代表团访问刚果（布），并代表长沙市与布拉柴维尔市签订中国与非洲之间第一个友好城市的经历，熊老显得格外兴奋。

湖南是毛主席的家乡，长沙又是毛主席青年时代求学和进行革命活动的地方。清水塘、橘子洲、岳麓山、湘江都留下了毛泽东的革命足迹。毛泽东传奇的经历和他辉煌的一生，他为中国革命和世界人民作出的杰出贡献，为全世界所景仰。20 世纪 60 年代，非洲风起云涌的民族独立运动，大多受到了毛泽东思想的影响。独立后的非洲国家，很多都得到了中国的经济援助和道义支持，所以一大批非洲年轻一代的政治家和热血青年，怀着对毛主席的崇敬之情，对中国革命、建设和改革经验的向往，纷纷来到中国。来中国必定来长沙，追寻青年毛泽东的足迹，学习中国革命、建设和改革的成功经验。在相当长的一段时间里，长沙和韶山成为非洲青年向往的圣地。在中非交往的过程中，长沙一直扮演着极为重要的角色。

熊老介绍说，1980 年 5 月，布拉柴维尔市市政委员会向我国驻刚果（布）大使馆提出，希望与中国的一个城市结为友好城市。在挑选比较中，我国驻刚果（布）大使馆考虑，认为长沙市是湖南省会城市，是毛泽东、刘少奇等老一辈无产阶级革命家早期从事革命活动的地方，刚果（布）国家领导人访华时曾先后多次访问过长沙，于是提议由长沙市同布拉柴维尔市结为友好城市，通过交往，增进友谊，加强非洲的工作。

经中央批准，当年 11 月，我国驻刚果（布）大使馆将这一信息转告布拉柴维尔市。时任布拉柴维尔市市长埃姆昂格获悉后，表示非常满意，当即发出邀请，欢迎长沙市派出代表团访问刚果（布），具体时间由长沙市决定。

1982 年 8 月 7 日至 22 日，时任长沙市代市长的熊清泉一行 5 人应邀访问刚果（布）。这是刚果（布）近年来到访的第一个中国市级地方代表团，也是来自毛主席家乡的客人。他们给予了代表团极高的接待规格，埃姆昂格与代表团进行了友好的会谈，签署了布拉柴维尔市与长沙市结为友好城市的协议，刚果（布）总统萨苏、时任总理路易·西尔万·戈马也接见了代表团。8 月 15 日是刚果（布）独立日，熊清泉一行作为贵宾应邀出席了招待会。随后，刚方邀请熊清泉一行考察了刚果（布）国内的农业、渔业、采矿业和运输业情况，并请他们提出指导意见。布拉柴维尔市政府还派出高级官员专程陪同长沙市代表团参观、考察了刚果（布）第二大城市，也是被誉为该国经济中心的滨海城市黑角，表达了刚果（布）人民对中国人民、对长沙市的特殊友情。

在熊清泉的日记和相册里，还保留着当年在刚果（布）访问的工作日志，行程安排，与年轻的萨苏总统、戈马总理、埃姆昂格市长的合影，以及在刚果（布）各地参访的照片。这位精神矍铄的老人，对于 1982 年非洲之行——距今将近 40 年的记忆，还是如此清晰、如此深情。他翻开每一张照片，就像翻开当时非洲和布拉柴维尔的晴天丽日、绚烂鲜花，让人感觉清风扑面、余香长绕。

其实，在熊清泉和代表团之前，就有很多湖南人以援外的形式，参与过非洲大陆经济和民生领域的多项工作。

张友明曾是中南大学湘雅医院妇产科医生。1963 年 5 月，张友明接到任务，参加国家援外医疗队，去阿尔及利亚进行医疗援助。她和队友们经过长时间飞行，到达阿尔及利亚首都阿尔及尔。

来到当地医院的张友明发现自己语言不通，当地群众说阿拉伯语，还有人说法语。于是，她白天上手术台做手术，晚上学习外语，为了更好地和当地患者交流，她在白大褂里揣着一本语法书，有空便翻上几页。

让张友明印象最深的产妇，是当地的一名女牧民。她生孩子时难产，因大出血已经休克，张友明成功为她实施手术。术后，张友明在医院守了她几天几夜，出院时，女牧民拉着张友明的手说：“您就是我最信任的人。”

张友明说：“我在阿尔及利亚的两年半时间里，成功实施了上千台手术，帮助很多孩子平安来到这个世界。”

据湖南省卫健委统计，从1973年向塞拉利昂派遣第一支省级医疗队开始至2021年的48年间，湖南省援非医疗队诊疗患者逾80万人次，完成各类手术20万余台，培训当地医务工作者8000多人次。

2014年，塞拉利昂发生埃博拉疫情，湖南紧急组织43名援塞抗疫医疗队员，进行医疗援助。中南大学湘雅医院感染病科医生黄燕和队友们远赴塞拉利昂，开展病例救治和疫情防控工作。

黄燕说：“当时当地感染埃博拉病毒的患者不断增加，塞拉利昂的医院却只剩下几名临时护士。我们冒着被感染的风险，在酷暑中身穿厚重的防护服，24小时轮流值守，最终当地埃博拉患者全部被治愈。”

2020年，新冠疫情在非洲蔓延，湖南派出了由12名专家组成的中国抗疫医疗专家组，前往津巴布韦和赤道几内亚帮助抗击疫情。中南大学湘雅三医院重症医学科副主任彭玥是其中一员，她说：“我们走访了津巴布韦的医院，和当地医护人员分享抗击新冠疫情的经验，还通过网络平台为病人进行远程会诊。”

缔结友好城市40多年来，长沙市与布拉柴维尔市的友情之树愈发枝繁叶茂，湘江与刚果河的友情之流愈发激情涌动。长沙与布拉柴维尔先后就农业、渔业、林业、探采矿等签订了多份合作协议，给予布拉柴维尔留学培训、商业信贷等多方面的便利。进入新时代，在“一带一路”倡议精神引领下，长沙与布拉柴维尔、湖南与非洲更是开展了更加紧密的合作，并取得了丰硕的成果。

2017 湖南－非洲地方产业合作对接会期间，时任布拉柴维尔市市长克里斯蒂安·罗热·奥康巴率代表团一行参观考察了长沙的一些工厂、企业，进行了深入交流，双方都表示希望推进产能、文教、卫生等领域的深度合作。2018 年 9 月，萨苏总统和塞拉利昂朱利叶斯·马达·比奥总统出席 2018 年中非合作论坛北京峰会后，专程来到长沙，会见湖南省和长沙市政府官员，参访工厂、企业、学校，就加强湖南与刚果（布）、塞拉利昂的深度合作进行了具体深入的商谈，并签订了一批合作协议。2019 年 6 月，首届中非经贸博览会在长沙举办，50 多个非洲国家和 10 多个国际组织派出政府代表团和高级别代表参加会议，2 万多名中非客商参展。习近平总书记专门发来贺信，时任中共中央政治局委员、国务院副总理胡春华出席会议，并会见了非洲国家政府代表团成员。中国各省、自治区、直辖市和非洲 53 个国家都在长沙国际会展中心设立展台展厅。首届中非经贸博览会成交额达 200 多亿美元。

湖南的大型国有企业及私营业主，纷纷前往神秘而富饶的非洲大陆，投身“一带一路”建设。来自长沙的中国建筑第五工程局有限公司（以下简称中建五局），参与修建了刚果（布）的“梦想之路”——国家 1 号公路。1 号公路途经马永贝原始森林，这里人烟稀少，虫害很多，自然条件极为恶劣，一直被认为是一道“不可逾越的屏障”。一些西方国家建筑企业望而却步，铩羽而归。刚果（布）总统萨苏曾经高度评价中国承建的国家 1 号公路。他说，早在法国殖民时代，刚果（布）就一直希望建设一条公路连接首都布拉柴维尔和第二大城市黑角，这将会大大地缩短两地人员交流和货物贸易的时间，打通大西洋出海口，并带来巨大的经济和社会效益，让整个国家“活”起来。现在，中国朋友终于圆了刚果（布）人民的梦，让“梦想之路”畅行无阻。

中建五局项目经理邱代波，40 岁，长沙望城人，在刚果（布）已经是第 6 个年头。他在接受采访时说，中建五局在修建 1 号公路期间，饱受蚊虫疟疾之苦，狂风暴雨、高温炙烤、缺水缺粮，哪一个困难都不是轻易能克服的，甚至还经历过被反政府武装占领营地，人员被武装劫持的惊险，但他们都挺了过来，圆满地完成了承建任务。

长沙和布拉柴维尔的特殊纽带也在人文交流中延续。24 岁的刚果小伙吕班有一个中文名字：王储。他曾在恩古瓦比大学孔子学院学习中文，2015 年获得刚果（布）赛区大学生中文比赛第一名并前往中国参加总决赛。

王储表示，在家乡布拉柴维尔有很多来自长沙的中国人，自己也曾经和他们一起工作，后来就萌生了学习中文并希望能够去中国亲眼看看的想法。

几年后王储如愿来到中国。他游历了北京和上海，还有那个时常从在刚华人口中听到的名字——长沙。他表示，这是一个很有活力的城市，长沙的饮食很辣但他很喜欢。长沙的文化氛围让王储感觉来到了一个不同的世界，时尚、动感、生机勃勃，改变了他的人生轨迹。

从布拉柴维尔开始，如今长沙的“朋友圈”涵盖非洲大陆。2003 年 4 月，长沙与乌干达恩德培市结为友好城市。此外，在更高层面，长沙所在的湖南省与埃塞俄比亚奥罗米亚州以及南非北开普省，也相继签署了友好州省协议。

得益于坚实的友谊基础，长沙与非洲各国的经贸往来日益频繁和密切。2019 年 6 月 12 日，长沙至肯尼亚首都内罗毕直飞航线开通，成为湖南省开通的首条直达非洲定期航线。湖南省商务厅透露，2022 年，湖南对非贸易总额达 556. 6 亿元，同比增长 42. 8%，长沙市对非进出口总额达 244. 7 亿元，同比增长 72. 3%。

第二章

国之交在于民相亲

口碑比勋章更重要

2013年3月29日，刚果（布）首都布拉柴维尔议会大厦，100多位议员、政府官员和各界人士，聆听来自万里之外的东方贵宾——中华人民共和国国家主席习近平的演讲。3月23日，习近平开始他担任国家主席后的首次出访，第一站是俄罗斯，第二站就到访非洲，来到刚果河右岸百果飘香的刚果（布）访问。这是一个丰收的季节，这是一次增强两国人民友谊的历史性访问。中国国家主席习近平在议会大厦的演讲中特意提到一件事，打动了在场的所有人。

“我听说了一件感人的事情。2012年12月的一天夜里，布拉柴维尔突降特大暴雨，郊区一些房屋被淹。3位受灾的中国华侨本已脱离险境，但当他们发现邻居对险情还毫无察觉时，又毅然冒着生命危险游到快被淹没的房屋边，奋力扒开屋顶，救出了12名刚果邻居，其中包括5名儿童。他们的义举得到了当地居民的交口称赞。”

“这个事例充分说明：发展中非新型战略伙伴关系根在人民、源在交流。让我们携手努力，以中非人民情谊为笔，以中非大地为纸，谱写出中非人民友谊的新篇章！”

蒋志群就是故事的主人公之一。

生于1964年的蒋志群，是湖南省邵阳市邵东市大禾塘人。上学期间，他一直是学生干部。两次高考不中，令他有些失落、有些沮丧，觉得无颜见江东父老，但又不甘心平庸地过一辈子。作为家里的长子，他必须责无旁贷地担起一家人生活的重担。就这样，19岁的蒋志群干起了民工活，后来当上了小小的包工头。

蒋志群在邵东小有名气。第一是他的包工头当得有声有色，接的活多，完工快，质量放心，在业主那里结账比较顺利。跟他干的人，不管是做手艺的大工，还是只会出力的小工，都能按时足额拿到工钱。直爽的蒋志群还隔三岔五地请吃“东家饭”，跟大家喝酒、吃肉、吹牛，不端老板架子。第二是他豪侠重义不怕死，“路见不平一声吼”对蒋志群来说是家常便饭。2009年5月，蒋志群和几个朋友在邵东一家餐馆吃饭，突然听到门外有人喊“抢劫”，众人还没有反应过来，蒋志群就已经丢下酒杯，飞快地出了门，问清了抢劫者逃跑的方向，一路狂奔地追了上去。他盯死了抢劫者，一边跑一边喊，追了将近两里路。抢劫者再也跑不动了，在众人的协助下，蒋志群将其擒获。为此，他荣获邵东政府颁发的“2009年见义勇为奖”。第三就是胆子大。既没有出过国又不懂法语，也没有熟人引路，他“误打误撞”就来到了非洲，来到了刚果（布），还赚了钱。

时间回溯到2011年上半年，蒋志群似乎突然之间感受到了一种从未有过的紧迫感。看到自己头上冒出的白发，脸上出现的些许皱纹，以及经常出现的力不从心的疲劳感，他感到了压力，时不我待的压力。

“快50岁的人了，还没赚到什么钱，也没有什么成就，一天到晚就是喝酒陪客，陪客喝酒，浑浑噩噩，白白消耗生命，没什么意思。”蒋志群摸着现在“寸草不生”的光头，有些腼腆地对我谈起当时的心情。

“你做包工头搞建筑，不是也赚了一些钱吗？”我问。

他连忙摆摆手。“那些钱在我们邵阳，这个都算不上。”他用大拇指掐了掐小手指，说：“我有 3 个小孩，还有弟弟妹妹，父母、岳父母都指望我。”

“你的心蛮大的。”我说。

他没理会我，沉浸在自己的回忆里。“小沈阳说，眼睛一闭一睁，一天就过去了；眼睛一闭不睁，一辈子就过去了。”他响亮地大笑起来，就像第一次在春晚上看到这个表演一样，“不做点事，对不住自己。”

做什么呢？必须得找个突破口，做别人没有做过的事情。

听从心的召唤，蒋志群觉得国外会有商机。于是他有空就在家里上网，也向朋友们打探。听说非洲是一块未开垦的处女地，他就把目光投向了万里之外听到过无数传说的这块宝石形状的土地。在网上搜来搜去搜到了刚果（布）。刚果（布）比较安定，不打仗，也没有大的疾病，跟中国关系也很好。就它了！

不知道出国要办什么手续，他找人打听；办签证完全外行，他就委托中介公司；出国要打疫苗，这让人不免有些担心和害怕，但还是鼓足勇气到长沙去打。然后找到他的同事赵雄，两人各怀揣 2 万元人民币，向着非洲，向着刚果（布），出发！

尽管打着考察市场的幌子，但其实已经上了广州飞埃塞俄比亚的埃航飞机的他俩，并没有什么头绪。在埃塞俄比亚，从机场转机去布拉柴维尔的 3 个多小时，对两个从未走出过国门的湖南人是一种煎熬。埃塞俄比亚首都亚的斯亚贝巴博莱国际机场，是进入撒哈拉南部非洲唯一的中转机场，旅客流量大，但机场窄小，当时还没有中文标识，他们只得找中国同胞打听中转程序、登机口等等。更让他们忐忑不安的是，到了布拉柴维尔到底要考察什么？越临近目的地，他们心里越慌乱。

“死猪不怕开水烫，到了再说呗。”谈到两人当时的心境，蒋志群自嘲地说。

“胆子是蛮大的，但功课做得不扎实。”我对他们这种莽撞的行为实在不敢恭维，“也就是你们邵阳人敢这样。有句俗话说，三个湖南佬顶不得一个九头鸟（湖北人），三个九头鸟顶不到一个宝牯佬（邵阳人）。”

他又一次哈哈大笑：“也是，也是，开弓没有回头箭，来了总不能退回去，总要见个红黑。”他的笑声很有感染力。

但困难接踵而至，如影随形。

飞机降落在布拉柴维尔马亚马亚国际机场，他们越发战战兢兢，辨不清方向，跟着人群走到出口，总觉得恍恍惚惚，脚跟发软。好不容易过了检疫口，到海关出口却被拦下了，理由是他们的签证事由不合。考察，考察什么？谁邀请的？住在什么地方？

语言不通，傻眼了！

出不了机场，既不能骂娘——骂娘对方也听不懂；也不能跺脚——跺脚只会伤到自己。怎么办呢？好在他们出国前还开通了国际漫游，手机可以打到国内，打给中介。中介中有懂法语的，于是他们把手机硬塞给海关工作人员。在双方一番不知所云的交流之后，海关关员终于对他们招了招手，盖了大印，指指大门让他们出了机场。蒋志群告诉我，当时那种感觉，就像被抓住的小偷，突然被仁慈地释放了一样。

机场阳光灿烂，直射得人睁不开眼。走出机场的国际到达大厅，两个拖着行李箱的中国人毫无底气，一脸茫然。布拉柴维尔清一色绿颜色的小丰田出租车，外表看着还过得去，一坐上去，屁股底下一塌，汽车发动机的声音就像蒋志群做泥瓦匠时，砌刀砍在石头上，又钝又尖厉，感觉火星直冒，整个车像是要散架似的。司机应该是在反复询问他们要去哪里，他们俩你看我我看你，拿出在国内搜到的一个酒店名字，写的又是中文。正在犹豫间，蒋志群看到路边一个硕大的广告牌，上面有几个醒目的中文：威海国际，下面还有地址。于是，他像是抓住了救命稻草："去这里！"他兴奋地指着牌子告诉刚果司机。

到了威海国际经济技术合作股份有限公司（以下简称威海国际）的施工工地，终于看到了几个中国人。他们兴奋得有一种虚脱的感觉。

威海国际的同胞把蒋志群他们写的酒店名字翻译给刚果司机听，司机明白地点点头，示意他们上车。他们告别了同胞，有点依依不舍，如幼儿园孩子对老师那般留恋。

到了一个上坡路段，出租车熄火，司机示意两个中国乘客下去。不用说也明白，是让他们去推车。两人推得大汗淋漓，车是发动了，两人却呆住了，要是司机就势跑了怎么办？两人的全部家当可都在车上啊！出租车在他们的极度惶恐中于百米开外停了下来，司机招呼两个中国人上车，一路无言，送到酒店。

到了酒店一切就好办了。拿出人民币，服务员就会用计算器敲出房价，比比划划地告诉你。餐费，同样也是用计算器告诉你。

住进宾馆就算安顿下来了，但吃饭成了问题。在国内，湖南人顿顿吃炒菜、吃米饭、吃辣椒。但到了刚果（布），要吃一顿米饭和炒菜，不但非常昂贵，而且求而不得。西餐更是让人望而却步。没办法，蒋志群和赵雄每天早晨带一大瓶矿泉水，背两根法国长棍面包，开始了他们走街串巷的"商务考察"。

2011 年，国际石油价格高企不下，布伦特原油期货突破 110 美元/桶关口，给盛产石油的刚果（布）带来了丰厚的利润。于是他们大铺摊子，大搞建设，道路桥梁、机场扩建，新地标建筑、居民小区建设更是如雨后春笋，布拉柴维尔一派繁荣景象，就连刚果河也被两岸的灯红酒绿所浸染，变成了一条淌金的河流。河岸两边有大树处必有酒吧，有宽坪处必有会所，法国餐厅、意大利餐厅、黎巴嫩餐馆、朝鲜餐馆生意爆满，印度酒吧、日本料理粉墨登场，中国的连锁超市和饭店也不甘落后，纷至沓来。就连卡拉 OK、洗脚城、老虎机也比比皆是。

有中国人的地方就有乡情，就能找到机会。对于这一点，蒋志群和赵雄坚信不疑。他俩见到中国人就打招呼，尽管邵东话难懂，但他们说普通话的水平无论如何也比说法语、英语强多了。不到半个月，他们在布拉柴维尔结识了一批熟人，交了一批朋友，也遇到了一些湖南老乡。布拉柴维尔就是一个巨大的建筑工地，这些建筑工地的灵魂就是中国人，而他们的梦想就像太阳的光芒，在尘土飞扬中，愈发炽热。

他们把目光投向了建筑材料。钢筋水泥自有专门的生产厂家，石料也有固定的供应商。唯有砖，机压水泥砖缺口较大。布拉柴维尔位于刚果河中下游盆地，低洼潮湿，习惯使用宽厚的水泥加黄土石料混合而成的机压砖。而且，在整个布拉柴维尔，除了一家江苏人开办的正规砖厂有一定的规模外，其他中国公司和本地人办的砖厂都是小打小闹，不成气候。

关键在于技术要求不高，投入不大。他们决定投资办砖厂。

在布拉柴维尔考察期间，他们拜访了在刚果（布）人脉深厚、乐于助人的“赵教授”，结识了由医疗援助队员变为执业医生的“马大夫”，还跑到大使馆的商务参赞处汇报，争取支持。

看场地、签租赁合同、办理相应的手续，一切搞定。他们兴冲冲地回国，一路杏花村，信心百倍。贷款、订机械设备、办理工作签证和货物海关手续，都格外顺利。然后，2012 年 10 月，蒋志群、赵雄、彭长坤三人再次登上广州飞埃塞俄比亚的飞机。这次，万米高空之上，如平地行走，踏实安心。蒋志群说，他在飞机上还反复告诫自己，千万不可心浮气躁，其实是志得意满，好像这回是去捡钱的。

布拉柴维尔南部马凯莱凯莱区马吉布，蒋志群他们的砖厂就建在这里。这里由 1 号公路出城，拐上 2 号公路，离中心城区约 15 公里，人口不算稠密，但交通方便，湖南水泥厂和生产砂石的石料厂都离得不太远，原材料进货方便，场地租金和运输成本相对低一些。砖厂的工棚、围墙、电线、货场很快建立起来，但压砖机、发电机等设备迟迟未到。原本海运42天到黑角港，但两个多月过去了，船还在大洋上漂，急得蒋志群他们火烧火燎，坐卧不宁。时间就是金钱。布拉柴维尔的工程一个接一个地开工，水泥砖供不应求。加上本地有发石油财的，也有做生意赚了钱的，建私房的人层出不穷，水泥砖的市场需求量很大，钱真的很好赚。

心急吃不了热豆腐。急火攻心、头上冒汗又怎样？还是得耐心等候海上的消息。蒋志群他们租住在拉塔纳夫街区马桑巴·雅克路的一家宾馆。说是宾馆，其实就是几间简易房屋。老板叫弗拉德尔，为人和善，相处融洽，给了几个中国人一些心理上的安慰。

如果不是那场突如其来的特大暴雨，如果蒋志群没有被惊醒，如果弗拉德尔家的其他人早有防范，那么，蒋志群他们可能在布拉柴维尔也赚了钱，但绝对没有这样的好名声。这好名声给他们、给中国人、给两国人民友谊带来了满满的正能量。

这是《人民日报》2013年10月28日刊登的文章节选，详尽地记录了蒋志群、赵雄、彭长坤三人的义举，以及各界的反应和产生的影响。

民相亲 心相知 情相融

——记3名中国人救助12名刚果（布）人的故事

2012年12月的一天深夜，布拉柴维尔突降特大暴雨，郊区一些房屋被淹。3名受灾的中国商人本已脱离险境，但当他们发现邻居受困水中、危在旦夕时，又毅然冒着生命危险游到快被淹没的房屋边，奋力扒开屋顶，救出了12名刚果邻居，其中包括5名儿童。“中国人是好样的”“感谢中国人”，他们的义举得到当地居民交口称赞。在刚果（布），到处可见中刚合作结出的丰硕果实，中刚人民的真挚情谊，感人至深。

刚果（布）首都布拉柴维尔马凯莱凯莱区一个叫拉塔纳夫的街区，仿佛是当地一个大锅底。2012 年 12 月 8 日至 9 日夜间的那场特大暴雨，似乎都被一条与刚果河支流朱埃河相通的小溪引向了这里，把一大片居民区淹没在茫茫大水中。

9 日凌晨 2 时许，打地铺睡的蒋志群从梦中惊醒后，叫醒了同事赵雄、彭长坤。看到水淹到屋里，他们先是奋力往外舀水，但越舀越多，很快没过了膝盖，他们便把国内带来的设备等值钱的东西往门前的水泥护栏上搬。可是，刚刚搬到高处，水又没了过来。

蒋志群、赵雄、彭长坤是 3 名中国商人，当时他们刚从湖南省邵东县来到刚果（布）两个多月，语言不通、情况不明，而且从前他们又从没经历过这样的大水。但此时此刻，他们管不了那么多了，救人要紧！

他们叫醒了房东弗拉德尔一家 4 口和隔壁住着的 3 个孩子，并把他们转移到水泥护栏上。就在这时，院子的大铁门哗的一下被冲开了，电早停了，周围漆黑一团，外面不时传来墙壁倒塌和紧张呼救的声音。

水很快涨到一人高，房东弗拉德尔急得说不出话来，他的妻子开始哭泣。在这万分危急的关头，蒋志群借着水势，从水泥护栏上奋力一跃，爬上了两米多高的围墙。赵雄、彭长坤在下面小心翼翼抱着走廊的柱子将孩子们和房东夫妇送上去，再由蒋志群在围墙上把他们抱到屋顶。

同院住着的伊萨家门开在左侧，被大水封住了，根本打不开。此时伊萨妻子的嗓子已经叫哑，呼救声越来越微弱。围墙外水势已很急，如果不小心跌下去很有可能会被水卷走。蒋志群等顺着围墙爬到伊萨家房顶上，用手扒、用木板撬，最后终于把铁皮瓦打开，将抱着孩子的伊萨夫妇救出。

天亮之后，屋顶上的蒋志群等 3 名中国人和 12 名刚果（布）人被接到当地地势较高的一户人家里烤火取暖，多处受伤的蒋志群等在当地人的帮助下清洗了伤口。

12 月 10 日，刚果（布）主流媒体《布拉柴维尔快讯》在报道这场水灾时，特别提到了在重灾区拉塔纳夫 3 名中国人救出 12 名刚果邻居的事迹。

时隔 7 年之久，当我向时任《布拉柴维尔快讯》记者，现任《布拉柴维尔快讯》总编室主任亚当·埃米尔询问当时的采访情况时，他仍然能绘声绘色地叙述当时的每一个细节。他说："这件事情不是一件孤立的、偶发的事件，刚中两国民间友好是有坚实基础的。现在有越来越多的刚果（布）人前往中国学习和做生意，也有越来越多的中国企业家和商人来刚果（布）工作和生活。在刚果（布），不仅在城市的各个区域，即使在偏远的地方也能见到中国人的身影。而相比之下，西方人融入刚果（布）的程度较低，很难像中国人那样与刚果（布）人建立起亲密的关系。"

我到布拉柴维尔采访蒋志群，已经是 2019 年 1 月 11 日了。前两天，我在东方红宾馆请客，招待湖南籍老乡。蒋志群在受邀之列，但左等右等，就是不见他的身影。最后，他女儿蒋媛告诉我别等了，她爸爸来了，不巧临时有事又走了。

但我必须见蒋志群。给他打电话，尽管布拉柴维尔的电话信号时好时坏，但他的大嗓门和爽朗的笑声增强了信号。他热烈欢迎我去他的砖厂："中湘砖厂，门头上插了一面中国国旗，好找！我陪你喝两杯。"

汽车载着我们去马吉布的中湘砖厂。雨季的布拉柴维尔，气候宜人，万物茂盛，百香果、牛油果树硕果累累地在道路两旁招摇。街道两旁的人行道上，穿西装、打领带的男人，手提黑色公文包，穿着皮鞋，悠闲地穿梭。头上用托盘顶着货物的妇女，穿着或蓝或红的紧身裙，背上背一个、手里牵一个，有时怀里还抱一个孩子。非洲生育率较高，听说有些妇女 6 年生 5 个孩子。男人悠闲，女人很苦，可见一斑。

汽车驶上 2 号公路，偶尔见到路边茅草搭建的凉棚，棚里摆了几张桌椅，门口柱子上挂了几串梅花灯，霓虹灯上闪烁出“Bar”字样，这就是一个标准的酒吧。男人们端着一瓶啤酒，坐着听音乐、聊天。

中湘砖厂的情形却完全不一样。两台压砖机轰隆隆地把我们的说话声完全盖住，传送带上每分钟送出 40 块砖坯，进料口劳作的刚果（布）本地雇员打着赤膊，咖啡色的脊背油光闪亮，汗流浃背，见老板和我们到来，抬起头礼貌地朝我们点头笑笑。码砖的雇工根本没有时间搭理人，怕一抬头，传送带就把砖传到地上，砖坯就摔碎了。

我本想多看看，但蒋志群却把我拉到了屋里。这是一间集会客室、厨房、餐厅于一体的房间，20 平方米的样子，电炉灶、热水器、切菜砧板、冰箱等占了一半位置，一张沙发、一张写字台、一张小方桌使房间显得拥挤不堪。墙上，挂有一张中国地图、一张世界地图、一张刚果（布）法文版地图、一面中国国旗、一张习近平总书记的照片、一张萨苏总统的照片。这里有规定，企业必须挂总统的照片。中国企业挂中国国旗，8 月 15 日刚果（布）独立日，再把刚果（布）的国旗也挂上去。他女儿蒋媛正忙里忙外，准备饭菜。

“她现在是老板，我是员工了。”蒋志群指着女儿，一脸的骄傲。

蒋媛继承了父亲开朗大方的性格、结实高大的身材。“这里没有老板，都是员工。”她说。

“父女俩还这么谦让？是不是父亲没放权哟。”我说。

“当老板呐，这个地方跟国内有很大的不一样。”蒋志群感慨地说，“一是员工难管，刚果（布）实行月薪制，但本地雇员基本上每两周就要来领一次工资。领完工资的第二天肯定不来上班。本地人普遍有些散漫、爱享受、不顾家，领了工资就喝酒潇洒去了，钱用完了再回来上班。刚果（布）没有明确的一夫一妻制的法律规定，很多地方流行一夫多妻，越是底层，男女关系越随便。厂里有的本地雇员明明有家、有老婆，但因为上班有工资，所以今天带一个女人来，明天又带一个女人来。但一旦没钱了，女人也就无影无踪了。这些，都成为影响雇员工作的不稳定因素。”

“二是有些政府部门难打交道。刚果（布）实行5天工作制，朝九晚五。其实上午9点在机关根本找不到人，下午3点之后基本就没人了，办事拖沓、效率低。收小费是公开的秘密，不给小费，就给‘小鞋’穿。原来街上的交通警察专门罚中国人的车，因为他知道中国人有钱，宁愿花钱买平安，不为点小钱计较。后来中国使馆出面，向刚果（布）的部长反映情况，针对中国人的罚款才消停。”

“三是市场变化快。2012年到2015年，这几年生意好做，水泥砖供不应求，价格也高，不用送货，客户自己来车拖，而且先交定金。有个当地老板，好像是副部长之类的官员，做大屋，一下子交了500万（非洲法郎）定金，再派人来拉货。他们不会三五十五、四五二十地用乘法计数，只会从一往上数，数到100以上就只算个大概了。那时候生意真的好做。2015年以后石油价格下跌，政府日子不好过，烂尾楼、断头路多了起来，生意也就开始艰难，不但每块砖的价格跌了一块多，还要派车送。催收欠款，明明是对方欠钱，讨债的还要请吃饭、请喝酒。”

“我倒不是怕吃苦，就是给人赔笑脸、吃饭喝酒搞不得。”蒋媛说，“所以我不愿意当老板。”

蒋媛吃过很多苦。女孩子在生意场上本就不易，更何况是与水泥砂石打交道的制砖厂，而且是在语言不通、习俗不同的非洲。长时间单独面对一群陌生男人，那种窘迫，那种无奈，那种紧张到麻木的感觉，常常令蒋媛做噩梦、流冷汗。但凭着“女汉子”的拼劲和闯劲，蒋媛硬是熬过来了，让同行敬佩，让父亲放心。

我亲自感受到蒋媛的“硬扎”，是在马大夫的诊所。马大夫 80 高龄，原来是天津某医院的医生，1970 年受国家派遣，参加医疗队援助非洲国家，来到刚果（布）。4 年援助任期结束，马大夫选择留在缺医少药、条件艰苦的非洲大陆。现在，马大夫诊所是布拉柴维尔甚至整个中西部非洲国家治疗热带病——特别是疟疾——著名的 3 家中国医疗诊所之一。

我请蒋媛带我拜访马大夫。尽管第二天要回国，她还是愉快地带我来到位于大教堂西区的诊所。刚进门，马大夫就对她一顿数落。原来她几天前得疟疾了——这是蒋媛一年内的第三次——马大夫让她既要吃药丸也要打点滴。蒋媛倒好，拿了几天剂量的药丸，招呼也不打就走了，等马大夫点滴配好，她已不见踪影。蒋媛这次病得不轻，又要回国过春节，这可急坏了马大夫，连忙给她打电话，她却说节前送货结账忙得不行，哪有时间舒舒服服躺在床上打点滴？这不，今天要不是陪我来拜访，她准会明天溜之大吉回国去。难怪马大夫见面就批评她。马大夫说你太不把病当回事，蒋媛说我身体好；马大夫板起脸说，再好的身体也会被病拖垮，蒋媛嬉皮笑脸地说，我是金刚女儿身，这点病打不倒我；马大夫边给她配药边说，你还知道自己是女儿身？蒋媛哈哈大笑，趴在马大夫肩膀上说，跟您一样喔，就是没您有出息。于是，一场类似于母女之间愠怒与娇嗔的对话就此结束，而温情和关爱像水波一样慢慢漾开。

蒋媛遇到过抢劫。那是在 2014 年 4 月 16 日的深夜。那天，她从黑角押运到金卡拉，本可以休息一晚再回布拉柴维尔，但父亲不在砖厂，她不放心，还是赶了回来。当晚不到 12 点，几个劫匪一脚把门踹开，开始翻箱倒柜，蒋媛一边呼叫一边反抗。这也许是被抢华人中第一个敢于与劫匪面对面反抗搏斗的女人，令劫匪有些意外，其中一个抄起蒋媛家的菜刀，向她砍来。幸亏劫匪谋财不害命，用刀背而不是刀锋砍她。事后说起来，蒋媛仍然觉得毛骨悚然，如果劫匪一念之差用了刀锋，后果不堪设想。同时，蒋媛勇斗歹徒的故事，也成为当地华人传奇的一部分。

2019 年，由于很多政府项目停工，一些中资机构和国企，除了留下必需的管理人员和技工，大部分人员撤回了国。而私营业主大都有家有业没有退路，只能支撑着。因为坚持，也因为信誉和与当地各方面的友好关系，业主们大都能够维持一定的利润，同时再寻找新的商机。

“我的砖厂生意还算好的，”蒋志群说，“每年还有百把万（人民币）利润。有些砖厂可能利润就会少些。”

“为什么？”我问。

“我有名气，还有一个精明强干的女儿啊！”蒋志群又表现出他爽朗的一面，“刚果（布）有句俗语：‘口碑比勋章更重要！’在布拉柴维尔，说起蒋家父女，大家都知道。不管是本地人还是中国人，都挺佩服我们的。”

吃完中饭，蒋志群陪我重游他当年借居和救人的地方。来到拉塔纳夫街区，这里没有了泥泞和坑坑洼洼，变成了平整结实的黄土砂石夯实的路面。在马桑巴·雅克路没有找到 120 号的门牌。

“几年时间，这里全变了。”蒋志群说，“原来房子东倒西歪的，砌墙用的砖也没有压实，豆腐渣一样。你看，现在用的都是机压砖，结实耐用，再有那么大的洪水，一时半会儿也不担心墙倒下来。”

有人跟蒋志群打招呼，说的法语，夹杂着本地方言。蒋志群很老到地跟他们聊开了，拿出自己的“和天下”香烟，像发糖块一样散发下去，引来更多人的围观和哄抢，蒋志群一律哈哈大笑。

从这个街区到他的中湘砖厂，很近的距离，却铺就了一条长长的民心相通、民情相融的友谊之路。我回头，中湘砖厂门头上的那面五星红旗，正在刚果（布）雨季的微风中高高飘扬，格外鲜艳夺目。

东方红的辐射力

还在国内的时候，女儿就告诉我，布拉柴维尔有个湖南超市，品种齐全，货物丰富，影响很大。

到达刚果（布）的第二天，时差还没有倒过来，我就去了湖南超市。布拉柴维尔的城市规划相对落后，整体性、前瞻性不强，街道普遍不宽。除了总统府大街、八一五大道、使馆区大道、三法郎大街等屈指可数的几条街道还算宽敞平整，交通设施相对齐全，偶尔见到交通警察外，其他的街道大都坑坑洼洼，几十厘米甚至1米见方的大坑，随处可见。信号灯、人行横道线几乎没有，街道成了菜市场，拐弯车道就看谁抢得快。街上的私营小面包车和出租车一律涂成叶绿色，斑斑驳驳，破旧不堪，基本每台车上都留有新近撞击擦伤的印迹。这些车都是从法国和欧盟其他国家淘汰的日本三菱和日立，旧货翻新，车速普遍不快。只有政府部门的公务车、富人的高档车、外国公司包括挂使馆牌照的越野车、特种车辆才会在大街上张狂地疾驰，掀起一阵阵灰尘后扬长而去。但我也发现车和人的关系处理得很好，不管是什么车辆，只要见到有人要过马路，都会礼让行人，停下来等待。

从住地到湖南超市不到4公里，但汽车走了将近半个小时。拥堵嘈杂，七弯八拐，我们到达了目的地，但进不了大门。大门口，一边是几个刚果（布）人，在给几台车敲敲打打下轮子；另一边，一群男人在一块黑色的遮阳网拉起的凉棚下面喝酒，没有下酒菜，没有交流，各自举着一瓶啤酒，睁着一双黑白分明的大眼睛东张西望。这两拨毫无交流也毫不相干的本地人，根本没有给汽车留出必需的通道。

汽车不停地按喇叭，修车的黑人慢吞吞地挪开两个轮毂，大手一扬，示意我们的车开过去。

车进大门，我抬头就看见几个鲜红的大字：东方红宾馆。楷体，不锈钢焊成，红色油漆，醒目，大气，有中国气派。我感到浑身发热，脸上发烫，内心一阵激动，兴冲冲地抬步就往宾馆大门走。

“超市在这边！”向导兼司机的宇坤赶紧拉住我。

进大门的左手边，东方红宾馆的对面是超市。与大气的宾馆相比，超市显然低调得多，没有招牌，门帘是那种常见的生胶垂帘。超市面积不大，三排货架放着日用货物，两台货柜有冷冻鲜藏的鸡鸭鱼肉和熟食。里面一道门，估计就是仓库了。

品种确实丰富，光辣椒就有鲜辣椒、干辣椒、辣椒酱，还有湖南乡下人家常备的白辣椒，使这个湖南超市辣味十足，特色鲜明。

店里只见一个中年妇女抱着一个两岁多的小孩子，一个年轻女孩和一个高个子黑人在搬货，酱油、醋、鸡蛋、猪肉、蔬菜等等，我不免有些失望。此行的主要目的是找这里的男主人，老板怎么不见人呢？没办法，我先挑选了几样货物，然后磨蹭着去结账。

我高声喊老板结账。

女孩抬起头，放下手中的货物：“现金还是微信？”

“都可以。”我说，“你是老板？”

“不是。”女孩一边清算一边说。

“老板呢？”我问。

“姚河海！”我话音未落，怀抱孩子的中年妇女朝里间房大喊一声。娄底口音浓重，声音浑厚响亮，猛然间像块石头砸到了脚上。

原以为是仓库的房门打开了。首先看到的是一双睡眼惺忪的眼睛，一张胡子拉碴、头发凌乱、沟壑丛生的面孔，然后看到一副并不结实高大的身板，在货架间穿梭而过。

“么哩事?”他一边打着哈欠，一边从腰间摸出钥匙，坐在桌子前开抽屉锁。一把钥匙套不进去，又拿出另一把还是套不进去，拿出第三把钥匙套进去了，锁却没打开。他用手推了推，抽屉开了。

我一直盯着他，以为他开锁是为了拿零钱和账本，没想到他拿出的居然是一包黄壳芙蓉王香烟。抽出一根，含在嘴里，准备点火，突然伸手把烟盒往我面前一弹，非常熟练地用手指顶出一根香烟：“要不?”

“不会，谢谢。”我说。

“抽个烟有什么会不会的，只怕是怕堂客!”他说得懒洋洋的，“找我什么事?”

我说我是从湖南来刚果（布）探亲的，有个采访计划，想见一见在布拉柴维尔的湖南老乡。

他仍然抽着烟，仍然是懒洋洋地在抽屉里翻来翻去找东西，但眼神明显专注多了。“湖南人多，找我算找对了！到了布拉柴维尔都到我这里——”他突然低下头，往抽屉深处寻找，终于拿出了一个笔记本。

我心里一阵窃喜，看来这个超市有点像个联络站。

“你的意思是?”姚河海问。

“聚聚，认识认识。”我见他抬头看我的时候，眼中有疑问，于是赶紧说：“我请大家吃个饭。”

“人数呢?”

“不要紧，10个或20个都可以。”

“地方——”他终于在椅子上挪动了一下屁股，转向了东方红宾馆，“就在东方红，要得不？以湘菜为主。”

“要得要得，就今天晚上最好。”我说。尽管这次探亲有女儿女婿陪着，但毕竟身在异国他乡，总有一种说不清道不明的陌生感和悬浮感，早一点跟老乡们相聚，他乡遇故人，老乡见老乡，心里也会踏实一些，增加一些安全感。

他不再接话。高个子黑人找他说什么，好像是要工资，姚河海跟他嘟囔了一句，然后伸出五个指头，黑人摇头。姚河海又用法语还是本地话追问了一句，黑人学着中国的礼仪，双手抱拳。“给他 6000（非洲法郎）!”姚河海对店里的年轻女孩说。“酒瘾又犯了，找我要工资。好吃懒做!”他又对黑人叮嘱了一句，回头跟我解释：“我让他后天一定要来上班。”

“噢，这是你的员工?”我问。

“雇工，喀麦隆的，叫什么名字搞不清，反正一长串。”他笑了笑说，“不雇个人帮忙不行，我老婆要带孙子，儿媳妇要管账、点货，搬运和送货主要靠雇工。”

他好像突然想起了什么，掏出手机拨了一个号码，无人接听，又拨了一个号码，这下接通了，他很客气地跟对方商量：“国内来了一个电视台的记者，想请湖南老乡吃个饭，你看——，今天晚上，就在东方红。那我就发邀请啦? 好!”

挂了电话，他告诉我刚才是打给周总周因来——我听成了“祝英台”——北京优利威士科贸有限责任公司（以下简称优利威士）在刚果（布）的项目负责人，也是东方红宾馆的老总。

周总、优利威士（我也听成了优利卫视，这是个什么卫视? 没听说过）、东方红，这之间是什么关系我一下子没搞懂。

他根本无暇顾及我，只顾翻开他的小本子，一个一个地打电话，重复介绍着湖南来的电视记者要请老乡吃饭。有个电话可能问得详细点，他捂住送话筒，问：“你贵姓，哪里的?”

我说我姓张，岳阳的。《岳阳楼记》晓得啵?

他一边“嗯嗯”，一边向电话里的人介绍。

他的儿媳妇，这时也腾出手来给我们每人拿了一瓶矿泉水。姚河海再次从黄壳芙蓉王烟盒里抖出一根烟递给我。我再不接就不合礼数了，正犹豫着接过烟，他马上“叭”的一声开了打火机，火苗悠悠地给我点烟。

这是个热情、大气且不拘小节的人。我一阵兴奋，看来找对人了，于是坐下来，边喝水抽烟，边欣赏他的娄底话和电话请客的技巧。

姚河海的经历谈不上跌宕起伏，但也并非一帆风顺。他出生在湖南省娄底市涟源市杨市镇。杨市镇，这个地名远没有杨家滩出名。说起杨家滩，那可是名震华夏的地方，后面的章节中会专门写到。

姚河海读书不行，但满脑子发家致富的生意经。在杨市镇农村像他这样想发财的人多，但像他这样走南闯北、什么行当都做的却不多。俗话说：世上活路三行苦，撑船打铁磨豆腐。他先是在老家打豆腐，三更灯火五更鸡，捡豆、泡豆、磨豆，压磨、下卤、漂白，挑担一路叫卖。手磨破皮，肩磨出血，脚磨出泡，一年到头赚不到几个钱，真的只是赚了个吆喝。

于是改行学木匠。两年功夫，八大件、十大件做得有模有样，四乡八邻小有名气。后来干脆南下广州租了个门面，带两个亲戚做徒弟兼帮手，纯手工选料、取样、加工、上油。做家具，生意也红火过一阵，但终究抵不过全机械加工的品牌货。别人家大业大，底子厚，销路广，光投个电视广告就是几百上千万。姚河海只得认输，带着一点微薄的收入回到杨市镇。

也该他时来运转，财神惠顾。失魂落魄中，他和表兄杨平在一次亲戚家的喜宴上重逢。几年不见，杨平的精气神完全盖过了姚河海，是宴会上的主角，亲戚们追捧的中心，头顶上腾腾地冒着热气一样，人气旺盛。杨平出国了，赚钱了，受到大家的尊重和追捧。一阵交谈过后，杨平鼓动他跟自己一起出国。

去哪里？非洲。吓得一滚！

刚果（布）。没听说过！

那里有钱捡？没有，但赚钱的机会很多。姚河海动心了，表兄杨平是跟着他的同学周卫东去的。中国水电承建刚果（布）英布鲁水电站，周卫东分包了一些项目，主要是石料和水泥部分。杨平替他管理车队。

周卫东的大名，如雷贯耳，他们听说过。涟源市走出去的大老板，老家在杨家滩胜梅桥附近，敢闯敢干，成就了一番大事业。

刚果（布）首都布拉柴维尔真是一个大工地，到处机声隆隆，尘土飞扬。2012 年后的几年，在布拉柴维尔的中国人达到了 15000 人左右。在国外，实际上华人的生活圈子还是华人圈，语言、饮食、习惯等都没有大的改变。姚河海不可能跟表兄去英布鲁水电站工地，没技术也没关系；他也不可能去承包工程，没资质、没本钱。但这里肯定能赚钱，不赚外国人的，就赚华人的。思前想后，他决定还是做他的老本行——打豆腐。说干就干，他从老家招来了人，购置了设备，开始他在布拉柴维尔的第一次创业。

生意出奇的好。中国人对豆制品的偏爱是外人难以想象的。每天，他的豆腐才出锅，各个工地单位、食堂的采购员就蜂拥而至，把他的豆腐抢购一空，根本不担心销路。也正是在这个时期，他开始结识各个层次的华侨华人，为日后的再一次创业打下了良好的人脉基础。

打豆腐仍然是体力活，利润空间小。自然而然地，他想到了办超市，办一个湖南超市。既办出湖南特色，又满足大众需求，包括刚果（布）本地人的需求。国内货源充足，品种多，价廉物美。他有充分的信心，他的超市一定会比那些加蓬人、喀麦隆人开的超市强出百倍。

但办超市不像打豆腐，证件的办理给姚河海上了难忘的一课。刚果（布）法律规定，生活超市不能卖烟酒，烟酒必须由专卖店经营。他知道超市的利润主要靠烟和酒，没有了这一块，光卖一些生活用品和蔬菜食品，利润会大打折扣，这与他快速赚钱的梦想相去甚远。

他卖豆腐建立的人脉圈起了作用，有些关节终于打通了，可以出售啤酒、红酒、低度白酒等，但烟仍在禁止之列。

超市的场地就租用东方红宾馆的门房，不大，但够用。有固定客人，还安全。东方红宾馆是几个湖南人开的，周因来是大股东。周因来是周卫东的堂弟，是优利威士刚果（布）项目部的总经理。

这些年超市生意不错。布拉柴维尔本地猪肉硬、瘦、不香，他就与承包了农业农村部援建刚果（布）农业示范项目搞生猪和蛋鸡养殖的邹小兵联系，每天杀几头猪，满足当地华人的需要。当地蔬菜品种单一，除了木薯叶，像样的青菜几乎没有，特别是时令菜蔬，像黄瓜、辣椒等，刚果（布）本地人既不吃也不会种。于是他又联系了距首都布拉柴维尔 40 多公里的一个华人农场，专供他超市的时令果蔬。至于其他物品，每个季度都从国内海运一次，再从黑角陆路转运到布拉柴维尔。

在布拉柴维尔，大型超市有法国超市、印度超市，也有中国超市。除了富人和外国人，这样的大型超市是普通刚果（布）人消费不起的。同样在布拉柴维尔的街角，小型的黑人超市也很多，大多是加蓬人和喀麦隆人开的，基本上是冒牌产品和低档用品，主要面向刚果（布）本地人和非洲邻国在布拉柴维尔打工的人群。而姚河海的超市品质比上不足比下有余，特色鲜明，品种齐全，不但适应中国人的需求，本地人也喜欢来这里选购。这不，门口的露天酒吧就近水楼台先得月，几棵芒果树成了天然凉棚，树中间拉几块遮阳布，摆几张破烂不堪的桌椅，从姚河海的超市买来熟食和啤酒，一转手直接翻倍。刚果（布）人温和安静，相处好了，关系会很融洽。

“有没有遇到过什么意外？比如抢劫和敲诈勒索之类的。”我问。

“开超市没有，这里是东方红的地盘，别人不敢的！”姚河海说，“倒是被没收过不少东西。”

怎么回事？他告诉我，前年他从国内订了10箱芙蓉王香烟，供经常往来的朋友们消遣。大家来了，心照不宣，摆个手势，拿张纸一包，几条烟就拿走了。后来也不知怎么让这边的稽查部门知道了，跑来搜查，把剩下的几箱烟没收了。

看来这些年他在布拉柴维尔做得不错，说起这些来风轻云淡。

我在东方红宾馆订了一个大包厢。布拉柴维尔的雨季，天黑得晚，晚上7点还能看见树叶上的雨水闪闪发光，东方红宾馆早早亮起了霓虹灯和电子屏，把小院映照得五颜六色。门梁上的国旗被晚风吹得轻轻飘动，像一双温暖的手在抚摸游子的额头。颜美中、曾建娥、曾建梅、蒋媛、邹小兵、向文华和他的朋友以及肖中其等陆陆续续到来。每到一位，都能引起一阵欢呼和拥抱，然后展开各种话题，那种亲切友好而又热闹的场面，令人感动。

肖中其是湖南省第二工程有限公司（以下简称湖南二建）的副总经理，负责刚果（布）的项目，也是湖南人在布拉柴维尔的核心人物之一。他把今天到来的每个人和他们的企业、为人，甚至逸事都向我作了介绍。说到姚河海，肖中其说："老姚啊，水平不高，能量很大；赚钱不多，人脉很广。像个蜘蛛，在布拉柴维尔织起了一张网！"

正说着，姚河海陪着周因来进来，大家不由得鼓掌让座，看来大家都很敬重周因来。难怪我要请大家吃饭，姚河海第一个电话就是打给他。周因来是周卫东的堂兄弟，很早就跟周卫东一起来非洲打拼，一步一步把企业做大做强。现在优利威士在非洲、南亚和太平洋等地区的国家都有分公司和项目。

那顿晚餐，亲情浓郁，气氛热烈。我有很多问题要问，他们也像是有好多话要倾诉，喝酒聊天，看似漫谈无边，实则有一根乡情乡谊的红线牵在其中，叫人难以割舍。快10点了，宇坤开车来接我，提醒说太晚了，怕不安全，我们才结束最初的聚会。

我注意到饭桌上，姚河海酒喝得不多，话也不多，一个人静静地听着别人的故事。

其后，又有几次不同层面的聚会，我都是通过姚河海安排，都是在东方红宾馆进行。在布拉柴维尔将近两个月，形成了一种心理定势，要找某些湖南老乡的信息，就去湖南超市找姚河海。他也总是不厌其烦，而且都能满足需求，好像他心里有一本永远也翻不烂的账本。

在布拉柴维尔我们就约定，待他清明节回国，我去杨市镇拜访，他带我好好看看杨家滩。

微信联系，他 3 月 25 日回到了老家，定了 4 月 24 日从广州中转埃塞俄比亚首都亚的斯亚贝巴去布拉柴维尔的机票。我们约定，4 月 10 日以后我去杨家滩。

4 月 9 日，女儿发微信给我，说布拉柴维尔的湖南超市被抢了，老板娘还负了伤。我心里一惊，赶紧给姚河海发微信。过了不久，他回信：张总，还好，老婆算是躲过一劫，谢谢你的关心！由于事态严重，我的机票已改签到 14 号，明天就去广州了，答应在杨市接待你的事也失信啦，还望你原谅！对不起！

这是我们认识以来，无数次微信联系中他发的最长的一段文字。望着手机上跳出的这些字符，我仿佛看到了姚河海怦然跳动的心和强忍着的泪水，以及他对朋友真诚而又无奈的愧疚。这个老实人呐！

后来断断续续从不同渠道了解到，湖南超市雇佣的那个喀麦隆人就是抢劫犯。他趁姚河海回国，店里只有老板娘和儿媳妇、孙子的机会，晚上入店抢劫，被老板娘发现，发生打斗。老板娘头部受伤，还断了 3 根肋骨，倒地不起。待其他人赶到，喀麦隆人已逃之夭夭。第二天报警，警察也无可奈何。刚果（布）与周边邻国的边界管理，跟非洲大多数国家一样，松散无序，而且接壤地区多为山区边界，巡逻力量明显不足。这也给周边国家来布拉柴维尔打工的不良之徒以可乘之机，即便是有身份证登记也无济于事。

尽管被抢走的现金不足 10 万非洲法郎，但姚河海老婆伤得不轻。布拉柴维尔没有好的医院，平时头疼脑热还可以将就，像这种骨伤和头部损伤，根本没办法治疗。姚河海只能将老婆送回国内治疗，在娄底医院一切都能解决。这或许是他内心得到的最大安慰。

2019 年 6 月，我去邵阳看望回国休假的周玉巧，周玉巧请来了李果佳夫妇作陪。身高超出一米八的壮汉李果佳，曾经在部队服役，转业后趁档案在接收单位和退伍安置办之间辗转腾挪的空当，跟着同学到了刚果（布），也在英布鲁工地干了将近 2 年。

“干什么呢？”我问。

“管理车队。”他说。

“那个杨平，不是也在管理车队吗？”

李果佳快人快语：“他是管车辆维修保养的。运石料的车多，有几十台吧。路不好，路途遥远，拉得又多，次次超载。车容易坏，杨平就负责联系修车。”

“他最大的功劳是把姚河海带出去了，那还真是做了个好事！”李果佳说。

“听说他们是亲戚？”

“嗯。姚河海吃得苦，他卖豆腐、开超市，搞什么事情都不让别人吃亏，所以能赚钱。”李果佳一下子把话题转到了姚河海身上。

“你们很熟吗？”

“熟？岂止！”李果佳把杯中的酒一饮而尽，“有时候我是他的影子，有时候他是我的影子，煮得烂熟。”

见我有些疑惑，周玉巧忙解释说，李果佳是东方红宾馆的股东。

李果佳也是个能干的人，在刚果（布）不到 2 年时间，长了见识，交了朋友，还赚了钱。

“不到200万吧，人民币。”李果佳说，“全部投到东方红了，当时布拉柴维尔华人多，大家能聚会的地方少，中餐馆只有个千叶饭店。周因来跟我们说，一起搞个宾馆吧。吃饭、洗脚、唱歌、住宿一条龙，省得大家无聊，把几个血汗钱全部泡在酒吧和赌场里。于是大家就把钱押上，办起来了。”

“怎么想到用东方红这个名字呢?”我问。

李果佳犹豫了一下，仿佛又回到了当年轰轰烈烈的布拉柴维尔。“哎呀，取名字是门学问啊！当时商议了好多个名字，总觉得不称心，什么芙蓉园、潇湘阁啦，反正与湖南沾边的都取过，好像还提到了洞庭湖，都觉得差了些味道。于是我们向赵教授请教，人家是大教授嘛，见多识广，水平高。他说你们放着一个好得不得了的现成的名字不用，还取这么一堆不痛不痒的。我们呆住了，什么呀？他说，东方红啊！全世界谁不知道啊？华人谁不知道啊？你们湖南人怎么灯下黑呀?！应该说你们是太阳底下黑！把我们教育一顿，教授真有味。”

可以想见，当时周因来、李果佳在被教授一语点醒之后醍醐灌顶般窘迫而又兴奋的神情。是啊，“东方红”，在异国他乡，在一个对中国、对毛泽东近乎顶礼膜拜的遥远国度，在一个华人聚居的地方，“东方红”该是多么具有感染力、感召力的名字，该是多么温暖、多么明亮的词汇啊！

那么像周因来、姚河海、李果佳这些在海外打拼的人们，何尝又不是披着东方红的霞光，把当年的梦想，化作力量和勇气，走出了中国气派、塑造了中国形象呢?！

师傅，师傅

“颜美中机械加工厂”的门头，仿佛是照搬20世纪70年代中国内地某个乡镇一级规模工厂的样式：比墙体要厚实的门柱，中间是对开的两扇铁门，铁门的左边开了一个小门，专供人员进出。门柱的上方有一个拱形的铁架，铁架上焊了几块铁板，每块铁板上用红色的油漆写一个字，八块铁板组成“颜美中机械加工厂”，既作工厂招牌，又显示出工厂主人的审美取向。

在布拉柴维尔，“颜美中机械加工厂”很有名气。在华人圈子，特别是湖南人中间，颜美中口碑很好。2019年2月14日晚，颜美中和中广集团有限公司的老潘陪我在布拉柴维尔有名的五星级酒店，也是法国人开办的世界连锁的力生酒店吃西餐。这天，刚果（布）旅游部长在力生招待客人，推介刚果（布）的文化旅游资源，很是热闹。我们从下午6点等到晚上9点，服务生才推着餐车打着响指，走向我们的餐桌。尽管时间很晚，但我们相谈甚欢。能欣赏到本地的非洲鼓、火花舞、歌曲等节目，我们自然大开眼界。吃完晚餐，服务生送来甜点，告诉我们今天是情人节，这是酒店赠送的。我们都已经感到吃不下了，准备起身离去，但颜美中叫住了服务生，请他拿几个包装盒打包，说：“福马喜欢吃，带回去给他。”

福马我认识，是颜美中厂里的本地雇工，也是他的徒弟。

“福马喜欢吃甜点？”我问。

“嗯，刚果本地人嘛，上也上得，下也下得。”颜美中说。

一个多月的时间里，我跟颜美中吃过3顿饭，他就给福马打包了3次。第一次是在东方红宾馆，他带了红烧肉，说：“福马喜欢吃肉。”第二次是在千叶饭店，他给福马带的是红烧鱼块，说：“福马喜欢吃鱼。”这次又是甜点。

那次东方红宾馆湖南老乡聚餐的第二天，我就到了颜美中机械加工厂。他早早地买好了西瓜、香蕉、饮料等我。他的厂长室兼卧室，摆设简陋，设备陈旧，一张木沙发、一张桌子、一台电脑、几箱纯净水、一个门上已没有玻璃的立柜，还有一张折叠床，显得拥挤凌乱。隔壁就是 3 间库房兼修理车间。院子大概不到 100 平方米，架着车床和工具，一地的汽车配件则顺着墙根摆放着。

布拉柴维尔的雨季很闷热，他让我在厂长室先吹吹空调、吃吃西瓜，凉快凉快，而我坚持要看看他的生产状况。他拗不过我，带我去车间看看。

“这是廖师傅，我小舅子的同学。我从常德把他挖过来的。”颜美中介绍说。

我向廖师傅伸出手。廖师傅把手在衣服上擦了几下，又收回去，说一手油，不好意思。

我问了问廖师傅的家庭情况，以及来布拉柴维尔背井离乡的感受。廖师傅不正面回答，却一个劲地说，老板好就什么都好。

“工资待遇怎么样?”我问。问完我就意识到自己犯忌讳了，怎么当着老板的面问人家员工的待遇呢？这属于商业秘密。

颜美中大概看出了我的窘迫，赶忙摆摆手：“没关系的，都是双方协商好了才过来的。一个月 15000 元人民币，往返的机票全报，包吃包住，一年休两个月假。在布拉柴维尔，属于高工资!”

“还有奖金!”廖师傅说。

“生意好嘛，大家都高兴。”颜美中说。

我仔细打量面前这个中等身材、微微发福的中年人：颜美中的精明写在脸上，浑身上下像是有用不完的劲，笑起来和蔼可亲，不笑的时候不怒自威，走路虎虎生风，站立稳如磐石。我猜想，他可能有点童子功，是个练家子。

听颜美中介绍，到他店里来修车加工零配件的车主，不但有华人，更有刚果（布）政府机关、外国公司，还有使馆的。布拉柴维尔本地的车主原来排斥他，后来因为他价格合理、服务到位，也就认可了。生意好的时候忙不过来，为了不耽误别人的事，他还主动把车主介绍给别的厂去修理加工。

我问他主要做哪些加工？

他说缸体、曲轴、缸盖、油泵、油嘴等等，只要是汽车上的，他都做。

我说这么大的摊子就靠你和廖师傅？

“不是，还有我的小舅子，他回国休假去了，再就是我的徒弟福马，黑人。有时候实在搞不赢，我就打电话给刚果（布）人开的店子，请他们支援一下，一般也会答应。”他说。

“中国人不是开了好几家修理店吗？怎么不请他们帮忙？”我问。

他迟疑了一下，说：“这个情况你不清楚，中国人的店子都忙，人手都少，还有一点就是名堂多。名堂多你懂的，不像刚果（布）人行就行，不行就不行，10 万就 10 万，20 万就 20 万。哪像我们，好多时候谈好的价不作数，不请客吃饭办不成事！”他似乎有些愤愤不平。

我为了不让他的这种情绪延续下去，就问：“你还带了刚果徒弟？”

听到我问他的徒弟，颜美中眼睛放光，连忙招呼：“福马，福马！Come，come！”

一个黑人弯着腰从门里头出来，理着非洲人常见的锃亮的光头，黑白分明的大眼睛和洁白的牙齿，厚厚的翻嘴唇特别醒目，一双长臂大手习惯性地朝我们扬了扬：“你耗——”

“你好！”我伸出手去。

他象征性地握了握我的手，我感到他的手力量很足。

“姓福马还是叫福马？”我问颜美中。

他哈哈一笑：“搞不清，一长串，反正我们就叫他福马，他也习惯了。人蛮老实，扎实肯干，学得也蛮快。”说完又哈哈大笑起来。

福马似乎听懂了他说的话，也羞涩地笑笑，不停地拿手在衬衣衣摆上揉搓。

在厂长室，颜美中介绍了他的发家史。

颜美中，出生于湖南省娄底市娄星区石井镇祖师村。18 岁到区交通机械修理厂当修理工，2011 年来到布拉柴维尔，与杨平、姚湘生合伙，开办汽车修理厂。说起在布拉柴维尔的生意，颜美中掩饰不住喜悦：“那时主要是靠杨平的人际关系和客源，说实话，那几年钱也好赚。布拉柴维尔大街上跑的各种车，好车有顶级豪车，烂车也烂得不行，在中国早就做黄标车处理了。但刚果（布）人生活水平不高，跑短途运输、跑的士的，都是从欧洲国家进口的淘汰货，只要刹车好，能上路，就先跑起来再说。他们的车辆是不需要经过年检的，只要打得着火，就让跑；只要不出车祸就没事。所以修理店也省事，车跑不动了，我搞得它能跑动就行。车的故障率高，修车的生意就好，那几年我们每年都是几百万（人民币）进账，舒舒服服赚钱。但天下没有不散的筵席，合伙嘛，说白了就是搭桥铺路打基础，个人翅膀硬了单飞是必然的。但我们几个是好合好散的。我办的机械精加工厂，姚湘生跟我一起做过一阵，现在到喀麦隆开店去了。就是我的亲外甥肖翔金，我 2012 年带出来，跟我做了 1 年多，现在也到黑角开了一家修理厂。老实说，我比别人做得好，赚的钱也多一点，无外乎就是技术好，收费合理，交工及时。人家要得急，哪怕是通宵也要把货赶出来！再就是尽量不跟人起争执，不管是本地黑人，还是从周边国家来的人，我都以礼相待，不能看不起别人，这是根本。一旦看不起人了，人心就变了，人心一变就离失败不远了。”

颜美中滔滔不绝，但绝没有华而不实。相反，我觉得他讲得既通俗又雅致，口吐莲花。

我问到他的徒弟福马，颜美中按下不表，指了指窗户外面：“看到那栋房子了吗？毛坯房。”

顺着他的手指看过去，一幢三层小楼紧挨着他的维修厂大门边，裸露的水泥砖墙还没粉刷，顶层还未完工的山墙残缺不全，整个建筑像一张揉破的照片。

“福马妹夫家里的，还没竣工。前几年他妹夫的父亲不知在哪里赚了钱，带着老婆儿子跑到法国去了，说是几个月就回来，结果几年了也没有回来。福马的妹妹带着两个孩子，天天望着空心屋发呆，吃又吃不得，用也用不得。亏得有福马这个哥哥，要不，他妹妹和两个孩子恐怕早就饿死了。福马是个好男人，万里挑一！”

福马没有别人那样花心，也不像别人那样今朝有酒今朝醉。刚果（布）男人妻四妾的比比皆是，但福马没有。他的妻子给他生了3个孩子，加上他妹妹一家3口，全靠福马在外面打工养活。福马原来在威海国际的工地上做事，3000非洲法郎一天。当时因为他押车的运砖车坏了，在颜美中的店里修，认识了颜美中。以后每次路过，他总是下车，到店里跟颜美中打个招呼。后来颜美中从杨平那里分出来单干，想找个本地黑人当帮手，就找到了福马，他二话没说就跟着颜美中干了。

“一开始做些粗活、体力活，后来我发现他还蛮灵泛，再加上人手不够，就叫他做些修理的基础的东西，他一学就会。慢慢地，到现在可以单独做了。”看来，颜美中确实对福马很满意。

颜美中说，很多本地雇员半个月领一次工资，工资到手，不是喝酒就是找女人，钱不用光不来上班。但福马不是这样，他从来都是按照合同一月一结，结完账全部交给老婆。他老婆到店里来过几次，不是送香蕉，就是送木瓜，反正树上有什么就摘下来送什么，表达感谢。颜美中也不亏待他，现在每天给他开 8000 非洲法郎，下半年准备开 1 万。这在布拉柴维尔是高工资了，一大家子不会饿肚子。

“跟他认识几年啦，他只在去年上半年求过我一次，那是他实在没办法了。”颜美中说。

“怎么回事呢?”我很感兴趣。

“这里的风俗很怪，父亲只管生孩子，不管养孩子，一切由舅舅负责。上学呀，生病呀，舅舅是随喊随到，不打半点推辞。有一天，他妹妹拖着小儿子跑到厂里来哭，那小孩一头卷发，肥肥嫩嫩的，蛮招人喜欢。她妹妹说着什么很着急，福马也急得团团转。我看出一点名堂来，就问‘是 Money，money’？是不是钱的问题？他妹妹点点头，福马却不敢正眼看我。我用手一摸，孩子滚烫的，病了！我立刻让我小舅子带上钱，开车送他们到马大夫那里去。还好，小孩不是打摆子，只是普通感冒，花了不到 2000 非洲法郎。月底开工资的时候，福马一张一张地数，把钱还给了我。他们数数是乱弹琴。我们还钱，数 20 张 100 的，2000，一次递给你。他们不行，必须一张一张数，数满 20 张。”颜美中讲起这些来绘声绘色，极富感染力。

“可能是习惯，听说欧洲国家没有万的概念，1 万是 10 个千。这里很早就是欧洲的殖民地，文化也受到了影响。”我说。

“还有，他们一天只吃两顿饭，怪可怜的。”颜美中语带沉重和怜悯，“也不知他是怎么熬的，干体力活，三餐不吃饱都不行，他还只吃两餐，我有时看到他实在饿了，就喊他跟我们一起吃，但他爱面子，死活不吃我们的饭菜。有几次朋友请我出去吃饭，我就给他带点回来，他勉强还接受，以为是吃剩打包的。”

啊，原来如此。颜美中，确实有仁者之心。

“你说他的坏习惯是什么?”我放不下好奇。

颜美中想了想："这可能就是你们说的文化差异咯，你看他上班穿得破破烂烂，一身的油污、汗渍，像个流浪汉，但是——"他特意加重了语气，"等到下班，他就完全变了一个人，变得不认得了！下班前，必定把自己洗得干干净净的，换上西装，打上领带，穿上皮鞋，昂昂扬扬地回家去！也不只他一个，凡属有份事做的刚果男人都这样，做事的时候穿得像乞丐，下班后像绅士。有句俗话这样说：非洲人吃饭靠大树——树上结什么吃什么；经济靠援助——包括我们国家也给非洲援助了不少钱和项目；穿衣穷讲究——非洲男人都有标配，夸张地说，三分之一的家当穿在身上了。"

听了颜美中的讲述，我为他的所作所为感到欢欣鼓舞。我向他转述了前几天参加中建中西非公司刚果（布）籍雇员家属"中国新春联欢会"后，公司汪总跟我们讲的一段话：

"我祝贺联欢会取得成功，刚果（布）的家属和孩子们对中国的传统文化项目——剪纸非常感兴趣，都兴致勃勃地动手一试。而且马福林大使、杨佩佩参赞和刚果（布）文化部官员的莅临，把联欢会的规格提高了！公司非常重视中刚文化交流，对刚籍雇员也很关心，比如年终奖励，我们不发现金，担心他们一高兴就跑出去喝酒泡妞，丢下家人不管。所以我们都是发油、米、肉等生活物资，而且要求一定要拿回家，与家人共享。今天把家属和孩子们请来，就是要让他们感受到中国公司的温暖和关怀，感受到我们是一家亲。现在刚果（布）经济不好，大学教授都领不到工资，下层的政府官员也收白条，但中建中西非公司从不拖欠员工工资，待遇还比较优厚。要让他们和他们的家人认识到，能在中资企业，在中西非公司工作是幸运的、幸福的。我看到这些孩子在食品柜前欢呼雀跃的样子，心里五味杂陈，很是心酸。一个小家也有遇到困难的时候，更何况一个国家。中建中西非公司选择坚定地与刚果（布）和非洲国家站在一起，这既是企业发展的需要，更是民族大义、国家战略!”

似乎是在内心细细品味，我们久久没有做声。个人的格局与气度能够与民族、与时代合拍，那是一件多么幸福的事。远在异国他乡，整天敲敲打打搞修理和精加工的颜美中，是否感受到了他的一举一动，其实也是在为万里之外的祖国和非洲的友谊夯实了基础，增添了光彩呢？我想会的。

颜美中请我一起去吃晚饭。他说去东方红宾馆吧，想吃湘菜了。

我们出门，身后传来福马热情的声音：“师傅，你耗！你耗，师傅!”

颜美中笑了起来：“几年了，就会这两句。”

姐妹花和夫妻店

先说姐妹花。姐妹花是指布拉柴维尔森旺砖厂的姐姐曾建娥、妹妹曾建梅。

最近看到曾建梅在微信朋友圈发的两张图，其中一张图上的文字是：

> 我很喜欢这句话：你没有野心，说明你不够穷。你本来就不成功，怕什么失败？

给人的感觉，这是一碗放了人参天麻略带苦味的心灵鸡汤。另一张是她素颜便装照，脚踏泥泞，站在一辆橘红色重型 HOWO 卡车前面，开心地笑着。这张照片的拍摄地点是她的森旺砖厂，从泥地上的车辙印可以看出，这是一辆刚刚送完货返回砖厂的车。综合两张图外溢的信息，我得出结论，最近曾建梅的心情和森旺砖厂的生意都不错。

认识这对姐妹花，也是在东方红宾馆第一次的聚餐中。

曾建娥姐妹那天来得早，当姚河海把她们引进包厢时，我第一眼认定姐姐曾建娥是位邻家妹妹、当家女人。中等身材，五官精致，皮肤黢黑，穿着打扮随意中透出清爽，不卑不亢中有一种亲切感。这是一个经历了不少风雨，并抱定目标奋力拼搏的人，担当和责任像血液一样，注定在她周身涌流。

曾建梅则完全是另外一种气质：化了淡淡的妆，眉眼之间光彩奕奕，头发乌黑发亮，衣服和裙子一看就是品牌货，一副柔弱的身板，一脸浅浅的笑容，说话也细声细语。吃饭时看见她画了指甲，五个指头五种颜色，丰富多彩，浪漫热烈，与她的性格似乎形成了强烈反差。一顿晚餐下来，她很少说话，紧紧挨着她姐姐，一副小鸟依人的样子。我估计她在砖厂顶多是个会计。

大使馆举办华侨华人新春联欢会那天，我碰见了姐姐曾建娥。抽奖环节，她两次上台领奖，自己抽中一个，还代替朋友抽中一个。朋友胆小，不好意思上台，怂恿她上台代领。面对一阵阵掌声和欢呼声，她仍然是一脸云淡风轻。

“你妹妹没来？”我问。

她笑了笑：“没有，她在厂里处理事情。”

“她——”我一时不解，“处理事情？”

曾建娥大概是看出了我的疑惑，说：“我妹妹很不错的！再说，让她多管点事历练一下，我过几天可能要出去。”

“回国吗？还是——”

她迟疑了一下：“还没定好。”

听她这话，我知道她其实已经定好，只是不愿早说。春节过后，我去森旺砖厂，得知她在联欢会后的第三天，就去了塞内加尔，现在正在喀麦隆考察市场，准备开设新的砖厂。

曾建娥曾经讲过她在刚果（布）打拼的艰难和不易，听得人汗毛竖起，心惊肉跳，也不得不为她的拼劲和智慧所折服。

她被抢过三次。第一次是2013年6月，八一五大道上，青天白日，车少人少，一台出租车疯了一般超过去，横在曾建娥的车前。还没等人反应过来，两个黑人箭一般冲过来，左手举着刀，右手拇指和食指快速搓动："Money，money！"车门被拉开，曾建娥只觉得一股热浪烧灼全身，两眼发黑，思维断片，直到黑人翻走包里的钱，从容离去，她的双手还在发抖。远去的出租车仿佛一颗绿色的子弹，呼啸着从她眼前飞走，消失在刚果河边红褐色的土地里。

第二次是2015年11月。那天下午，她刚从北京建工集团有限责任公司（以下简称北京建工）结账，带回了7000多万非洲法郎现金，准备第二天存到中刚银行去。晚上，布拉柴维尔风雨大作，雷鸣电闪，不知为何，砖厂和她们的住房又停了电。大约凌晨2点，曾建娥和赵雄听见有人在撬他们住房外面的铁门。他们赶紧起床，赵雄拿着一根铁棍，曾建娥拿两把菜刀，一边在防盗门后面装腔作势，一边大声假装报警，向邻居求救。其实半夜三更，谁的电话也打不通，更别说警察了！她们用半生不熟的法语大喊大叫，不停地向"警察"报告情况，还自作聪明地说出警察到来的时间，就是想吓退劫匪。果然，当曾建娥再一次跟警察"通话"，得知警察10分钟就到，她兴高采烈地大喊"Merci，merci"（法语：谢谢，谢谢）之后，劫匪在一声惊雷中逃之夭夭，消失得无影无踪。

第三次更有戏剧性也更刺激。那是2016年与蒋志群分开单干后，也是大雨天，也是半夜，4个黑人撬开了钢管焊接的第一道铁门，在第二道防盗门前与赵雄曾建娥夫妇对峙。黑人通红的双眼，与他们夫妇愤怒的双眼相对，燃烧出不同的火焰，足可以把黑暗点亮！赵雄的长砍刀从防盗门缝向外捅，曾建娥的菜刀拍打出恐怖的声音，砖厂的守夜狗不失时机地狂吠起来，房东带着他的数个妻子和大小不一的孩子，足有一个加强班的队伍，浩荡来援。这阵势估计劫匪们也没见过，他们只有落荒而逃。

曾建娥、曾建梅两姐妹同样来自湖南邵阳市邵东市。2012 年，蒋志群的合作伙伴中就有曾建娥的爱人赵雄。赵雄与蒋志群都是邵东人，一起做过几年生意，也是那种人生价值没有充分体现，个人能力没有充分释放，腰包不鼓，时不我待的人。合作 2 年后，两人分家，各自经营一家砖厂，客户资源共享，谁维持得久就是谁的，选择权在客户身上。夫妻二人单干后，曾建娥把妹妹曾建梅也带了过来。

头两年，曾建梅不愿耗在姐姐的砖厂里，而是买了几台货车跑运输，从黑角到布拉柴维尔，主要运输水泥等建材。司机都是刚果（布）本地人，客户倒是以中资企业为主。当时 1 号公路还有些路段不通，黑角到布拉柴维尔 500 多公里，正常情况下都需要三四天，稍有不顺五到七天是常事。这么长的时间，这么远的道路，几台车的货物，曾建梅必须亲自押运。

在这里，女人押车是件苦不堪言的事。1 号公路是刚果（布）的“梦想之路”，但路况还不如国内的省道，一路上没有服务站，有几家饭店和宾馆，也是破旧不堪。为了赶时间，押车人都是买一大桶纯净水、一袋子法国面包，打发漫长的旅程。讲究的，还买点水果。跟刚果（布）司机坐同一个驾驶室，也是让人苦不堪言的事，天气炎热出汗多，几天不洗澡，那种刺鼻的酸臭味让人反胃想吐。为了尽量减少上厕所（只能在野地里或山坡上树草茂密处），女人们只能尽量少吃东西，不喝水。实在口渴了，就拿水沾沾嘴唇、漱漱口。有时实在困了，在车上打个盹，头被磕碰得大包小包。车坐久了，更是腰酸背痛。好在刚果（布）男人普遍和蔼本分，不生邪念，对女人也比较绅士，否则一个女人押六七台车，是不可想象的事。

每次押车回来，交完货结完账，曾建梅疲惫不堪、踉踉跄跄地回到家，人都瘦了一大圈，又黑又脏，头发凌乱，双目无神。她总要把里里外外洗个通透，睡上一天一夜，然后到布拉柴维尔最好的美发店做头发，到最好的美容店做护理，到法国精品店去买衣服。“女人就要对自己狠一点！”她原来只觉得这句广告语好笑，现在看来恰好符合她当时的心情，她要把失去的东西补回来，让年轻的自己闪闪发光。

但潇洒不可长久，卡车还得发动。刚刚变得水嫩的皮肤又要去经受炙烤，刚刚吹好的发型又要去迎接风的侵扰。2 年时间，从雨季到旱季，1 号公路沿线的景色她早已烂熟于心，去是一种煎熬，回是一种期盼。黑角、多利吉、恩卡伊、马丁古、金卡拉、布拉柴维尔，1 号公路从起点到终点的每个城市，都在她的心里默念过无数遍，都是她和她的车队期待的下一站。

两年后，疲惫不堪的曾建梅放弃了车队，也放弃了她的风雨奔波。因为生意好，森旺砖厂扩大规模，姐姐心疼她，强烈要求她来砖厂主事，而自己则筹划未来的发展，以一个企业家的深谋远虑，绸缪于未雨，防患于未然。她知道姐姐为家族富裕、为砖厂发展操碎了心，她也知道姐姐似乎已经嗅出刚果（布）经济的颓势，在做一些另外的打算。

果然，由于石油价格下跌，刚果（布）整个国家经济受到沉重打击，好多建筑工地停工，水泥砖瓦需求量急剧下降，布拉柴维尔周边有好几家砖厂都停产了。好在森旺砖厂名声在外，有价格、质量和服务优势，暂时还没有受到太大的冲击。在关掉部分设备、辞退了部分工人、只保留一台制砖机生产的情况下，经营还算饱和。这也是曾建梅在姐姐去邻国考察时，敢于接下这个管理重担的底气所在。

2019 年 1 月 31 日下午，我给曾建梅打电话，请她发个定位，我和宇坤开车去森旺砖厂采访她。对于在刚果（布）使用卫星定位系统，我一直信心不足。有一次去某教堂，定位显示 200 米，却走到了一处断头路的尽头。这次去森旺砖厂，曾建梅在电话中给宇坤说了个大概方位，我们边走边找。定位也在不断地提醒，但走了大概 20 公里，定位突然失去了方向，像个回答不出问题的小学生，羞涩无语。根据曾建梅的描述，我们把车拐上了 2 号公路边的一条岔路。开了大约 3 公里，越看越不对劲。这条路是一条泥沙混杂的土路，越往前走越窄，给曾建梅打电话却无法接通。没办法，还得继续往前找个掉头的地方。车辙深陷，沟壑连横，车子跳跃着前行。看到前面有块稍微开阔的地坪，我们正准备去那里掉头，但有根木杆挡住了去路。我下车准备移开木杆，突然，从路边的土堆上跳下来几个五大三粗的刚果（布）青年，对着我们一阵手舞足蹈。

我的心里咯噔一下，怎么办呢？语言不通无法交流。宇坤正在学英语，但这里是法语区啊，而且他们说的是方言。我只好不停地说“China”，情急之下，还蹦出了几个汉语词汇跟他们解释说迷路了。可能是“China”起了作用，或者是车上的使馆牌照起了作用，有个黑人小伙子问：“What are you doing?”

我问宇坤：“英语迷路怎么说？”

他正在倒车，说：“是 Lost 吧！”

死马当活马医，管他发音准不准，我说“Lost”，一边做出头脑不清醒的表情，一边在手机上发微信给曾建梅。

刚果（布）小伙子还在继续提问，我一律摇头，表示没听懂，其他人在哄笑。

手机终于有了信号，曾建梅发了几张图片过来，我如获至宝赶紧拿给他们看。几个人一看图片，兴奋地嗷嗷大叫：“森旺，右，右——”又是一阵手舞足蹈的比划。这次我们看懂了，是要我们原路返回，上大路后往右拐。

后来得知，这群人原来都在砖厂干过活，因为压缩生产规模，他们刚刚被辞退，所以能从图片上辨认出方位，还能用中文说出厂名。

曾建梅在门口等我们，几只高大威猛的德国牧羊犬也同时加入欢迎的行列。这是2号公路边的一个山坡，半边被推平，另一边低洼地被填实抬高了。将近2000平方米，用碎石和非洲特有的红土夯实将近50厘米厚，形成了坚固的工作面。制砖机、发电机、柴油机依次摆开，运砖的卡车静静地停放在一边，一墙一墙的砖坯码放得整整齐齐，有专人拿着水枪给砖坯喷水。这是机制水泥砖必需的养护程序，不然就会烧坏、皲裂。

“森旺国际开发有限责任公司”的中文招牌，配上两面中国国旗图案，另一边挂着一幅装裱质量不高的“鸿运当头”的书法作品，旁边是“福”字和“喜”字，萨苏总统的大幅照片挂在正中间。

几个黑人在玩纸牌，见我们进来，马上礼貌地起身用中文跟我们打招呼：“你耗！”几个本地妇女抱着孩子，跟在我们身后看热闹。

曾建梅指着黑人男子说：“这是拉砖的卡车司机，在等装车，那几个女人都是房东的老婆。”

我也听说了，在非洲，一个男人老婆孩子的多少，某种程度上代表了他的富裕程度。看来，曾建梅的这个房东是当地的一个地主。

我请曾建梅带我去看她和姐姐曾经抵御劫匪的房子，特别是那张传奇的铁门。

房子就在大门边上，低矮狭小，一大间两小间，大间是厨房，也是会客厅，两小间住人。进出门是国内常见的那种防盗门，只不过在防盗门外加了两层钢筋焊接的防护网，这就是曾建娥告诉我的“钢筋碉堡”。

在那个大雨如注、月黑风高的夜晚，孤立无援，一个男人带着两个女人，抵御至少四五个匪徒的进攻，那是怎样的惊心动魄、命悬一线啊！

“怕吗？”我问曾建梅。

“怕！”她说，“当时魂都吓脱了！”

“现在呢?”

“不怕了。”

“为什么?”

她没有马上回答我，几个司机找她签字。送货出门、客户清点数目都必须有她的签字。签完字，她又跟房东的那几个老婆打招呼，待她们心满意足地走了，她才回答;“现在为什么不怕呢? 不是我有三头六臂，一是防护措施更好了，二是每天晚上至少有两个黑人工人住在厂里，是他们自己主动要求守护的，不要报酬，听见狗叫他们就要起来查看。房东也很关心，她们几个女人过来就是要探清你的情况。刚才跟我说，来的是中国人，她们就放心走了。你说我还有什么好怕的?”眼前的曾建梅全然没有了弱女子惊恐如兔的慌乱，却有一副成竹在胸的稳健模样。

再说夫妻店。

周玉巧大眼睛、高鼻梁、巴掌脸，是很适合上镜的那种模样。她快人快语，浑身上下透露出一股不服输、敢打拼的冲劲，是那种典型的外表柔弱、内心强大、韧性极强、看准了事一定做到底的女孩儿，特别能坚持和忍耐。这种女孩儿天生给自己选了一条跋涉的路、辛苦的路，也是不断释放、芳华永驻的路。

周玉巧 1987 年 6 月出生在湖南省邵阳市新邵县。2008 年从安江农校畜牧兽医专业毕业，被新邵县聚福镇畜牧站聘为合同制技术员。2014 年与开货车兼做一些修桥补路小生意的丈夫结婚，2015 年女儿出生。2016 年 3 月 15 日，周玉巧夫妇背井离乡，告别父母和女儿，带着美好梦想，踏上非洲大地，来到陌生的布拉柴维尔。

是堂弟周玉富介绍他们来布拉柴维尔的。作为湖南基础工程有限公司（以下简称湖南基础）刚果（布）1 号公路项目部办公室主任，周玉富 2013 年就到了刚果（布）。几年下来，周玉富不但把项目部上上下下打理得井然有序，而且与周边单位、各色人等合纵连横、相处有道，积累了大量的人脉资源。2015 年回乡探亲，看到姐姐姐夫生活并不宽裕，就动员他们到油价高、钱好赚的非洲发展。“到布拉柴维尔开汽车修理厂吧，可以先跟朋友合伙。你们只管把技术和服务做好，客户我来拉!”周玉富给了姐姐姐夫很大的信心。

因为女儿未满周岁，也因为签证迟迟没有办下来，2015 年他们没有启程。直到2016 年3 月，在春日暖阳、梦想花开的季节，周玉巧夫妇满怀希望地飞到万里之外的非洲。

2019 年 1 月，我在东方红宾馆请湖南老乡吃饭，秀气小巧的周玉巧很健谈，思维清晰，逻辑性强，而且谈事说理都能够把自己摆进去，让人很信服。第二天，我去她位于布拉柴维尔毕拉街区的“老杨修理厂”。院子不大的地坪上停满了待修的车辆，进门两间房，一间是客厅，一间是厨房，像布拉柴维尔大多数人的出租屋一样，窄逼而又破旧，楼上估计就是睡房了。

“杨老板不在?”我问。

“你问我老公啊？他回国治病了。”周玉巧说。

“什么病，要紧吗?”

“唉，一言难尽!”周玉巧满脸愁云。在随后的讲述中，这个瘦弱的女孩儿身上那种抗压、抗打击能力，令人肃然起敬。“刚到布拉柴维尔，我们是跟人家合作的，机器设备、房租等，我们都负担一半的费用，我弟弟还拉来很多业务。刚开始生意还算不错，但由于我们初来乍到，人也过于耿直，没有防人之心，几个月后，对方告诉我们，不但没赚钱，反而亏了，我们投进去的几十万打了水漂。我老公要看账，对方不让，起了冲突，我老公被打了，在教堂那边李辉的医院里缝了 10 多针。这时候我弟弟已经任期结束回国了，听说我们闹了矛盾，还被人打伤了，立马买机票赶了过来，请赵教授调解。赵教授是国内一所大学的教授，退休后来非洲发展。他在刚果（布）人脉很广，威望很高，帮过很多中国人。在教授的调解下，对方答应赔我们 50 万非洲法郎，但是到现在一分钱也没出。那时候，老公受伤住在医院，我们又从原来的修理厂搬了出来，没地方住，身上也没钱，日子真的苦啊！只能向父母开口，从家里拿钱——”

我递给她一杯水，她清澈的大眼睛里有暗雾飘动。似乎不吐不快，她没有停顿，继续讲述：“毕竟还是好人多，我也遇到了不少贵人。首先是我的两个修车师傅。第一个师傅叫肖东义，是我们跟别人合伙的时候请的，15 万人民币一年，吃住、休假往返机票、签证什么的，费用我们全包。分开以后我们单干，没什么客源，老公又负伤了，师傅没事做，天天躺在沙发上跟老婆视频。过了一阵子，肖师傅说，老板娘，你的新沙发我都睡烂了，再把床铺睡烂就太不好意思了，我还是先回去，等你们生意好了，我再回来。半年以后，他守信誉，又买机票回来了，真叫人感动。肖师傅又做了一年，回家买房的时候，父亲过世了，他就只能留在家里了。现在的这个师傅姓王，辽宁人，老实本分，吃苦耐劳，技术好。他原来在汪广新的修理厂做，后来汪广新做别的生意去了，王师傅就去了新加坡。我找了很多人才联系上他。新加坡那边生活成本高，存不到钱，这边他熟悉，不用自己花什么钱，他乐意过来。王师傅现在是布拉柴维尔汽车维修的一张王牌，很有名的，我的生意也越来越好。”

“还有那个金矿老板。尽管那次亏了不少钱，但我仍然感谢他。金矿位于刚果（布）北部的韦索，快到喀麦隆边界了。他们每次到布拉柴维尔，都把车放在我这里维护和保养，我们关系很好。那天金矿老板来电话，要我老公带人去韦索拖车。我当时不太想我老公去，太远了。但我老公说，人家信任才打电话来，再说他们修一次车，换的零配件多，也可以赚几十万（非洲法郎），辛苦一点，值得。谁知道这一去却出事了。路程远，路况又不好，我老公很疲劳，车撞树上了，把工人甩出去，受了重伤。金矿老板一边安排给伤者治疗，一边帮我们缴纳了部分罚款。后来他被罚了2000多万（非洲法郎），我们赔偿黑人和罚款的也有800多万（非洲法郎）。都是借的钱，靠朋友们帮忙，东挪西凑。那段日子，我不知偷偷地哭过多少回，整夜整夜睡不着，掉头发，吃不下东西，人瘦得像鬼一样。我爸妈心疼我，说家里替你们把债还了，赶紧回来吧，保着命！”

“但我们不能回去。来的时候把国内的工作丢了，几年间在这里不明不白丢了将近70万人民币，打水漂了。就这么认输，灰溜溜地走，不是我们的性格，更不是湖南人的性格。打碎牙齿和血吞，从哪里跌倒就从哪里爬起来，总会守得云开见日出！”

她的眼神，她的语调，有倔强，有坚毅，而且，她小小的身体似乎有一股巨大的爆发力！

这时王师傅进来，要她给什么人打电话，说车修好可以取了。周玉巧拿出手机，哇啦哇啦说了一通，脸上洋溢着掩饰不住的兴奋。

我问她，刚才说的是法语吗？和谁学的？

她哈哈大笑：“本地话加法语，黑人教的，正规翻译都听不懂！”

我问现在刚果（布）生意好做吗？周玉巧说，有说好的，有说差的。大家在一起交流，无外乎三个字：赚，赚多赚少都是赚；混，有进有出，得过且过；亏，这是最惨的，“蓝瘦香菇”！说到这个前几年的网络流行语，周玉巧淡淡地一笑，仿佛谈论的不是关乎身家性命的生意，而是一个无伤大雅的笑话。好在她马上恢复了一贯的语言风格，把自己的状况摆了进去：“反正我们家还好，2018年开年就把所有的欠款都还完了，包括借父母的钱。感谢朋友们帮忙，这一年生意好，而且越来越好！赚了钱心情好，身体也好。我老公这次回国，就是要把打架负伤没有根治的后遗症治好，还考虑把四岁多的女儿接过来上国际幼儿园，让她上完小学后，再回国上初中。现在我们还想扩大修理厂的规模，办一家像国内那样的正规的4S店。”

侃侃而谈，轻松愉快，周玉巧被幸福感和满足感所包围，双眼清澈如水，两颊绯红如胭。我似乎看到万里之外的湖南湘南山区，那些倔强的、怒放的、不屈不挠的火一样的花朵！

给教授和将军传艺

在布拉柴维尔的湖南老乡中，邹小兵有些“另类”。他是衡阳市衡阳县曲兰镇人，与明末清初大思想家王船山是近邻。其他老乡总能多少说点普通话，只有他一口家乡土话，实在难懂。谈起养鸡、养猪、饲料、病虫害等农业、畜牧业相关话题，他有说不完的话，专业而絮叨，不管别人愿不愿意听。

刚果（布）贡贝农业技术示范中心是由中国农业农村部援建，中国热带农业科学院承接的国家间合作项目，占地5000多亩，规模大，标准高，一看就是大手笔。我去贡贝的时候，科学院只有一位人员值守，偌大的地盘就邹小兵和他的一位吉林籍的雇工老谢两人，经营着他的养鸡场和养猪场。蒋志群带我们去，轻车熟路，在基地外围的土路上把车开得飞快。两边的灌木和杂草比车身还高，只有基地的绿色围网依稀可见。

蒋志群打了几个电话，邹小兵总说马上到，马上到，就是不见人来。蒋志群有些不耐烦了，随口飙出一句“湘骂”，然后问我是先在车上休息还是进去看看。

我说，进去看看吧。蒋志群熟练地把钢筋大门上的铰链解开。进去不远，突然从四面八方围拢过来一伙黑人，七嘴八舌地抢着说些什么。蒋志群向我解释，这些都是邹小兵带出来的“徒弟”，也在周边养了猪、养了鸡，见了中国人就纷纷推销。

“邹小兵还带徒弟？”我好奇地问。

“也不是正经的徒弟。”蒋志群说，“他们不是承包了基地的场地吗？基地要培训刚果（布）人，国内来一部分老师上课，其他的课就是邹小兵和他老婆上，还蛮受刚果（布）人欢迎的。”

说话间就闻到了浓重的猪粪和鸡粪的特殊气味，几排猪舍和鸡舍出现在眼前。老谢出来打招呼，蒋志群问：“邹老板干什么去啦？半天还冒来！”

老谢说：“去超市送鸡蛋了，听说还要顺便到教授那里看看。教授家的鸡病了。”

教授家的鸡病了？又一个采访线索在我脑子里形成，等下要好好向邹小兵了解清楚。

过了不久，邹小兵打来电话，问蒋志群，是他到养殖场来还是我们去他的办公室喝茶？

“不来不来，滂臭的。去喝茶！”蒋志群干脆地说。

邹小兵常常答非所问。在2个小时的交谈中，对我提出的问题，他的回答基本上都要“跑偏”，而最津津乐道的是两件事：一件是遭反政府武装袭击。2016年刚果（布）大选之前，布拉柴维尔地区局势不稳，反对派经常闹事。贡贝地处郊区，是反对派武装进攻首都的必经之路。那天半夜，邹小兵刚刚入睡，清脆的枪声划破宁静的夜空，把他惊醒。随后，密集的AK47步枪子弹飞沙走石般袭来，击碎了中心二楼的玻璃门窗。那种碎玻璃砸在地上的声音，从耳膜直接刺入心脏，痛感和呕吐感同时涌起，让人几乎昏厥。在邹小兵他们惊恐不定、束手无策的时候，附近兵营的部队赶到，汽车灯和探照灯把漆黑的夜空撕扯得支离破碎，也把反对派武装追赶得屁滚尿流、逃之夭夭。就是这天晚上，邹小兵他们与阿罗伊将军结识，并建立了友情。

另一件，就是鸡蛋滞销的事。

非洲国家特别是像刚果（布）和刚果（金）这样的中西非国家，资源丰富，土壤肥沃，气候适宜，但由于农业和民族工业极为落后，所有吃穿用全靠进口，令人疑惑不解。像邹小兵这样的中国人办的农场和养殖场，对缓解当地农产品供应压力，平抑物价，起到了很好的补充作用，因而受到重视和欢迎。但同时，国家进口经常出现的计划无序和品类膨胀，也给当地农产品销售带来不少困难。

邹小兵的养殖场有 2 万多只蛋鸡和 300 多头肉猪。2017 年 3 月，糟糕的雨季还迟迟没有结束，气温居高不下。当时法国农产品过剩，有倾销意向，所以刚果（布）进口量大，价格也低于日常水平，特别是鸡蛋和猪牛肉产品，充斥着布拉柴维尔的大小超市和货场，因而邹小兵 30 多万枚鸡蛋无人问津。看着库房里一板一板的鸡蛋节节码高，邹小兵忧心如焚。30 多万枚鸡蛋不是小数目，而且气温高，尽管把库房里所有空调都打开降温，时间长了还是容易变质。没办法，邹小兵只得不停地给超市和中资机构、华人朋友打电话，但得到的结果令人垂头丧气。就在他一筹莫展、损失几乎板上钉钉的时候，喜讯从海上传来：大西洋季风使海轮靠不了黑角港，进口的农产品和其他食品一时脱销，变得紧俏起来。邹小兵咸鱼翻身，30 多万枚鸡蛋两天之内被抢购一空，价格还比平常的 80 非洲法郎一枚略有上扬……

在邹小兵激情四射的讲述中，蒋媛打来几个电话，催促我们回中湘砖厂吃午饭。的确，时间已经过了中午 12 点，还有几十公里的路程。尽管我还想多参观一下这个国内援建的中西非最大的农业项目，但客随主便，不能打乱砖厂的作息时间。

蒋志群似乎看出我的不舍，把邹小兵拉上车，说：“边走边讲，边走边讲。”

坐到餐桌上，端起酒杯唱主角的就是蒋志群了，根本轮不上邹小兵。我也不好意思打断蒋志群的谈兴，心想再跟邹小兵微信联系吧。可惜直到要离开布拉柴维尔，也没有跟他联系上。曾建梅给我饯行的聚会，邹小兵临时有事，没有参加，关键是我加他的微信，他也不理睬，没有通过。

对他的采访没有完成一直是我的心病。有一次我跟蒋媛聊天，问邹小兵还好吗？她回信说，几个月没见到邹小兵本人了，但昨天还跟他老婆何春玲一起逛法国超市，并且把何春玲的微信名片推给我。我立马加了，等待她通过。

几分钟，好友已通过，并发来一个笑脸。

小何好，我是湖南岳阳张雨晴。

你好啊，很高兴认识你（跳舞）。

我春节前到过你的农场，陪小兵吃过饭，大家对你一片赞誉（几个大拇指）！

不敢（害羞），你是女同志吧？

不好意思，男同志（大笑）。

谢谢大家，其实我做得不好！

语音：怎么？男子汉？是个女孩子的名字哟。好的，好的，很高兴认识你！

就这样，图、文、声齐全，我就算认识了何春玲。万里之遥，也能感受到她的气场。我有一种强烈的直觉：对邹小兵采访留下的遗憾，肯定能在何春玲这里得到弥补。

因为各自忙碌，也因为时差，我一直与何春玲保持着简短的微信问候。2019 年国庆前夕，她告诉我，国庆长假之前会回国，而且在广州待的时间要长一些。

10 月 23 日，早晨醒来就收到何春玲的微信，说她今天从衡阳返回广州，明天晚上去斯里兰卡。

我说，那我明天一早来广州，我们见一面吧！

她回答说：好，只是太辛苦你了！

24日上午11点，我到达广州火车南站，何春玲说她一会儿就到。广州南站太大，人流太多，我们约定在西出站口见面。

首先出现的是邹小兵，依然是那么瘦而精干。还没来得及打招呼，边上的一位女性已经扬起了手，欲言又止的样子，估计是在犹豫怎么称呼我。

“何春玲！”我喊了出来。

“张老师好！”她终于找到了一个合适的称谓。

个头不高，理着男人一样的短发，微胖，面容黝黑，精气神十足，干练大方。站在她的身边，感觉像有一块烧红的烙铁丢进水里，“哧”的一声，冒出一股腾腾的热气。

广州南站周边没有茶楼、餐馆或者咖啡店，我提出就在车站内吃点快餐，边吃边聊。

“我们9月中旬就回来了，一直在广州陪儿子。儿子学校国庆长假结束开学以后，我们回衡阳看了看。”不等我开口问，何春玲说。

我有些好奇：“你儿子在广州？”

“小儿子。”邹小兵说。

“孤独症。”何春玲说，“12岁了，不说话，不跟别人交流，连小朋友的游戏都不玩，只对吃的感兴趣。”她忧心忡忡：“没有给他一个健康的身体，作为母亲，我很内疚。”

这是一个家庭的痛点，我一时语塞。

“去非洲之前就把他放到广州来了。学校条件好，照顾得也周到，就是费用高点。”邹小兵说。

不等邹小兵继续往下说，何春玲接过话：“我们奔来奔去是为啥？

还不是为了两个儿子，高一点就高一点呗！”

“你们还有一个儿子？”

“是的，在中国地质大学（武汉）读大四了。”何春玲说，“一米八二的个头，英俊潇洒。学习成绩也好，得过很多奖，保送读研哩！”何春玲一脸灿烂。

开心与失落，像阳光与乌云一样，在一个母亲的脸上切换，那这颗母亲的心脏会有多么强大啊！眼前的这个女强人，该是背负着多少辛酸和无奈，怀着多少期盼和梦想，在负重前行。

为了把她从情绪的低谷中拉回来，我开始了提问。抛砖引玉，用在我对何春玲的采访提问中，再合适不过。

“你是怎么想到去刚果（布）搞农业项目的？”

“我和他（指邹小兵）是1990年下半年考上的安江农校——就是现在的怀化职业技术学院，1993年6月份毕业。袁隆平院士当时是安江农校的名誉校长，一天到晚穿一双黄跑鞋、戴顶草帽往田里跑。毕业工作不久，我们就从体制内出来自己做了，在怀化搞农业项目。我们俩都是学畜牧养殖的，当时摊子铺得挺宽，做农庄、养种鸡、搞孵化，也挺累。2012年暑假，我原来安江农校的老师李建军来农庄玩，说要一点肥料给他岳母娘种菜，我就拉了一车鸡粪去。李老师了解我们的情况后说，你做得这么辛苦，还不如跟我出去看一看能否在国外找到商机。他当时是中国援建利比里亚农业技术示范中心主任，我动心了。2013年元旦，我是在飞机上度过的。在埃塞俄比亚转机的时候认识了中国热带农业科学院的几位领导，他们在刚果（布）有一个农业援建项目，这次也是去利比里亚考察李老师的项目的。”

“我们一路同行，谈得很投机。他们也希望我去看看，我们互相留了微信。在利比里亚待了20天，我没有看上这里的项目，主要原因是项目地离首都太远、太不方便。回国以后，刚果（布）农业技术示范中心经常给我发微信，咨询鸡和猪得病了该怎么治疗。他们知道我既有理论也有实际经验，后来便邀请我过去，他们提供场地，还有优惠政策。就这样，2013 年 3 月 12 日，我就去了刚果（布）考察。后来中国热带农业科学院的领导又来怀化考察我，包括公司呀、技术呀、实力呀等等，双方都认可了，才签了合同。我这一块的合同比较简单，我既是专家，又是承包经营者，我的畜牧经营他不插手，确实比较优惠。所以，我就把怀化这一摊子放下了。”

“我当时有一个农庄，养了 10 万只羽鸡，还有 5 万只羽种鸡，孵化 200 万只鸡苗。在怀化市还有一个兽药站，都处理了。2014 年，我到了布拉柴维尔。现在看来，我去对了。在国内太辛苦，而且农业、养殖业风险大、利润薄，老是有波动，不稳定。在外面轻松一些、稳定一些，钱不一定比国内赚得少。2014 年 6 月我先过去，8 月我让邹小兵也过去。他当时还有些不情愿，我说你必须来，把家里的坛坛罐罐都扔下！他没有办法，就过来一起经营。”

“听说你在刚果（布）培养了不少人，还给教授和将军传授技艺？”

“是的。我们农业技术示范中心有一个培训任务，就是要培养刚果（布）本地的农业人才。每年都有培训计划，农业农村部从国内派专家、教授来授课，每堂课 260 美元，但效果很一般。主要是教材不新，用的都是国内的案例，有些还是从网上下载的，讲起来不接地气。农业、养殖业不能离开当地的环境和案例来讲，离开了就是空中楼阁，言之无物了。”

“我们在 2017 年和 2018 年连续办了两年培训班以后，农业技术示范中心希望我们把课长久地上下去。每次培训班 7 天，上午下午都有课。我呢，不会做 PPT，还是用一块大黑板，边写边讲，翻译再译过去。刚果（布）人对数字不敏感，但对赚钱感兴趣。怎么才能赚到钱？必须做成本核算。你有多少钱，能做多大事，从这些他们很关心的东西出发，然后讲管理，从孵小鸡、养大鸡到产蛋等，两年时间，分哪几个阶段。再就是疾病，刚果（布）出现了多少种疾病，怎么预防，怎么治疗，都是我这几年摸索出来的。最后是免疫，有什么免疫程序、对策、机理等。刚果（布）的免疫程序不对，包括布拉柴维尔中国超市办的那个农场，做的免疫程序也是错误的。为什么要做免疫？是要当地有疫情才做的，才能预防相应的疾病。”

“做免疫就是注射灭活病毒进去，产生抗体，再得这种病的时候就有免疫能力了。后面再教他们怎么配饲料。配饲料也要因地制宜，不是一成不变的。蛋白质、微量元素、氨基酸、矿物质等都有个正常指标，不能多。好比一个人每天吃 10 个鸡蛋，能行吗？接受不了，营养都流失了。”

“我还告诉他们，饲料配比高了，就增加了成本，赚钱就少了。要根据当地的原材料来组织配方，生产饲料。养殖业成本中饲料这一块占 60% 以上，因此，这一点很重要。因为我是结合当地实际讲的，所以 7 天培训结束后他们还要听，纷纷要求：Madame 何（法语：何女士），再讲一天吧！没办法，再上一天。包括阿罗伊将军，他也天天来听课，很认真，每天都给我提问题，写在一个小本子上，追着翻译译给我。”

“阿罗伊家里喂了 3000 只鸡，有线虫病，鸡瘦，饲料用得多，产蛋率不高。我们给他讲了情况，又给了药，治好了鸡的病，他很感激，后来只要有事，他都要开车到中心来找我们。”

“努玛是恩古瓦比大学的经济学教授，养了 1800 多只鸡，有些鸡苗还是我们提供的。那一次有几百只鸡得了传染性法氏囊炎，靠我们的喷剂和灌水药治愈了，减少了损失。他非常开心，还同孔子学院的学生一起到中心参观交流过。”

“由于做了这些基础性的工作，我们在布拉柴维尔也就有了些影响（邹小兵插言：主要是你有影响啰）。”何春玲用手在眼前划拉了一下，好像邹小兵刚才的插话是空气中飘荡的游丝，有些碍眼。她接着讲述：“刚果（布）的农业部长到中心来考察过，还把我请到他办公室咨询过一些问题，夸奖中国的农业技术示范中心真正起到了示范作用。”

“既然在刚果（布）做得挺好的，为什么又要去斯里兰卡呢？”我趁热打铁。

何春玲回答我这个提问，思路很宽，眼界很广，站位也很高，真正体现了她作为一个农业专家、一个现代国际型创业者的素质。

她说：“刚果（布）农业基础差，农业布局不合理，人口大多数集中在城市，在首都布拉柴维尔和黑角。真正从事农业生产的不足总人口的15%，而且农业基础设施很差，水利建设、土壤改良、病虫害防治、科技应用、良种推广等都几乎为零。所以我只能做些最基础的东西，养猪养鸡啊，疾病防治啊，能跟他们做一些培训，都好像是找到了用武之地。一个国家农业基础太薄弱，没有人做农业，这是很危险的。刚果（布）面积这么大、人口这么少、资源这么丰富、土地这么肥沃，居然吃、穿、用全部依赖进口，这是很不正常的。非发达国家农业人口都是60%到70%，这样才合理嘛！即便是我们中国，现代化进程不断加快，农业也是必须稳定的基础性产业，农业人口不会低于50%。农业生产一是可以养活人，二是可以辐射到其他各行各业。我们国家不是有一句话吗？叫农业稳则天下安！无农不稳，无工不强，无商不富。不管在哪里，道理都是一样的。加之现在经济不景气，中国人在刚果（布）的少了，市场也出现了一些波动。所以我感觉做得很累，没有发挥自己的特长，很压抑，就产生了另外找一个地方去试试的想法。如果到一个农业基础好的地方，我就可以做上游产品，技术指导呀，服务呀，等等。很巧，我在网上看到有对斯里兰卡的介绍，2009年内战结束后的10多年来一直很稳定，农业基础比较好，我就想去看看。报个旅游团，待了10多天，那里比刚果（布）基础好多了，全国2000多万人口，从事农业的占70%，风景优美，四面环水，潜力大，空间大，后劲也足。”

“斯里兰卡不是不稳定吗？去年还发生了大爆炸。”我说。

“这是外界的误解！”何春玲很肯定地说，“内战结束，两派已经和解，反对派的枪支弹药全部上交了，反对派领导人也都进了议会，离开了原来的地盘，是真的和平了。但爆炸是有原因的：一是大国对峙，这个大家都心知肚明，看破不说破。中国在斯里兰卡投资了两个港口，天然良港，咽喉地带，可以说，世界上没有哪个国家有斯里兰卡这样独特的地理优势，扼守咽喉要道。某些国家认为中国在那里搞一个经济港口，再搞一个军事港口，印度洋不都是你的了吗？他们不放心，必须搞点事！第二就是总统选举，在野党想竞选总统，不给现任总统一点难堪，他怎么选得上来呢？第三就是ISIS极端组织。斯里兰卡有极端分子回流，通过闹事扩大影响。其实爆炸对老百姓没有太大的影响。斯里兰卡的农业人口占70%，农业农村农民自给自足。城市闹得再凶，也不影响大多数老百姓的生活。但对政府部门有影响，一发生爆炸，政府部门关门，海关关门，两个月不办事。我只好先回来做些准备再去。”

“斯里兰卡那个国家怎么样？”

“还行，社会比较安定，法律比较健全，执法部门职权范围之内的事，只要是正当执法，就是总统出来说话都没用。上次有个中国企业，开酒店的，生意好，准备扩建，请了十来个工人赶工期，晚上加班加点做，违反了当地法律，结果被抓了。老板没办法，找了中资公司领导帮忙，找了这个部、那个部，没用，最后罚了款，只留下了4个人，其他6个驱逐出境，毫不客气！”

“跟斯里兰卡人打交道要小心谨慎，一是要熟悉法律，要守法；二是要懂得他的心态。他们对国外投资者有一种很矛盾的心理，政府鼓励外国投资，可以给他创造外汇嘛，但又担心你占用了他的资源，既想开放又想保护。”

“你们今天去斯里兰卡是谈什么项目呢?”我问。

“准备做个纸板厂。”何春玲回答，“就是把废纸啊、稻草啊加工成纸板、纸盒，以及装鸡蛋用的托盘等。”

我恍然大悟，这种托盘在国内和刚果（布）都极为常见，只要是卖鸡蛋的地方，都少不了这种一次性用品。技术含量不高，市场应该不小。

何春玲说：“我们这次去把执照办下去，公司开起来。设备已经在国内订好了，必须是我自己的公司签收。在斯里兰卡，你要是委托别的公司签收，那货物就可能归别人所有了，马虎不得。”

“布拉柴维尔的养殖场怎么办?”我问，“还回去吗?”

“不会丢的!”何春玲斩钉截铁，满面春光，“我有一个梦想，现在也在朝这个方向努力，就是立足斯里兰卡，把厂办起来，把生意做起来，然后再辐射东南亚。我已经跟几家在斯里兰卡和东南亚有投资项目的中企谈好了，其中也有优利威士，我做他们的服务。最终还是要做到非洲市场的，非洲的潜力很大，有困难只是暂时的，新兴市场在他们那一边。赤道嘛，一条线连起东南亚和非洲。经过几年的摸索，那里有很多机会，就看你能不能把握住、吃得消。农业一方面辛苦、薄利，很多人不愿意做；另一方面，有人的地方就离不开农业，就有发展空间。所以综合起来看，我们一辈子选择农业，选择出国做农业，没错，走对了!”

3 个小时匆匆而过，广州南站拥挤的人流、嘈杂的声浪都没有打断我们的交流。何春玲神采飞扬，侃侃而谈，源自于她扎实的功底、艰难的探索、大胆的闯劲和不懈的追求。作为电视记者的我，脑海里出现一幅动感十足、后劲勇猛的画面：奔驰的火车头，昂首冲天的飞机，大洋中劈波斩浪的巨轮，以及静海明月、山峰朝阳。我突然想起了一句经典的广告词：山高人为峰!

打赢国际官司的人

长沙电视台政法频道，是中国第一个法制类专业电视频道，每天播出电视节目 17 小时以上，信号覆盖长沙市及周边地区，是电视湘军里最具活力的特色地面频道之一，收视率在很长一段时间内居湖南电视媒体前三位。该电视频道自办节目丰富，《动情八点》就是一档广受欢迎的名牌栏目。2016 年，栏目编导们策划了一档长沙地区在“一带一路”沿线国家投资经商企业家的系列访谈节目。有一天，《动情八点》的观众们被一位戴着眼镜平和大气的中年男士所吸引，他就是张磊。半个小时的访谈，张磊侃侃而谈，把他在刚果（布）的经历、故事和思考，用他磁性的声音，以流水般的节奏，与观众分享。2019 年 3 月，他还把保存了几年的观众留言翻给我看，一脸的享受。

张磊是 2010 年去的刚果（布）。他向我所作的讲述，同样是流水般明亮，磁石般动听。

“中国建筑集团有限公司（以下简称中建）总承包拿下刚果（布）1 号公路项目以后，有三个分包商，分别是中建八局、中建五局、湖南路桥建设集团有限责任公司（以下简称湖南路桥）三家单位。我本人原来在湘乡水泥厂工作，不安分，自己成立了公司做贸易，后来又做投资公司。这中间离不开政府的政策支持，所以跟省发改委等政府部门的业务对接较多。湖南路桥承包 1 号公路的几个标段以后，几个朋友鼓动我说：你做过进出口贸易，又做投资，而且对国家政策比较熟，那我们就做非洲生意吧。那时候还没有提出‘一带一路’倡议，我们的想法是做点钢材啊、矿石啊这样的贸易。有 1 号公路这么大一个项目，总能找到一些商机，就这样，我去了刚果（布）。”

“去了以后，发现那里水泥需求量很大，而且有制作水泥的矿石，大家商量要不要办一个水泥厂。我说不急，先搞几坨矿石回去化验一下，看是否符合标准。根据当地的地质资料，那里是没有石灰石的，没有石灰石就生产不出水泥嘛。但这种矿石也含有石灰石相近的成分，化验以后可以生产水泥，我们就规划办个小厂子先试一试，投资了三四千万。我筹了一点钱，湖南路桥入点股，再发动朋友们募集，就这样搞起来了。当时的设想是，我和湖南路桥是并列大股东，各占 17.5%，湖南路桥旗下的一个二级公司占 15%，其他 50% 的股份由私人募集，股份合理，风险共担，保证公司的运行。但好事多磨，刚果（布）那边已经搞起来了，但省国资委还没批。因为湖南路桥是国有企业，投资项目需国资委批准，海外投资项目，尤其管得严。结果国资委不同意湖南路桥投资，但项目已经启动了，开弓没有回头箭，怎么办呢？湖南路桥只好把股份转给他的二级公司，二级公司占股变成 32.5%，我仍然是 17.5%，但协议规定了在经营决策上，第一大股东、第二大股东的权利都是一样的，两个股东可以相互否决，这样就可以确保我的利益，应该说是公平合理的。”

“就这样，厂子搞了起来。一年时间投产，投资总额 1.2 个亿多一点，控制得很严。2014 年 12 月投产，这时 1 号公路已经竣工了，水泥销量下降。当初工厂设计年产 30 万吨，每年实际销量却只有 16 万吨左右。即使这样，还是有钱赚，只不过是微利。但当时借了进出口银行 3000 万，还了利息，3 年没有给股东分红，压力很大。没办法，我就去抓销售管经营，1 年时间不到，销量马上起来了，10 个月销量就达到了 20 万吨。如果继续搞下去，1 年应该可以销 30 万吨，利润达到 4000 万。根据这种情况，我算了一下，当时欠贷款和分红大概 1 个亿，每年赚 4000 万，两年半时间把贷款和股东分红全部付清，我就赚了一个厂了。但再往下走，心里就没底了。所以赶紧找朋友，开始在湖南开中非投资论坛期间找投资人。”

“中非投资论坛在长沙开了两届，影响很大，一些大使都到湖南来。趁这个机会，我认识了一些人，其中有个总部在西安的中国西部水泥有限公司的董事局主席，有 3 家公司，还有 2 家上市公司，他都是实际控股人，很有实力。我赶紧去找他，谈得很投机，当即决定去刚果（布）看一看。他去的时候，我的厂子正好处于上升期，品牌呀、销售呀都是最好的时候。他很满意，就把我这个厂子买了下来。他一接手，10 个月就销了 30 万吨，接手 1 年就赚了将近 7000 万人民币。他跟我谈收购的时候，只在 2 个非洲国家开了 3 个厂子，到 2018 年底，他在非洲 5 个国家开了 6 家水泥厂。有新建的，有收购的，分别在科特迪瓦、纳米比亚、刚果（金）、刚果（布）、莫桑比克。2017 年 9 月，我跟他接上线，2017 年 12 月交接完毕，短短一年赚了 7000 万，然后又向中刚银行贷了 900 万美金，现金流起来了，他就开始向周边国家扩张。”

“我从 2017 年 12 月办完交接以后，帮助他工作到 2018 年 4 月。5 月我回国，他坚持请我去西安，说张总我请你过来喝个酒，表示一下感谢。老爷子 60 多岁了，陪了我 4 天，想让我去当他非洲大区的经理，主管销售。但我想：一是我的厂子都卖给你了，那我就不算是成功的，再给你打工，心里有点过不去。二是我也想休息一下、沉淀一下。我找了个理由，说老父亲 90 岁了，我要陪陪他。他见没有说动我，就表态说，我公司的大门永远对你张总敞开！这次他们公司又邀请我到非洲去考察，买了 23 号（2019 年 3 月 23 日）的机票，还派了一个副总陪着，要我看一看沿途几个国家厂子的经营销售情况，提提建议，还是一直想让我加盟。正因为我协助他工作的时候尽心尽力，他看中了我的人品和能力。当时厂子里的水泥，人家不要，我接手管理以后，做到现款现货。我花了将近 1 年的时间，才培养了这个市场。”

“你分析一下，怎么会出现这样两极化的情况，一开始没管吗？”

我问。

他沉思片刻，显得有些无奈："开始我当了 3 个月的总经理。但后来对方说，你就一个人，我这边有几百人，有很多人才。这个厂子要长期办下去，人才的储备、人才的使用都是必需的，你当总经理，可能压不住那些人才。我想想也对，于是就把总经理位置让出来了。但价值观不一样，就是猎狗与兔子的关系。狗永远追不上兔子，为什么呢？兔子是全力以赴，它要逃命。而猎狗呢？它已经尽力而为了，没追上不是我的问题。这也是企业经营法则中的一个关键，全力以赴与尽力而为，两种境界，效果完全不一样。我当时的设想是：2 年时间，把一个厂子赚回来，当初在银行贷款的时候，对方说还款期限设定为 3 年吧，我说不用，就一年，给自己增加一点压力。后来银行说，那就 2 年吧。我是完全有信心还掉的，哪知道最后 3 年了，贷款还没还完。"

"还有一点切肤之痛，就是人员问题。当时我们的厂子里从国内去的人员有 100 多人，队伍庞大，每人每年 10 多万人民币，还有年薪 20 多万甚至 30 多万的中高层管理人员。加上吃、住、休假、机票等等，光一年的工资部分就有 2000 多万元。后来我把人员精简到 60 多人，成本降下来了。西安老板接手以后，中方人员更少了，只有不到 40 人，其余都是本地雇员。"

"办企业，做产品，有时也靠感觉。我们的厂子在多利吉，突然发现 10 多公里外的一座矿山，矿石品质比我们正在开采的还要好，于是我们毫不犹豫地拿下了这个矿区。到现在西安老板使用的还是我发现的那个矿山。当时找刚果（布）地质部要资料，他们说那里没有做水泥的矿石，信不得。现在这个矿周围有十几家小水泥厂了。"

"你主管经营 10 个月就赚了 4000 万，你觉得你成功的经验在哪里？"我兴致勃勃地问。

他拿出手机，快速地翻动页面："我先念一段杨参（使馆商务参赞）

春节发给我的微信：张总新年好，希望更多地分享你的经历和故事。杨参是很不错的人，对企业特别关心，也特别有亲和力，对我支持很大。按道理，我一个民营企业，在经商处是排不上号的，但大使、参赞一直对我评价很高，对我很好，对企业也很关心，连各大央企驻刚果（布）的老总也都与我私交很好。记得杨参和沈参交接的时候，要我发言，我是排在央企后面最后一个发言的。我讲了这么几个方面：一是我的企业有两条红线：不准打骂刚果（布）本地员工，发现就开除；不准叫黑人，就好像别人称中国人为黄种人一样，至少是一种不尊重吧，发现了就扣钱。二是不要中资企业照顾我，用我的水泥。此外，所有的订单我都要求现款现货。正是因为当时有这些规定，那个总经理班子就做不起来。我接手管经营的时候，他们那帮人，在一旁等着看笑话。我后来规定，不但要现款现货，而且还必须打 1000 吨水泥的预付款，才能成为我的内销商。就这样，我把销售做起来了。”

“还有一件事，令我终生难忘，也是应该值得记忆的。当时我正处于经营上升期，在黑角有一家摩洛哥的水泥厂，一直霸占着黑角这个市场。多利吉离黑角只有 100 多公里，离布拉柴维尔几百公里，我的市场主体应该在黑角。但前期搞销售的时候，一直没能进入黑角市场。我下决心一定要打进黑角，效果不错。4 个多月以后，摩洛哥水泥厂以我们低价倾销、有垄断倾向等罪名，向多利吉法院起诉，强烈要求我们停产，还要罚我几十个亿非洲法郎。我当时压力很大。在这种情况下，我找了马大使，找了杨参，请他们出面。我又找了摩洛哥的经理，他不理我，只说法庭上见。理由有两个：一是认为我们的产品低于成本销售，属于倾销；二是说我们送货用的 40 台卡车是免税的，不能在路上跑。你从生产车间把货拉到你的仓库，可以，属于自用。但你不能送货到客户的工地上去，这是经营，免税的车辆是不能参加经营活动的。我说你既然坚持不撤诉，那么我也讲两点：第一，我们用的是本地的原材料，请了很多本地雇员，成本很低，不存在倾销的情况。第二，21 世纪，市场开放成了主题，你想独占黑角市场，这不可能。你不能说只能销你的货，我也不能说只能销我的货，我们让市场选、让客户选。如果这两点你想不通，我建议你汇报到总部，看你的老板怎么说。如果你不报告，到时候你担不起这个责任。”

“他汇报上去，他们的老板给我发了一个邮件，约我到摩洛哥首都拉巴特附近的卡萨布兰卡去谈，他们的总部在卡萨布兰卡。我当时说，你不撤诉我不去谈，要谈也应该是在事发地刚果（布）谈。按照你们的逻辑，我也可以要求你们到北京去谈，甚至到长沙去谈。那时大使和杨参也找了刚果（布）大工部，找了司法部部长。杨参几次打电话给我，一是鼓励我，二是告诉我大使和她跟刚方交涉的情况。最后，摩洛哥人主动撤诉，我赢了，不战而屈人之兵！此后一段时间，央企、华侨华人纷纷请我吃饭，向我表示祝贺。我们做出了示范，大家都高兴。”

故事很吸引人。“打官司之前，你在黑角和布拉柴维尔的销售比例是怎样的?”我问。

他略加思忖：“布拉柴维尔占 70%，其他地方占 30%，黑角是个空白。后来黑角占 50%，其他在布拉柴维尔和别的地区。这是就我的总销量而言，如果讲黑角市场，我在那里占有 80% 至 90% 的份额。摩洛哥人服输了，他后来转向卡宾达和周边国家去了。他不敢跟我竞争的另外一个原因是，他的产品不是原产水泥，是由从其他国家调来的熟料加工而成的，运输成本高，价格竞争不过我。同时，他们用别人的熟料，自己把控不了质量。还有就是我们现款现货的经营策略赢了。有一个黎巴嫩的公司，欠了摩洛哥公司的几千万水泥款，两家也在打官司。我听说以后找到黎巴嫩公司，说我可以给你们供货，前提是现款现货，条件是每吨便宜 100 元人民币。黎巴嫩的老总从贝鲁特飞到布拉柴维尔跟我谈，我们谈得很投机，很快达成协议。他是一个批发商，因为我们价格便宜，质量也好，他批发给二级销售商的时候也就有了价格优势，保证了利润空间。后来他到处宣扬，说中国水泥厂的水泥物美价廉。”

“当然也要创新。南方石化集团有限公司（以下简称南方石化）在黑角有一个油田，需要大量的油井水泥，这种水泥比建筑水泥的要求高得多。油井水泥在中西部非洲国家水泥厂都不能生产，从国内发运过去，成本要3000多元一吨。而用我的水泥，送到油田也只要几百块钱一吨，他每吨节约了将近3000元人民币。我为了打进去，找了油田固井公司的一个老总，也是湖南人。我把他请到厂里，跟他探讨油井水泥这个事。他说你的水泥的标号、强度都够了，但要配融一种药水，调和水泥的性能。我就请了油井的专业技术人员做试验，反复试验。油井水泥开不得玩笑，一口井下去，如果水泥不达标压不住，报废一口井就是几千万元，损失太大了。最后实验成功了，就像煮稀饭，你是要八宝粥，还是要皮蛋瘦肉粥，全看你如何配料。我还专门派技术人员到四川峨眉山的嘉华企业（集团）股份有限公司——中国生产油井水泥的王牌企业去学习取经，终于把这个事情办成了。不但为南方石化在刚果（布）与道达尔石油及天然气公司等西方石油公司的竞争中取得了主动，也为我自己的企业赢得了口碑，擦亮了品牌。”

听了他的讲述，我心里生出无数个为什么，但问出口的话却变了。“你好不容易搞出了油井水泥，又建起了销售渠道，厂子转给西安老板以后，这些资源都一并给他了吗？”

他笑了笑，说：“这就是后面的故事了。中国西部水泥有限公司在国内也生产特种水泥，其中就包括油井水泥，供国内油田使用。听了我和南方石化的合作以后，他们很兴奋，因为在非洲生产特种水泥是有难度的。我们在刚果（布）搞出来了，而且跟南方石化建立了稳定的供需关系，利润可以保证。30万吨的产能，10万吨油井水泥，利润不得了；如果30万吨全部搞油井水泥，南方石化一家又吃不下，那非得把道达尔石油及天然气公司、荷兰皇家壳牌石油公司、刚果（布）国家石油公司等油田企业拿下。这对于他们的团队来说又是一次考验和挑战，而他们是很有信心的。当然他们还要不断提高产品质量，与国际通用标准对接。我当时销油井水泥给南方石化属于内销，不受限制，但如果要销售给国外的石油公司，必须拿到美国水泥协会和联合国水泥协会的批文。这个话语权主要在美国。现在他们正通过中国水泥协会跟对方联系，相信不久就会有下文了。”

交谈中，张磊还给我讲了两个故事：刚果（布）大工部有一官员，从多利吉水泥厂考察、立项开始，到投资规模、批准立项、破工动工、试车生产、产品检验、产品销售，自始至终参与了项目建设。可以说多利吉水泥厂的一草一木、一举一动、一悲一喜，他都一清二楚，与张磊个人和厂里管理层友谊深厚，对中国人的开拓精神、合作诚意、产品质量以及销售让利等各方面都很满意，也给予了企业所有刚果（布）政府方面的优惠政策。这个人出生于刚果（布）官宦家庭，父亲也做过一任总理，应该说，这个人的学识修为，远在刚果（布）一般人之上，也掌握着一定的权力。

他对中国人的友好态度，是在几十年的政府工作与多个国家投资者的反复比较中形成的。有一次，几个法国、比利时等欧盟国家的企业负责人请他吃饭。饭桌上，这几个国家的企业家不停地说中国的坏话，诋毁中国企业和中国人。这位官员听不下去，指责他们捏造事实，造谣中伤，说到激动处，一巴掌重重地拍在桌子上，手被玻璃划破，在医院缝了十几针。出院后，张磊去看他，他自嘲地说：“张，我为维护中国声誉流血牺牲了！”

另外一个是成龙的故事。张磊的多利吉水泥厂聘请了两家当地的服务公司，一个是当地的财务公司，负责税收等方面的事宜；另一个是劳务公司，负责聘请当地雇员。劳务公司有个小伙子叫吉桑罗，高中毕业就参加工作了，他最崇拜的中国人是毛泽东和成龙。有时候还能说出几句毛主席语录中的话，对成龙的中国功夫更是着迷，经常能比划几下，所以干脆取了个中国名字“成龙”。成龙家境比较富裕，张磊问他为什么不像其他家庭条件好的人一样，移居法国等欧洲国家。成龙说他要竞选刚果（布）总统，而且一定会继续发展跟中国的友谊。他还信誓旦旦地说，他要是当上了总统，会娶一个中国女人做老婆，生几个中非混血的孩子，让他们学中文和中国功夫！成龙现在天天在学中文，看中文电视节目。

张磊告诉我，他喜欢在微信上写点小文章，或应景而为，或有感而发，供群里朋友一笑。朋友们都劝他把这些东西保存好，但他不知道怎么下载，他的老婆给他抄了几本保存下来。果然，他重游刚果（布）时，我收到他在微信上发来的一首小诗：

刚果雨下

片雨西北来，海边浪依旧。
一生痴绝处，遗梦在非洲。

我仿佛听到一位在非洲打拼了11年，但壮志未酬的勇士之叹。不久他又发给我一个链接，是湖南红网上的文章：《湖南路桥在非洲：当不好“水泥匠”的修路工不是好电工》。在多方位宣传湖南路桥建设者的文字中，也有不小篇幅反映了多利吉水泥厂建设的过程。中非经贸博览会期间，我们在长沙欢聚，有中建、中国铁路工程集团有限公司、中国航空工业集团有限公司等央企在刚果（布）的负责人等10多人参加。张磊很兴奋，喝了不少酒，消费了不少“非漂”的趣闻轶事。

7月2日，群里传来他的一篇短文：

牛蹄记

晨，中南大学访友不期，于农贸市场买牛蹄一只。归，将牛蹄去其血腥，淡其气味，佐生姜、紫苏、八角、桂皮、花椒等拌入，文火久熬，满屋充香。小半天时间，卤牛蹄便成。配蒜末、剁椒、生抽，一杯女儿专为我秘制的冰糖杨梅酒，细嚼慢品，生活的点点滴滴，便滋滋地随着时间流逝。这吃喝啊，人生五味，其实吃的是时间的滋味，喝的就是岁月的彩头！

怎么读出了些孤独的味道？但我很快否定了自己的想法。泰戈尔说过："孤独是一个人的狂欢，狂欢是一群人的孤单。"这说的就是喝杨梅酒、吃牛蹄的张磊。我仿佛又看到了电视里那个侃侃而谈、春风满面的企业家。

在河流上穿行

向文华出生于多山的湖南省北部的岳阳市平江县岑川镇。小时候，在老家水口村附近大峰山起源的一条小小河流，曾赋予他五彩斑斓的梦想。小河经过弯弯拐拐，上百公里的奔流，汇入汨罗江，就是那个被余光中先生称誉为"蓝墨水的上游"的汨罗江。汨罗江是中国为数不多由东向西流动的河流，在磊石山汇入湘江尾闾，一起奔向洞庭湖，奔向长江，奔向大海。

山的宁静养成了他沉稳的性格，一直到现在，向文华待人接物、办事公干，冷静沉着，绝不张狂，给人一种内敛老成的好印象。恐怕连他自己都没有发现，其实他对水的奔放有着天然的亲近，就像羞涩的人第一次看见镜子里的自己，心中也会泛起波澜一样。他似乎特别期待，也特别享受常年在刚果河上来往穿行。在刚果（布）首都布拉柴维尔一侧和刚果（金）首都金沙萨一侧的码头，海关工作人员和船工对这位中国人已经十分熟悉。他的护照上密密麻麻地盖有两国的通行印章，每个月他都要在刚果河两岸往返几次。

“一年要往返 30 多次吧，有时候更多。”向文华说。

2019 年 1 月 24 日，他请我吃饭，地点仍然是东方红宾馆。周玉巧开玩笑说：“向总是刚果河上架渡船的。”

“为什么要走这么勤呢？”我问。

“两边都有项目要做，两边都要照顾，反正过一趟河也就 10 多分钟。”他说得轻描淡写。

“以哪边为主呢？”

“这边，刚果（布）。”他笑了笑说，“这边安静一些。交通啊，生活啊，更方便。我的房子买在总统府附近。”

在两刚都流传着一个笑话：金沙萨最美的风景是布拉柴维尔，八一五大桥斜拉索上的霓虹灯，中刚银行楼上的景观灯，玉米楼上的轮廓灯，星光璀璨；布拉柴维尔最大的景点是金沙萨，沿刚果河绵延数十公里，高楼大厦倒映在刚果河中，有种海市蜃楼的错觉。

“布拉柴维尔安静，人口少，不拥挤，生活节奏慢。金沙萨不一样，1200 多万人口，嘈杂拥挤，道路壅塞，人人似乎都有一股无名火，好像随时都会点着的火药桶。”向文华谈起对两地的观感，他对布拉柴维尔的印象显然好过金沙萨。

向文华 2006 年就到了刚果（布）。中国水电下属十四局承建英布鲁水电站，作为青年员工的向文华理所当然地就来到了非洲。项目竣工以后，2011 年，像所有敢闯敢干、胸怀抱负的年轻人一样，他选择脱离体制，离开单位，留在非洲这块土地上创业。

由于有英布鲁水电站土建施工的经验和资源，向文华个人创业的主攻方向自然是道路桥梁和建筑工程。在布拉柴维尔的中国私营企业中，他的业务额度比较大，面也比较宽。近几年，他在刚果（布）中标的项目合同金额达400多亿非洲法郎，折合成人民币也有4个多亿，做了布拉柴维尔的部分市政工程、城市体育馆，还在联合国计划开发署援建的法国公司中标的八一五大道与1号公路的连接线项目中分包了部分工程。在刚果（金）则做了市政维护，也做了从金沙萨到卢本巴希的1号公路的部分项目，看起来风生水起。但他反复跟我说，很累，很累。

“主要是身体累，还是心里累？”我问。

“都有，但主要是心理压力大！”他说，“这两个国家都是资源型经济，政局也不是很稳定，这就不是单纯做事的问题了。遥远的非洲与世界政治、经济的关系越来越紧密，比如刚果（布），受到石油价格的影响，政府财政吃紧，做完了工程，结算回款很困难，总是有一些附加条件。我做了布拉柴维尔城市体育馆，又接了贡北一所学校，这都是刚果（布）大工部的项目。结算的时候，他们总是拖着，最后找到布亚（国土整治及大型工程部长）出面。布亚说：你就给学校捐点什么吧。实际上是降低我的利润，转来转去，拖了1年多才把账给结了。”

“刚果（金）目前市场比这边大，但社会不安定。拖了几年的大选，(2019年) 1月终于选完了，而且没有打仗，让人多少有些意外。总统就职典礼，过几天就要举行了。但去年年底，大家都担心大选前会打起来，都把人从对岸撤到这边布拉柴维尔来了，工程也就停了。这个损失很大，还不知权力交接以后会怎么样。”

这是一个对时局有充分认识的儒雅商人，说他纵横捭阖也不为过。

“这么累，压力这么大，有没有什么排解的方法？”我问。

“基本没有，我不抽烟，也不喝酒，打牌也很少。就是游泳！在法国人开的一个游泳俱乐部里游。”向文华说，随后又笑了笑，“没想到我一个平江山里人，这么喜欢游泳吧?”

我说：“你本来就在商海里游嘛，劈波斩浪!”

跑遍了非洲10多个国家，他始终认为还是刚果（布）和刚果（金）的经济状况好一些，消费水平也比别的国家高一些，可以看到的未来发展会比中西部非洲别的国家好。

远处的是风景，近处的是人生。他说在河里穿来穿去，悟出一个道理，做人做事都像坐船一样，要站稳当，脚底下不能飘。

向文华一直鼓励我们去金沙萨看看。但没有刚果（金）签证，我们去是违法的。他说没事，两刚的签证在对方有7天的有效期，这是不成文的规定。我们犹豫再三，还是没有答应，向文华有些失望。

“横穿刚果河，向另一个国家出发的感觉完全不一样。那河非常生动，非常有活力，在这条没有帆船只有独木舟的河流上，也能看到千帆竞发。”他说。

一条街的繁华与美丽

在布拉柴维尔波多-波多广场南端，有一座顶部高达22米的由绿色孔雀石覆盖、在阳光下熠熠生辉的大教堂，它就是目前刚果（布）、刚果（金）、加蓬、中非和乍得等中西部非洲国家最大的教堂——圣安娜大教堂。这座哥特式建筑有非洲茅屋屋顶特色，内部呈尖拱结构，宛如十指相对。该教堂是由首个法属殖民地黑人总督费利克斯·埃布埃组织修建的，1943年动工，1949年落成，已然成为刚果河两岸的地标之一。

在圣安娜大教堂的后面，就是布拉柴维尔著名的商业街——波多-波多商业街。街上店铺林立，人头攒动，摩肩接踵，喧嚣不已。就热闹和拥挤程度而言，这里与北京的秀水街、上海的南京路，极为相似。

跟刘琳预约了几次，她都不在店里，要么跟朋友在法国咖啡店谈事，要么跟闺蜜在逛街、做头发，等等。2019 年 1 月 28 日，刘琳终于打来电话，约我下午 3 点到波多 - 波多街的“上海百货”见面。

宇坤不知道波多 - 波多街怎么走，我请刘琳发个定位过来，我们按导航走。谁知道布拉柴维尔的导航是“瞎子带路”——自己也搞不清方向。车开了 20 多分钟，才发现完全走反了，再回头，反复确认是圣安娜大教堂后面的那条街，我们才找到方向。

波多 - 波多商业街街道不宽，但两旁停满了车辆，主要是布拉柴维尔常见的绿皮厢式小客车。很多刚果（布）人往车厢里塞货物，爬上顶棚绑货物，还有的干脆拿一根很粗的布条或麻绳，每头拴一个大编织袋，装得鼓鼓囊囊的，往车顶上挂。车一开动，窗户两侧的货袋子甩来甩去，引起车厢里的人不停地尖叫，看热闹的则拍手叫好。

刘琳告诉我，从教堂方向进街口 100 米就到“上海百货”了。但我们进来快 200 米了，还没有找到“上海百货”的中文招牌。街边好不容易空出了一个车位，我要宇坤停车，我下去给刘琳打电话，再确认一下。

“Ami，ami！Venez，venez！”（法语：朋友，朋友！这边，这边！）我正在拨电话，看见两个黑人男子在街对面向我这边挥手，哇哇大叫。

我看了看我的周边和身后，没人。他们还在叫，用手指我，我也指自己，他们兴奋地点头，招呼我过去。

“上海百货”，白底红字，门面宽度大概有 10 米，一位穿碎花无袖裙的女孩在向我招手。

刘琳?!

“你好！张哥吧？”声音柔和清脆。

我们握手，她的手很温润。在布拉柴维尔雨季的下午，有闷热过后的凉爽，她的额头上有淡淡的汗珠。

店里很拥挤。进门，右手边是一个柜台，柜台后的男子向我们点点头，羞涩地笑了笑。“我弟弟。”刘琳说。怕我们没听明白，她又补充了一句：“我爱人的弟弟，我小叔子。”

站在柜台前，我扫了一眼店铺，眼前的门面大概有 60 多平方米，摆满了各式各样的生活日用品、坛坛罐罐、木器铁器，难有插脚的地方。刘琳喊了一声，从几张竹躺椅中间站起来一个人。“我爱人。”刘琳介绍，“温州人，姓黄。”

我和小黄握手寒暄。刘琳趁此机会和她小叔子一起移开了一些货物，找出几把椅子，请我们坐下。

“你做的是批发还是零售?”我问。

“都做。”刘琳浅笑如花，惜字如金，“主要是批发。”

“货的来源是——”

“义乌。”她说。

“义乌能满足所有的需求吗?”我对义乌也是不甚了解。

“可以。”她仍然柔声细气。

“那你们进货，怎么——”我想问的是怎么进货。

她又笑了笑，明白了我语无伦次中想问的问题。“微信联系。把货物品类啊、数量啊告诉对方，对方就装箱启动，远洋公司会把到港时间告诉我们，我们再到黑角去把货运回来。”

“生意怎么样?”

“好！中国的东西价廉物美，性价比高，他们（她指了指正在柜台谈生意的黑人客户）很喜欢。包括河对岸刚果（金），还有中非、加蓬、喀麦隆、安哥拉等国家都有人过来批发。”

像是为了印证她的介绍，门口不停地有人进来谈生意，小黄两兄弟有些招架不住。刘琳说了声“对不起”，起身去接待客人。

我走过去想听听他们的交谈，但发现人太多，根本挪不动腿。再看看我的脚边，有玻璃器皿、渔网、塑料制品，我还发现了挠痒痒用的木质的和竹制的挠手，的确是丰富多样，应有尽有。

刘琳的顾客中，有身穿宽松肥大非洲长袍的中非人，有穿无领对襟麻衫的喀麦隆人，有西装革履的加蓬人，也有穿 T 恤、牛仔裤的本地人。小黄兄弟和刘琳热情地和他们打招呼，看来都是熟客，也不需要多看样品，直接填单子，10 分钟一单生意就谈成了。

“这条街上中国人多吗?”刘琳坐下，我问。

“不好意思!”她用手扇了扇脸，然后指着街道说，“这条街上，中国人开的门店有 30 多家，大一点的店都是华人的。其他门店也有很多都是批我们的货物再零售的，商业街嘛!”

我去过布拉柴维尔的农贸市场，刚果（布）本地人在市场里搭建的茅棚比比皆是，一家挨着一家，但很少有用秤称的。西红柿、苹果、芒果、木瓜，包括鸡蛋，都是论个，多少钱一个；香蕉、木薯等便宜一些的瓜果，都是一堆一堆地放在地上，品相极差，而且蚊虫飞舞，论多少钱一堆。看本地人买卖货物结账是一大享受，50 非洲法郎一堆的香蕉，有人买三堆，老板不会一次性收 150 非洲法郎，而是分三次各收 50 非洲法郎。收一次钱出一堆货，古板机械得不近人情，非洲人对数字的麻木可见一斑。

我问刘琳，跟非洲人好做生意吗?

“还好。”她说非洲人很耿直，不会斤斤计较，也不知道怎么去斤斤计较。说到这里她自己笑了起来。

“对数字不敏感?”我问。

“是的。好在现在都用计算器，告诉他们用，也慢慢好点了。”刘琳说。

又有一群人进来，刘琳起身，帮着去谈生意。这天下午，我的采访就在这种断断续续的状态中进行。

波多－波多商业街是著名的华商聚集地，也是刚果（布）经济的晴雨表。据说总统和部长的车队去圣安娜大教堂都绕道而行，为的是不轻易对这条街进行交通管制，以免影响这里的生意。在石油价格高企、刚果（布）经济情况良好的时候，波多－波多商业街货物批发的贸易额每年达到数千亿非洲法郎，俨然是中国商品在中西部非洲的主要集散地，也给布拉柴维尔地方政府增加了税收收入，提高了就业活力和知名度。即使是刚果（布）经济出现滑坡的时候，这条街道依然人流如潮，成为布拉柴维尔甚至整个刚果（布）一道难得的风景和经济创伤的黏合剂。

这条街因为有了中国人和中国商品，显得繁华而又厚重。在波多－波多商业街，刘琳的“上海百货”是场地最大、地段最好、批发销售额度最高的中国商场。刘琳告诉我，来自中国的商品物美价廉、经济适用，很受刚果（布）和其他非洲人欢迎，普通的非洲家庭，吃、穿、用都离不开中国商品；即使是高官和富人，以前只用法国货，现在除了高端奢侈品，也都用中国货了。

刘琳夫妇是在 2016 年 3 月雨季的最后时光来到刚果（布）的。他们的弟弟小黄，2009 年就凭着温州人独特的商业眼光、天生的嗅觉和禀赋，来布拉柴维尔闯出了一片天地，在波多－波多商业街站稳了脚跟。“上海百货”被一个温州人带进了非洲。

刘琳出生于湖南省沅江市。那是湘江边一个水网遍布的水乡，与长沙市望城区、岳阳市湘阴县相邻，属于三县抱江的边境地带。一方水土养一方人，刘琳从小就能吃苦，也向往外面的世界。船摇桨声远，水映天地宽。她既有水乡女孩的秀气温柔，也有湖湘女子一往无前的闯劲。

高中毕业后，刘琳来到长沙，先做手机生意，再做服装生意。一个美丽温柔、自强自立的女孩，无论是在哪段钢筋水泥的丛林中，总能逆势生长，开出一朵娇艳的花来。在长沙打拼的几年，她不但积累了经验、人脉和小小的财富，还遇到了一个憨厚但精明的温州小伙——她的爱人小黄。

小黄当时在长沙做皮革生意。长沙乃至湖南全省，皮具、皮鞋制造所需的皮革，80%来自浙江，来自浙江的份额中又有80%来自温州。我曾笑问小黄：来自温州的份额中，是不是80%来自小黄？小黄红着脸连连摆手：没有的事，没有的事。

如果说浙商是一种文化符号，那么改革开放以后的温州现象，则是浙商文化中最厚重绚丽的章节。有背井离乡、四海为家的相思之苦，有随遇而安、落地生根的顽强基因，有怀仁守德、诚信经营的制胜之道。在非洲，在刚果（布），这又成为华人的一个独特的标签。在布拉柴维尔，我几次听说刚果（布）华人商会纪律很严，各种公益活动、交流活动也很多，在当地有很好的影响和口碑，也扎实为刚果（布）各方有需要的人们送去了温暖。

“你参加的公益活动多吗？”我翻看着刘琳与前大使夫人在某场活动时的合影，问道。

“也参加了不少。”她说，“有商会组织的，有使馆组织的，还有的是波多-波多商业街华人自发组织的。跟蒋媛一起都去过好几次。另外，就是我们店里多招收一些本地雇工，工资尽量高一点，让他们可以解决一家人的困难。节假日还给孩子们送些衣服、玩具和食物之类的东西。很多时候，觉得做了一些力所能及的事，内心很温暖，感到自己是个有力量的人。”说到这里，她握拳弯臂往上举，做出很有力量的姿态，像个孩子般笑了起来。

刘琳给我翻看手机里她在刚果河边、双子楼、使馆院内、教堂门前等地的照片，衣袂飘飘，情绪高昂。在异国他乡的风景中，中国人特有的妩媚、阳光和生动气韵，如花一样娇艳开放。

“听人说，有时你来店里，街道上一群本地人像过节一样，手拉着手，围着你又唱又跳‘Belle，belle’(法语：漂亮，漂亮)，有这回事吗?”我问。

她笑了笑，把手机关了：“恶作剧吧，这边的人喜欢这样，习惯了，就随他们去。”

失落，但不气馁

杨平，在前文中有过交代。是否要单独写他，我犹豫了很久。在布拉柴维尔的湖南人聚会中，多数时候都会说起他。他到刚果（布）的时间比较早，带出来不少娄底人。在生意上，他跟不少人有过合作，留下来很多话题。他在布拉柴维尔郊区还买了一块地盖房子，据说已经竣工了。对他买地建房这件事，湖南老乡明显地有两方意见，而且泾渭分明：赞成的一方认为他有头脑、有眼光。前几年布拉柴维尔的地皮价格低廉，买地和建房的所有费用加起来，比租房 10 年还便宜，省了房屋租金，赚下了一套房子，何乐而不为?反对的一方说，在这里买地建房，不如把钱拿回去，到娄底砌屋，甚至可以到长沙买房。再说刚果（布）经济这么不景气，也许过两年就离开这里去别的国家了。他不是有个合伙人在喀麦隆开起厂子来了吗?听说生意还不错。把活钱捆死在房子上，划不来。

对他与别人合作的情况以及他的生意，大家都躲躲闪闪，语焉不详。

宇坤跟他比较熟。他们刚到布拉柴维尔上任时，接受前任转让的一辆私家车，这车也需要做些保养，于是就找到了杨平。他应该是布拉柴维尔华人开设汽车修理厂比较早的，名声在外，一来二去，他们也就熟悉起来。因为工作纪律关系，宇坤跟他也仅仅停留在熟悉阶段，彼此留了电话号码，更多的时候是宇坤打电话请他去修车。

第一次见到杨平，是2019年1月12日下午。布拉柴维尔雨后初晴，碧空如洗，中刚银行、玉米楼、圣安娜大教堂等地标性建筑，在阳光下格外光彩夺目。由于大雨压住了灰尘，平时尘土飞扬的街头也清爽了许多，天上挂着团团洁白的云朵，挡住了赤道直射的灼人阳光。我们摇下车窗玻璃，欣赏街道两旁的风景，感受空气中弥漫着的浓郁的牛油果、木瓜、菠萝的味道。街道上的行人友好地向我们竖起大拇指，善意而夸张地微笑。

来到一个十字路口，宇坤把车拐到一段围墙残破、铁门斑驳、没有任何文字标识的大门前的阶沿上。大街上车辆、行人稀少，几个刚果（布）中学生在玩极限滑板。滑板嘶嘶地划过这一段平坦的街道，玩特技还不太熟练的男孩重重地摔在地上，引来女孩和同伴夸张地尖叫。我们在边上赞赏性地鼓掌，向摔倒的男孩竖大拇指，小男孩从地上腾空而起，表演式地踏上滑板，飞驰而去。

宇坤去敲铁门，喊杨师傅，里面没有动静。正准备打电话，门开了，一个黑人男子费力地把铁门拉开，引我们进了院子。

说是院子，其实就是一栋两层小楼，谈不上砖混结构，只能说是“钢木结构”，由钢管和木柱子作支柱。院内搭了一个凉棚，里面有修理汽车底盘的地沟槽，修理工具、汽车配件，甚至满是机油和黄油的抹布等，散落一地。凉棚边是一片生满了杂草、倒满了垃圾的草坪。草坪里还放着两台小汽车，油漆风化落尽，锈迹斑斑。一股浓重的机油、汽油、黄油混合的强烈气味，扑面而来，刺鼻又刺眼。

杨平个头很高，但单瘦。手上满是皲裂，一身工作服布满油渍，眼里充满血丝，尽管在微笑，但显得很疲惫，对我们的来访似乎不太适应。

我问他答，断断续续，像挤牙膏似的。他不停地搓着双手，好像接受我们采访，不如去做笨重的体力活来得畅快，巴不得早点结束这场谈话。

周卫东是他的高中同学。中国水电下属十四局中标刚果（布）英布鲁水电站建设工程以后，周卫东的优利威士转包了部分工程项目，把他招到了刚果（布）工地上，负责运输车队的一些杂务，比如货运打卡、车辆维修保养、加油等等。

几年以后，英布鲁水电站工程接近尾声。当时国际石油价格大涨，刚果（布）国家外汇储备大幅增加，国库像一条干涸的池塘突遇一场暴雨，水位猛涨。刚果（布）从上到下，都被这种假象蒙住了眼睛，国家项目一个接一个，国外进口一船接一船。非洲人大手大脚乱花钱的毛病充斥在这个国家的各个阶层、各个角落，车越来越多。

杨平敏锐地捕捉到了商机，他与几个伙伴一合计，干脆从优利威士项目部退出来，单独干修理。跟他合伙的有颜美中、姚湘生等人。两年间，生意做得风生水起，利润丰厚。

天下没有不散的筵席。合伙合伙，合得来就搭伙，合不来就散伙，天经地义，古来有之。2 年后，颜美中自己出来开了机械加工厂，姚湘生去了喀麦隆，杨平则守着他一手创办的汽车修理厂。他把老婆从湖南娄底接到了布拉柴维尔，在原有的几个本地黑人雇员中留下了两个技术稍好的帮忙，自己支撑着修理厂的生意，苦心经营。

后来又有过一次合作。一家国企的负责人介绍了自己的堂姐两口子与他合作，但这次合作，不到半年就各奔东西。

“合作愉快吗?”我问，问完之后我就后悔了。

他没有回答我，只苦苦笑了一下，然后吸烟。我感觉他吸得很猛，恨不得把所有的烟卷一口吸进去。他很失落。

姚河海是杨平的表弟，也是他从湖南娄底带出来的人之一。有一次在湖南超市谈起他，姚河海说，杨平前几年是赚了钱的，这几年做得很辛苦，但没有赚到什么钱，尽管与刚果（布）现在的经济大环境有关，但杨平自己肯定也有做得不够周全的地方，人的精气神不如从前了！然后是一阵叹息。

在湖南老乡中间穿梭采访，不论男女，也不论生意大小，总让人感到一种湖南人的火辣，湖南人的豪气，湖南人霸得蛮、耐得烦、扎硬寨、打死仗的拼死精神。总之，湖南人的气场在哪里都是强大的，但杨平是个例外。

春节过后，宇坤单位有位同事的车抛锚，小女孩急得要哭鼻子了。我们下楼去看看什么情况，正在七嘴八舌之间，突然看见杨平高大的身影，正微笑着向我们走来，边上的黑人小伙儿提着工具箱。

这次杨平穿的是一件崭新的蓝色工装，深色皮鞋，牛仔裤，白色纱线手套也是新的，上面没有一滴油渍，就连那微笑感觉也是新的，是从内心里流淌出来的，温暖感人。

大家都去上班，我一直陪着他修车。由于单位停车位没有地沟槽，杨平和他的助手只得用千斤顶把车顶起来，才能勉强钻到底盘下去。他进进出出了几趟，才发现是老鼠把汽车电线咬断了。

“小故障。”他说。

“配件有吗？”我问。布拉柴维尔经常缺汽车配件。

“我店子里有。”他说，“整个布拉柴维尔，同型号的只有我店里有。”一脸的自豪掩饰不住。

他打发助手去取配件，然后跟我坐在车棚里聊天。这一次，基本上是他问我答，问得事无巨细，诸如春节在哪里过的，在这里还习惯吗，什么时候回国，等等，我一一作答，且夹叙夹议，目的是想跟他多聊一聊，看能不能把他深埋心底的那股“气”引发出来。我坚信，湖南人的那种气势，仍然在他身体里积蓄着。

“采访还顺利吗？”他问。

我没有立即作答，而是直视着他的眼睛。他的眼睛是明亮而清澈的，没有了血丝，没有了失落。他避开我，把目光投向布拉柴维尔湛蓝的天空。

“湖南人是有一种精神的!”我答非所问，“你看湘军，经历了多少挫折磨难，最后饮马长江，剑指东南，取得了历史上彪炳千秋的辉煌!”

我相信他听懂了我的话。他没有立即接话，吸了几口烟，把烟雾吐成一圈一圈的，轻轻地飘走，飘到空中，与赤道上空的云彩汇合。

“湘军是不会被打败的!”他说，“背时打了个小败仗，也会用大胜仗来弥补!”语气坚定，不容置疑。

“你也来自娄底吧?”我故意问。

“杨家滩，湘军真正发脉是在我们杨家滩!”他一脸的自豪，聊兴浓郁起来。我有限的湘军历史知识屈服于他的正野结合的讲述，有名有姓的湘军将领，有根有据的人文掌故，有真有假的机遇巧合，头头是道，妙趣横生。这一课于我是一种享受，于他是一种宣泄吗?

“你知道湘军哪几营最厉害不?”他的口气有点咄咄逼人。

这我还真不知道。

“曾大帅从湘江一直打到天京，靠的是忠字营、义字营、勇字营!”他站起来，用力地挥动着右手，一副统领三军的气派，“忠、义、勇三营，头可做雷，血可当油，攻城夺寨，万夫莫敌!”

后来我多次听到这段录音的时候，仍然能感受到杨平当时的那种豪情，他说给我听，也说给他自己听。这热血奔涌的湘人之声，从几百上千年之前传来，也传到了遥远的非洲，响如天鼓，还不能把一个失落的湖南人唤醒吗?!

在哪里都得向前奔

酒是一种很好的社交媒介。烟酒不分家，酒品看人品。能在一起喝上几杯酒，必然是能说上几句话的人，有时哪怕是初次谋面，只要喝酒豪爽，必是可交之人。

2019 年 7 月 2 日，长沙的某个饭店。我和周玉富把菜点好了，酒瓶盖开了，坐等王建军的到来。周玉富担心我等得太久，安慰我说："王总时间观念很强的，今天肯定是被什么事拖住了。这不，手机老是占线。"

我说没关系，他 10 号就要回刚果（布）了，家里家外好多事要交代呢。再说，他是客，我是主，等待一下也是应该的。

终于，周玉富的手机响了，王建军到了楼下，问在哪个包房。

两双手紧紧握在一起，互相端详了 10 秒钟，彼此会心一笑。"喝酒！""喝酒！"我和王建军几乎异口同声。

"我见过你。"王建军说。

"是吗？"我有些受宠若惊，不敢相信，"在哪里？"

"在东方红宾馆。"他说，"那次你跟肖中其、吴永他们在一起喝酒，我正好在隔壁房间。肖中其过来敬酒，我问他跟谁在一起，他说湖南来的朋友，是电视台的，来采访。我要过去敬酒，被肖中其拦住了，他说人多，下次再把你介绍给我。你们散席出门的时候，我在大厅看见了你。"

"那就太遗憾了！"我说的是真话。如果当时知道他在布拉柴维尔，又何必等他回国再采访呢？

"后来在千叶饭店也见过一次。还有一次去印度酒吧，你们一家人在一起，不好冒昧打扰。”看来也真是有缘分，在布拉柴维尔为数不多的外出就餐，他居然遇上了3次。

那天晚上的酒喝得很开心，谈兴也很浓。录音机已经电量告急，我们还没有“撤退”的意思。最后，周玉富摇了摇酒瓶，说：“两位老大，两瓶，要见底了，是不是来个团圆?”

王建军把酒瓶夺过来：“三个大男人，两瓶小酒，呃，算什么? 你一边去，我跟老张，包了!”

周玉富有些担心，想说什么。我朝他摆摆手，意思是让王建军尽个兴吧，好好释放一把!

接下来的时间，是属于王建军的“独播时段”，他清晰而又极富感情色彩地讲述他的过往。

“概括一下我刚才对自己情况的介绍，两句一杯。我说两句，你接两句，行个酒令，可以吗?”基本段落结束，可能是担心我们闲得太久，作为酒坛老将的王建军要调动我和周玉富的情绪。

“行啊!”我当然奉陪。

他倒满了两杯酒，示意我和周玉富安静：“我，王建军，湘风熏陶，体制锻造！接——”一口把酒干了。

“经历丰富，起点很高!”我也喝了，周玉富鼓掌表示赞同。

“那纯属吹牛，再接。心情平和，爱好单调!”他边倒酒边说，“就两杯酒，等你的两句。”举起的酒杯快顶到我的鼻子了。

必须守拙。我想我不能接得太快，要给他一点起哄、逼酒或者等待的时间。

“快，酒精都跑光了!”他嘿嘿一笑。

“‘一带一路’，牵线搭桥!”我说完，接过酒杯，准备一饮而尽。

“等等——”王建军抓住我的手，“周玉富，复述一遍，怎么样?”

周玉富毕竟是当过办公室主任、闯荡过江湖的，知道该怎么助兴。

他缓缓站起身，理理衣襟，捋捋头发，作出一副沐浴净手、高山仰止的神态：“王建军王总：湘风熏陶，体制锻造；经历丰富，起点很高；心性平和，爱好单调；‘一带一路’，牵线搭桥！生动！贴切！”

湖南省双峰县有一座建在双峰山下的书院，叫双峰书院，是清乾隆二十五年（1760 年），由全县有识之士集银千余两修建。书院的门联，写尽当地山水气象：两派交流，好向此间寻活水；双峰对峙，更从何处仰高山。1952 年建县时，有几个名称可选，最后经该县走出去的老革命家蔡畅审定，定名为“双峰县”。双峰地理独特，风光优美，崇学向善，人才辈出。三国时期的著名人物蒋琬，元代大学士冯子振，明代大理寺右评事贺宗，清代中兴名臣曾国藩，晚清外交家曾纪泽，辛亥革命先驱禹之谟，中共早期领导人蔡和森，著名革命家、中国妇女的杰出领袖蔡畅等，都是双峰的高山活水滋养出来的优秀儿女。

1970 年，王建军出生在双峰县农村。1988 年，王建军考入位于河南省的焦作矿业学院，即现在的河南理工大学，学习地质勘探专业。后获中南大学地质工程博士学位。1992 年，大学毕业后，王建军被分配到湖南省煤田地质局，一直在基层勘探大队跋山涉水，从事地质勘探工作。先做助理，后为工程师，一直从事的是勘探工作中最脏、最累的基础工种。2005 年，担任湖南基础总经理、法人代表。2013 年调任某设计院党委书记。

湖南基础可能没有中建系在湖南的几家分公司出名，也不像湖南本土的几家建筑公司那样称雄。但湖南基础技术力量雄厚，施工经验丰富，有测量和工勘优势，所参与和承包的大型工程，包括国际性工程，都是赫赫有名、令人称道的。在国内，他们参与了港珠澳大桥、上海东海大桥、苏通大桥、武汉天兴洲长江大桥、南京大胜关长江大桥、长沙地铁、广州地铁、京沪高铁、武广高铁、深圳中海油大厦、华润深圳湾国际商务中心、华能铜川电厂等项目建设。在海外，他们参与建设了印尼马都拉大桥、阿尔及利亚东西高速公路、刚果（布）国家 1 号公路、巴基斯坦 PKM 项目、马尔代夫胡鲁马累二期保障房项目、中国援苏里南医院项目、斯里兰卡科伦坡高速公路等项目。这些倾心打造的项目，均被评为优质工程、样板项目，为国内经济发展和“一带一路”沿线国家基础设施建设，作出了重要的贡献。

刚果（布）国家 1 号公路是刚果（布）的“梦想之路”，2008 年开始勘探建设，全长 535 公里，总投资约 28 亿美元，中间穿过马永贝原始森林，环境恶劣，地质条件极差。湖南基础承建了 1 号公路从多利吉到布拉柴维尔段全线桥梁基础施工。因为施工性质不同，他们需要比别的工程队提前进场，其艰苦程度可想而知。

当时担任总经理的王建军和湖南基础，极为重视这个国际项目，派出公司的得力干将陈俊华担任项目经理，集中精兵良将，攻坚克难。王建军作为公司一把手，也数次亲临刚果（布），解决技术生产上的一些难题。2011 年，项目一期结束，他顶替陈俊华到了刚果（布），开始二期工程施工。用他的话说，在刚果（布）建设“最疯狂的时候”，他缺席了，但剧目的下半场他还得参演，要不然，就愧对湖南基础这块牌子。在刚果（布）的湖南人，建了一个微信群，叫做“湖南情缘”，后来中国路桥工程有限责任公司（以下简称中国路桥）的魏总又取了一个名字：“小布村”——大家都是生活在布拉柴维尔这个“村庄”的村民。

2015 年是王建军人生的转折点。他在众人讶异的目光中，离开他奋斗了 20 多年的单位，辞去了公职。我曾经问过他，是什么原因促使他从体制内“挣脱”出来？他说得很坦然：想换一种活法！这个回答虽然不能令人满意，但也能听出一些弦外之音、难言之隐、不便说透之痛，但肯定不能简单地理解为是为了钱和自由。

1 号公路项目由中建总包，桩基础项目分包给湖南基础。王建军对中建的运营模式和人员都非常了解，并且建立了深厚的友谊和互信关系。在非洲，特别是在刚果（布）工作几年，天天与物资、材料打交道，王建军深知制约工程的瓶颈和短板在哪里，也知道市场和机遇在哪里。

于是，他搞起了货物运输。中建中西非公司是他的第一个，也是最大的一个客户。

但刚开张，就遇上了难题。

刚果（布）有个很大的特色，就是公路运输非常繁忙。从港口城市黑角到首都布拉柴维尔，绝大部分物资都靠公路运输，极少数走铁路。2011 年至 2015 年开工的项目多，货物需求量大，黑角港每天等待下货的外轮一艘接一艘。而刚果（布）本身的陆路运力极为有限，不少建设工程等米下锅，加之黑角港码头货场租赁费用昂贵，给货运撑开了一片天，于是很多华人开始做起了货运生意。大家从国内买来便宜二手车，用两年丢在刚果（布）随便哪个地方，让本地人拿去当废铁卖。在这种情况下，2015 年至 2017 年，刚果（布）汽车运输业蓬勃发展，1 号公路上，成群结队，摩肩接踵，都是中国人的车队。

优胜劣汰，亘古至理。到了 2017 年上半年，那些只有 3 至 5 台车、实力不济的货运商纷纷转型，退出刚果（布）陆路货运市场，或者转到加蓬、科特迪瓦和加纳等国家去碰运气。王建军却反其道而行之，购进 30 多台平板车，而且大多数可以加装挡板，这样，既可以运输机械设备，也可以装运水泥、煤炭等散装货物。

央企和大型工地需要稳定的运输供货商。王建军拥有 30 多台运输车辆，逐步与水泥厂、凯塔公路、2 号公路等承建方建立了稳定的合作关系。刚果（布）几家大型的中资工矿企业、在建项目的施工方，都成了他的客户。王建军很快建立了优势，成了刚果（布）公路运输最大的货运商之一。

如何保持这种优势，发挥这种优势？王建军认为关键是要做好综合服务，在做好物流运输服务的同时，还要能够为客户的业务增值。他举了一个例子：

黑角港港口很小，但货物吞吐量大，很容易塞港，所以港口方把码头货场的价格提得很高，目的是让货主赶紧出货，不要长时间占用码头。比如一家企业进口了5000吨货物，但每次只用500吨，怎么办？王建军提出了一个方案：我的车队把5000吨货物运到我的仓库，免费堆放，然后根据对方的时间和用量，给客户运送过去。这样客户免除了一大笔码头费用，又丝毫不耽误工期，而且还免去了自己工地上乱堆乱放造成的浪费和损耗，这就是增值。

中国水利水电第十三工程局有限公司承建的公路项目，在刚果（布）北部边境，离黑角1700多公里。路况好的时候，汽车货运单程也要4天，往返至少8天，一个月跑两趟已经是很顺利的了。按照王建军的建议和方法做，客户节约了成本，保证了需要。所以他们所有的物资，全部由王建军的车队来运输，建立了牢固的合作关系。

王建军说，一切从客户利益出发，做好综合服务，可以说是他制胜的第一个法宝。他说他还得感谢中建中西非公司，他作为转货场的仓库是中建的，7万平方米，免费使用。这个仓库离黑角市区8公里，离港口20多公里，地理条件优越，仓储条件好，设备也很齐全。其实，中建自己用不了这么大的仓库，闲置也是闲置。给王建军用，他们还免了一笔维护费用。

王建军反复跟我说他在刚果（布）的社交圈子很小，跟行业外的人联系不多。不管运输行业是原来的买方市场，货多车少，货主请车队吃饭；还是现在的卖方市场，车多货少，车队请货主吃饭，王建军都不轻易出席，除非是像前面叙述的，他需要跟货主进行服务理念、创新方法的对接和规范合作洽谈。比如签订合同，这本来是一件再平常不过的事情，但有些客户不太习惯，说干了这些年的工程，用了那么多车队，从来都是按行规口头约定，一周或一个月结一次账，从来没有签过什么合同。但王建军坚持签合同，按合同办事，互相约束，谁都放心。双方责权利明确，才能各尽所能，不产生矛盾，才能行稳致远，长久合作。这也是他“体制锻造”的优势和必然结果。

但也有没能操作成功的客户。中国黄金集团有限公司（以下简称中国黄金）索瑞米铜矿每年从南非进口5000吨优质煤炭，要从黑角港运进来，企业生产的铜板要运出去。尽管和中国黄金刚果（布）黑角索瑞米股份有限公司总经理郭静关系很好，但这个项目没有中标。这个标是按非常规范的程序走的，没有丝毫的漏洞，王建军也没有什么遗憾。相反，他还为对方的规范操作和中国其他的运输公司中标而感到欣慰。市场就应该是良性的，这应该与“湘风熏陶”有莫大的关系。

这些年，王建军的车队没有遭遇过抢劫、丢货和大的交通安全事故，与他的用人理念分不开。有些车队是用自己人当队长，管理黑人司机，而且对黑人司机的来历不多过问，只求工价便宜。但王建军不同。首先，他是用黑人管理黑人。本地雇员基本上都是家族式的，要么就是一个部落的，要么是兄弟、亲戚，在这些人当中挑选一个人负责，其他人不敢调皮；其次，尊重和信任黑人。相处时间长了，他们尽管不会说中文，但其实能意会听懂一些中文，所以在言语之间，不要妄谈，不能有歧视性语言。对于本地雇员的一些生活习惯，哪怕是不太文雅的习惯，在尊重的前提下，给予善意的提醒。王建军给本地雇员的工资高于其他公司，至少让每个车组自己到客户那里结一次账。几十万、上百万非洲法郎，由黑人司机去结账把钱带回来。开始也有些担心，但事实证明，他们是诚实的，是值得信任的！还有就是打家庭牌，三八妇女节、六一儿童节、刚果（布）独立日、中国国庆节、中国春节，一年5个节日，公司总要为雇员的老婆孩子准备些礼物，不贵，但实用。只有一个要求，就是收到礼物的老婆孩子要发一张照片过来，这样雇员就不敢把这些东西拿去换酒喝。有一个雇员，父母双亡，也没有其他亲人，问礼物可不可以给女朋友。王建军开玩笑说可以，但她必须领满 5 次礼物。其实就是提醒他，不能随便换女朋友，这个女朋友必须交往 1 年以上。后来这个小伙子请假说要结婚，新娘当真就是那个领满了 5 次节日礼物的女孩。

果然是"'一带一路'，牵线搭桥"！

第三章

把光荣写上『一带一路』

1 号公路的多个“第一”

在刚果（布），在其他中西部非洲国家，甚至在属于东部非洲的埃塞俄比亚和肯尼亚，很多户外和室内的电子屏上，有一条滚动播出的三维动画广告特别引人注目：原始森林、暴雨、瀑布、泥石流、塌方和拥堵的车辆等快速切换，一条灵动飞扬的金色彩带，在阳光下幻化成宽阔平坦的公路，配上文字“梦想之路，实现几代人梦想”“西部非洲驶上发展快车道”，最后在浑厚的男中音“刚果，国家1 号公路”中定格。

1 号公路的重要性不言而喻，已然成为刚果（布）的国家标志和象征。

美丽富饶的刚果河，在非洲大陆腹地画了一个“几”字形后，汇入大西洋。刚果（布）首都布拉柴维尔与该国大西洋出海口城市、经济中心黑角，如同两颗璀璨的明珠，镶嵌在刚果河的下游。沿岸大片的原始森林和沼泽湖泊，蕴藏着丰富的自然资源，为中西部非洲带来了巨大的发展潜力。加之刚果（金）首都金沙萨与布拉柴维尔隔河相望，安哥拉油气资源丰富的卡宾达地区与黑角紧紧相连，三国四地有着巨大的资源和发展优势。然而，由于利文斯敦瀑布群阻碍了通航的可能，原本只有数百公里距离的两大城市之间的人流、物流如同被“天堑”所隔，通行极为不畅。修建一条出海的发展之路，成为刚果（布）经济发展、民生改善最热切的期盼。

来往于黑角与布拉柴维尔之间，所有司机谈路色变。赫道夫是一名有20年驾龄的卡车司机，2006年2月下旬的一天，他站在陷入泥泞的货车旁，一筹莫展。他已经记不清这一趟行程被陷了多少次了。4天前从黑角出发送货到布拉柴维尔，只跑了100多公里，不到总里程的三分之一，前不着村，后不着店，不见人，也不见车，想找个人帮忙都很困难。白天他拼命地按喇叭，晚上不停地闪烁着车灯，希望在这莽莽原始森林的边缘，能招来一些村民帮他推车。2天过去了，赫道夫的水和干粮也用得差不多了，终于等来了救星——他们是专门在沿线土路上帮助泥陷车辆的本地村民。这些号称“老推车”的人，收取的推车费可不低。

2019年1月我采访他的时候，50多岁的赫道夫已经是一家中资公司的雇员，开着越野车，说着似是而非令人头疼的中文。“要致富，先修路；不修一条路，国家莫希望。”看来他在中企学到了不少东西。

糟糕的道路交通，严重制约了刚果（布）经济社会的发展。赫道夫10多年前经常陷车的那条土路，也是黑角到布拉柴维尔唯一的陆上通道，是法国人20世纪80年代修建的。由于当时的技术条件和经济条件限制，仅有几米宽，路基质量差，颠簸崎岖，几十年来很少维修，部分路段已经淹没在茂密树林和深沟崖壑之中，通行十分困难。两地的单程运输在旱季至少需要一周，雨季道路泥泞不堪，几乎无法通行。这个国家两大城市之间的货物运输就只能靠年久失修、危机四伏的铁路和昂贵的空运。

20世纪初，法国殖民者耗费巨资，耗时13年修建了大洋铁路，当时动用了12.7万名工人，1.7万人付出了宝贵的生命。同样可以说："每一根枕木下，都有一个屈死的灵魂。"最终于1934年建成了这条刚果（布）仅有、撒哈拉以南非洲最早的铁路之一，并且在相当长的时间里成为连接布拉柴维尔和黑角唯一的交通命脉。但因刚果（布）饱受战乱，缺少维护，沿途桥梁、隧道破损严重，洪水冲刷造成路基多处塌方。特别是2010年火车脱轨事故，更是直接造成100余人伤亡，使得这条殖民时代的窄轨铁路经常停运，再也无法满足当地的发展需求。

曾有法国公司尝试为刚果（布）新修一条出海公路，当面临物资匮乏、蚊虫肆虐、疾病困扰等极端艰苦的挑战时，最终望而却步，留下"没有哪个国家的企业可以修通这条路"的结论。修建一条通行顺畅的出海公路，似乎成为刚果（布）人民遥不可及的"梦想"。

但不信邪的中国人来了！中建与刚果（布）政府签订合同，承建国家1号公路。

2008年5月的一个下午，在黑角市郊的中建刚果（布）1号公路项目营地会议室，一张发黄的黑白老照片映入众人眼帘：在树木茂密参天的原始森林中，有一间低矮破陋的茅屋，屋前数十名黄色皮肤的工人赤裸着双脚，身着齐膝短裤，神色凄然。"我们不是第一批来马永贝的中国人，这是20世纪20年代法国殖民者为修建大洋铁路招募的华工，他们中的200多人在这里长眠……"时任刚果（布）1号公路项目负责人深情地向参加马永贝战前动员会的同事们介绍。

从15世纪至20世纪60年代，刚果（布）一直饱受英国、比利时、法国等列强殖民统治。殖民者为了便于掠夺和运输物资，在20世纪初开始修建大洋铁路。那个时候，饱受列强欺凌的中国国力贫弱，一大批中国劳工被招至刚果（布）参与大洋铁路的修建。当年那些远渡重洋、不远万里来到马永贝的同胞，不仅要面对比今天更多的苦难、艰险和疾病，还要忍受法国工头的辱骂和皮鞭，绝大部分同胞梦断刚果河，葬身异国他乡。

"前人在马永贝得到的是屈辱，而我们，要收获荣光!"备受鼓舞的中建人立志要为中国人争光，做好了充足的思想准备，同马永贝原始森林抗争到底。但是，他们没想到的是，马永贝原始森林的环境比他们想象的要更加艰难和恶劣。

一片横跨60公里、纵深170多公里、生长着300余种树木的广袤原始森林，处处是深不见底的山沟和刀削笔立的崖壁，蛇虫出没、气候恶劣的马永贝，是当地人想进却不敢进的危险地带。当第一批中国团队到达这里时，欧美企业投来了质疑的目光，就连当地的居民也不相信有人能在原始森林中修出一条路来。

车到山前没了路，肩挑背扛沉重的测量仪器，跋山涉水成了常态，在沼泽地齐腰深的水泊中寻找导线点，挖掘机成了最佳并且是唯一的交通工具。执着顽强的项目团队在幽深的原始森林中安营扎寨，风餐露宿，披星戴月，冒着生命危险穿越反政府武装和劫匪控制区域，还要克服疟疾、伤寒等热带疾病的困扰。"这里的水中大肠杆菌含量超标800倍，蝮蛇、蟒蛇、鳄鱼经常出没，几乎人人都被不知名的虫子咬伤，严重时'打摆子'，一昏迷就是好几天，患上疟疾、登革热更是常事儿……"项目二分部经理魏乐荣说起这些，不像是在诉苦，反倒像是拉家常一样轻松，"一次遇到大雨，营地下山运输生活饮用水的车辆一时受阻，分部组织员工用铁皮桶接雨水。就这样，大伙喝着昏黄的屋檐水过了一个星期。那天，当运水车终于来到营地时，大伙奔走相告，就像过年一样，一群铁骨铮铮的汉子甚至流下了激动的泪水。"

在原始森林深处，中建人每前进一步都需要巨大的勇气。每前进数百米，前期设计勘察的队员就会在高高的树枝上系上红丝带。这些高扬的红丝带迎风飘扬，被当地居民亲切地称为"中国路标"。与这些红丝带一样亮眼的是一个个简陋的CI"外墙"，2米多高的竹子，扎成一排排延伸数十米的篱笆，用涂料刷出的一个个蓝白相间的 LOGO——“CSCEC”（中国建筑集团有限公司），端庄整齐，在人迹罕至的森林深处显得格外温暖。一个个寂寞无边、危机四伏的夜晚，这道薄薄的篱笆庇护着营地里照亮马永贝的点点灯火。尽管风吹雨淋，一道道篱笆墙渐渐斑驳，但正是这些温暖的“中建蓝”，伴随着这群中国人一步步走进原始森林的深处，建起一个个日夜兼程奔赴的“家”。

吴永，1979 年出生于“湘军故里，楚南重镇”的湖南湘乡。“自古无湘不成军，天下湘军出湘乡。”以一县之兵，征伐十八省，湘乡人在中国近代史上写下了浓墨重彩、震古烁今的一笔。吴永 1997 年参加高考，考入长沙理工大学土木工程专业学习。4 年后，毕业到了中建。2010 年 3 月受派到中建中西非公司担任副总经理，负责商务营销，主管非洲市场。1 号公路项目是公司的主要业务之一，也是吴永商务营销的重点工作。

说起环境的艰苦和承受的风险，吴永给我讲了两件事：人人都说非洲的蚊虫多，多到什么程度呢？国内带来的蚊帐根本不管用，不知是蚊帐的孔太大，还是非洲蚊虫的牙齿过于锋利，睡觉前赶尽蚊子，放下蚊帐刚躺下，蚊子又来了。最后没办法，只得打药、点蚊香、加挂蚊帐，数管齐下。还有一些隐形的危险，非洲芒果树多，芒果也好吃，但芒果蝇对人体危害很大，所以有芒果树的地方，穿衣服之前要先用熨斗把衣服烫一遍，把芒果蝇虫卵杀死。有些公司干脆把院子周围的芒果树全砍了，以绝后患。

最可怕的是疟疾。这个病在中国已经很少见了，但在非洲，是常见病。公司有一个测量师，第一次打摆子，身上加了三床棉被还冷得牙齿磕得咯咯响。到了第 7 天，已经神志不清认不得人了，而且开始尿血。这种恶性疟疾，真让人生不如死，非常凶险，好在治疗及时，他被抢救了过来。这位测量师后来又得过几次，是项目组公认的“摆子王”。但有一位年轻的小伙子就没这么幸运了，开始以为是普通感冒，没当回事，自认为年轻身体好，硬扛了一个星期，等到实在扛不住了，也就错过了最佳治疗时期，最后病死在刚果（布），遗体都没能运回国，令人十分痛心！

在刚果（布）度过耳顺之年的王寿湘起初丝毫不畏惧。在来刚果（布）的 3 年里，这位老吊车司机虽然吃睡在集装箱里，连澡都不能洗，却比年轻人还“抗造”，刚果（布）的蚊子也拿他无可奈何。然而，2016 年他却连续打了 3 次摆子。“在这里谁也说不得大话啊！”王寿湘憨厚地笑着。其实，他的儿女和老伴儿去年已经催他回国了，按照公司的规定他也够资格“撤退”，然而，工地缺少像他这样经验丰富的技工，他最终还是选择留了下来。“总想着把这条路全修完了再回去，也算自己参与了一件大事儿。”他说。

1 号公路项目第三任项目总经理李红学告诉我，刚果（布）的人也怕当地的蚊子，也怕打摆子。“项目组刚建起来的时候，我们请了一个当地人做翻译。可是，没几天他就摆上了，受不了，竟然跑了。虽然这是他的国家，他可以跑，但是我们不能，我们还得坚持下去。”

如果说工期紧可以用“大干 150 天”“争创优秀青年突击队”的生产竞赛来追；如果说物资缺乏可以用前瞻性的计划来补；如果说资金缺口可以用创新性的融资方案来充，那么，有一种困难是中建人无法靠自身解决的，那就是劫匪。8 年中，尤其是后 4 年，1 号公路二期工程工地频遭武装劫匪光顾，不仅造成了大量财产损失，也有不少人被打伤。这些劫匪大部分是 20 世纪 90 年代刚果（布）内战的“遗患”，刚果（布）政府虽然多方努力，但在部分地区仍难完全肃清。

2014 年 2 月，时任中建中西非公司项目管理部经理平振伟和同事正乘车艰难前行在玛雅玛山区 1 号公路的便道上，突然从草丛中蹿出 2 名蒙面匪徒。他们朝天开枪威胁停车，车辆被迫停下后，其中一名劫匪见车上人员没有下车的迹象，向车辆副驾驶方向射击，子弹击穿引擎盖，打破了水厢，随后劫匪持枪强迫 4 人下车，并实施抢劫。

虽然过去几年了，但是同车的李志武仍心有余悸。“AK47 黑洞洞的枪口贴着脑袋，不害怕是不可能的。我当时脑子一片空白。”因为没有随身带钱，李志武遭到殴打。“他们拳打脚踢也不觉得特别疼，反倒是走脱之后才感觉疼得受不了。”他说，在所有被抢走的物品中，最心疼的是他的结婚戒指。

后来，项目组要求每个人外出时随身至少携带 8 万非洲法郎，以供不时之需，中建人称之为“保命钱”。“不是我们中国人多有钱，而是我们员工的生命安全最重要。”李红学说。

周玉富是湖南基础工程有限公司的一名中层管理人员，老家在湖南省邵东市。湖南基础工程有限公司作为 1 号公路基础工程的分包商，2012 年 2 月进场施工。周玉富受公司委派，担任项目部办公室主任兼外联，他给我讲述了他亲身经历的两起抢劫和盗窃。

湖南基础工程有限公司在刚果（布）先后分包了中建承建的 1 号公路桩基础项目、北京建工承建的双子楼地勘项目、中国葛洲坝集团股份有限公司承建的位于刚果（布）北部的韦索水电站地基和防渗墙项目，以及中交第四公路工程局有限公司在总统家乡奥约承建学校的基础工程。公司在刚果（布）人数最多的时候有国内员工 120 多人、本地雇员 200 人，技术实力强，工程信誉度高，从而受到各方的认可和欢迎。由于项目多、人员多，周玉富负责的办公室工作和外联工作相当烦琐，有些事情也很棘手，比如黑人偷车卖掉的事。“公司有一个本地雇员的妻子病了，没钱医治，又不好意思开口向同事借，于是就把公司的一台皮卡车偷出去卖了。只卖了 40 万非洲法郎，换算成人民币 3000 多块钱的样子。走之前，他告诉了一个同事，把车卖给谁了，卖了多少钱，统统说了。公司只能报警，请警察破案花了 60 万非洲法郎。买家老板也是中国人，我们跟他要车，他也就给了我们，付给黑人的40万他也不要了，自认倒霉！其实这台车根本不值什么钱，已经开始烧机油了，但那是国有资产，登记造册了的，去向一定要明确。所以即使花了60万，也得拿回来。”

2016年3月的一天，凌晨3点多，一伙绑匪闯入公司营地，把一楼的几个人全绑了，用胶带封住嘴，捆绑手脚，抢走了手机、电脑、现金，甚至衣物也被抢走了。等到天亮去报案，向警察交了办案费，几天以后，部分电脑找到，其他的东西一概没有了。

在1号公路通车仪式上，时任刚果（布）国土整治及大型工程部长让-雅克·布亚也不得不惭愧地说：“在总结中，我还想说一些不幸的事情，2010~2015年，在鲁提提-布朗基段共发生了38起持械抢劫事件，受害人为32名刚果人和100名中国人，累计损失总额高达29亿非郎。然而，这一切都没有吓退勇敢的中国建筑和刚果（布）建设者们，即使是最危险的事故也不能让他们放弃为刚果（布）人民带来幸福和便利的愿望。”

在1号公路建设过程中，中国的筑路工人要应对这里每年长达6个月的雨季，降水量可高达1600毫米到2000毫米，原始森林中瞬间可汇成沼泽、河流，使得一年中最佳的施工时间被雨季压迫得只剩下6个月。在赶工期的同时，施工质量还要经得起挑剔的法国监理的检验。

吴永告诉我，1号公路的建设，湖南人功不可没。中建是承建方，中建中西非公司具体运营，工程相应的关联方以湖南的居多，分包商中有4家来自湖南：中建五局（总部设在湖南）、湖南路桥、湖南基础、湖南二建。湖南人是一支敢打硬仗、敢啃硬骨头的不可或缺的力量，为1号公路建设作出了很大的贡献，对外，统称为“中建人”——代表中国建设人！

来自湖南的中年汉子马建明满脸络腮胡子，看起来十分粗犷，但施工却非常严谨细致。运红土粒料路基覆盖碾压，两侧边坡覆土挖机斗背拍紧，路肩两侧排水沟疏浚……爱挑剔的法国监理特意挑选在雨天来检查路基施工质量。当看到路基安然无恙时，法国监理对马建明竖起了大拇指并连声称赞："Chinois，super!"（法语：中国人，真棒!）自此以后，只要是马建明负责的地段，法国监理都十分信任，有时还给予"免检"的待遇。即使这样，马建明仍然没有一丝一毫的懈怠："不能让马永贝大雨砸了咱企业的牌子!"像马建明这样珍视"中国建筑"牌子的员工，在马永贝路段乃至刚果（布）1 号公路项目全线还有很多。"中建的司旗插到了马永贝的高山上，在这里，我们就是中国!"

因为抢工和救援，大部分挖掘机运行超过 9000 小时，推土机运行超过 6000 小时……当地人经常看到，深夜的工地上灯火通明，机器轰隆，一群不知疲倦的中国人正在通宵达旦地干活，这种只争朝夕、不舍昼夜的场景，只是 1 号公路繁忙建设的一个缩影。终于，一条穿越马永贝原始森林，总长 164 公里的便道被打通，黑角至多利吉路段已经具备通行能力，原始森林中的瓶颈障碍终于被克服，而修建这条便道仅仅用了 2 个月。中国建设者的吃苦精神、豪迈气概赢得了刚果（布）政府和人民的称赞。刚果（布）总统萨苏视察 1 号公路项目建设时，特意对新闻媒体说道："许多人不相信原始森林中能修出一条路来，我今天来就是要亲自面对镜头，证明能修出这么一条路。"

闻讯而来的法国驻黑角总领事到现场考察，当看到马永贝原始森林被成功打通，亲眼见识中国企业超常的施工组织能力时，他连声赞叹中国人在马永贝创造了奇迹。"祖辈们一定不会想到我们有今天，马永贝来了劈开大山的中国人，把路修到了我们的家门口，我喜欢中国建筑，喜欢中国人……"当时 54 岁的姆巴扎指着远处茂密的马永贝森林，他的脸上满是欣喜和对未来的无限憧憬。姆巴扎是当地的大村长，管理着3个村落几百号村民。刚果（布）媒体也纷纷开始欢呼“梦正在开始”“年轻的一代在书写这个国家的历史时，绝对不能缺少马永贝的素材”！

2016年3月1日，是一个可以载入刚果（布）史册的日子，也是见证中刚合作、中刚友谊里程碑的一天。一条长535公里、宽15米、双向四车道的高标准公路——刚果（布）国家1号公路——横贯刚果（布）东西，封闭数十年的马永贝原始森林被打通，也贯通了地质条件极差的巴塔赫高原。总合同额28.9亿美元，1号公路项目创下了当时中建在海外最大的单体基础设施项目的记录。整整8年时间，中建完成了西方国家认为不可能完成的任务。

刚果（布）总统萨苏盛赞这是历史性功绩，称中国建设者“圆了刚果（布）几代人的梦想，中国是真心实意帮助我们发展经济”。时任刚果（布）国土整治及大型工程部长让－雅克·布亚表示：“这条路孕育出了新的希望，是未来之路，刚中战略合作圆了刚果（布）人民的梦想。修建这条现代化公路是历史性壮举，为国家未来留下了财富。黑角－布拉柴维尔公路的建成应当载入史册，这段历史如同史诗一般，章节众多，充满活力。”

对等级公路来说，建设难，维护也难。

天空被低沉的乌云笼罩着，闪电像凶狠的皮鞭在天和地之间来回抽打。2016年初的布拉柴维尔，雨季还没有过去，倾盆大雨随时可能再次造访这个中西部非洲国家的首都。此时，1号公路正经受着暴雨的狂虐。马永贝森林将近2000毫米的年降水量和载重超过200吨的大型运输车辆的碾压，都会对这条黄金通道造成致命的损毁。

刚果（布）政府已经意识到了这个问题的严重性。过去的几年里，在国家其他地方建成的公路都因为缺少维护而迅速出现损坏。他们不想让国家1号公路这条经济大动脉再重复以往的错误，于是国家1号公路特许经营的全球公开招标，在2016年2月拉开了序幕。

其实，中建自2012年受刚果（布）政府委托运营国家1号公路一期工程三个称重站起，就有了运营维护全线的想法，政府的公开招标恰好契合中建的计划。吴永就是这个项目的核心策划人员之一。而法国监理公司EGIS作为全球知名的工程咨询公司，在世界各地承接了数十条公路的运营项目，他们也不想错过刚果（布）国家1号公路的运营。鉴于中建与EGIS在项目建设阶段建立的合作伙伴关系，两家公司迅速组成联合体，响应国家1号公路的特许经营招标。2016年3月提交资格预审文件，2016年6月通过资格预审，2016年11月提交技术建议方案，2017年7月提交财务建议方案，同年11月收到政府谈判邀请函……一切工作进展顺利，胜利的曙光就在眼前。然而，意想不到的困难出现了。

2017年12月的巴黎，寒风凛冽，EGIS总部大楼里，一则来自EGIS内部的消息给整个项目合作前景带来了变数。由于刚果（布）政府拖欠EGIS咨询服务费，EGIS集团董事会有意退出国家1号公路特许经营项目招标，这使得两家公司的合作前景犹如当时的气温一般急转直下。E-GIS在全球19个国家经营着超过3800公里的公路，中建团队清楚，这些经验将为刚果（布）项目顺利运作提供有力保障。在双方的谈判中，中建谈判代表李吉勤了解到EGIS的压力来自两个方面：一是EGIS对于继续经营刚果（布）市场的犹豫，但项目本身具备的经济利益使得说服EGIS董事会存在可能；而第二个关键因素则是EGIS担心在30年特许经营期内，占有项目控股权的中建会将合作伙伴排挤出去，使得EGIS竹篮打水一场空。面对EGIS的顾虑，李吉勤向对方承诺：中建将与EGIS共进退，保障EGIS在项目中的长久利益。

面对中建的承诺和项目预期利润的诱惑，EGIS董事会终于下定决心与中建继续共同推进该项目。为了做好谈判前的准备，联合体团队花费了大量的时间和精力，重新进行交通量预测，调整大修模型，聘用专业的财务顾问公司编制更为完善的财务模型，聘用专业的律师事务所进行合同的起草和审查。

2018 年 12 月 3 日，在与刚果（布）政府进行多轮谈判后，中建与法国 EGIS 同刚果（布）政府正式签署了刚果（布）国家 1 号公路特许经营合同。根据合同，将由中建、法国 EGIS 和刚果（布）政府联合组建公司进行收费运营、道路养护及大修，项目股权中建占 70%，EGIS 占 15%，刚果（布）政府占 15%，运营期限 30 年，预计营业收入将达 60.7 亿欧元。这是中建首个海外公路 TOT（移交—经营—移交）模式特许经营项目，也是中资企业迄今为止在境外规模最大的海外公路特许经营项目。

在未来项目公司的管理上，中建和法国 EGIS 交叉任职，同时聘请当地高学历、高素质人才进入管理层，以发挥其文化背景、语言等优势，提高管理效率。“项目是多赢的，对于刚果（布）政府来说，这个项目至少能维持未来 30 年道路正常发挥功能。而且按目前测算，刚果（布）政府在这个项目也有一定收益，即特许经营费加 15% 的分红。E-GIS 认为这个项目收益可观，未来 30 年会有稳定的现金收入。对中建来说，首先，集团在非洲可持续发展有了支撑，因为这个项目有 30 年的时间，不像原来做 EPC 总承包，项目建成就结束了；其次，这个项目对中建来讲是很好的经验借鉴，特别是在运营上，是跟国际先进公司学习的好机会。”当谈到项目前景时，已担任特许经营项目刚果公路公司总经理的吴永兴奋地对我说。

刚果（布）国家 1 号公路特许经营项目正式启动

3 月 1 日，刚果（布）总统萨苏、总理穆昂巴出席国家 1 号公路特许经营项目启动仪式。刚政府 30 余名高级官员、中国驻刚果

（布）大使马福林、法国驻刚果（布）大使贝特朗，中国建筑中西非公司总经理施洪刚、法国 EGIS 公路运营刚果公司总经理巴斯盖、刚果公路公司董事池骋、总经理吴永及刚果（布）各界代表和当地民众万余人参加。

在中法两国大使、刚政府官员、民众和媒体的见证下，萨苏宣布了国家 1 号公路特许经营项目的车辆通行费率，并亲自缴纳了第一笔通行费，向刚民众作出了表率，标志着 1 号公路全线收费工作正式启动。随后，萨苏听取了刚果公路公司关于项目收费运营和养护大修的主要服务内容及关于收费监管和控制的汇报。在参观了收费站设施，仔细了解了收费流程后，萨苏总统表达了对项目实施前景的极大信心，对项目准备工作表示充分认可。萨苏总统的一言一行，也为项目的顺利实施起到了重大的宣传和推动作用。

中国驻刚果（布）大使马福林在接受媒体采访时表示，1 号公路特许经营是中刚法三方合作的重要项目，符合中刚务实合作的要求，也为中资企业在当前地区经济新形势下，主动转型升级、开展多方合作共赢起到表率作用。

启动仪式的顺利举行标志着中国建筑首个海外公路 TOT 模式特许经营项目成功启动，为项目今后的实施奠定了扎实的基础，为中国建筑海外经营开创了新的局面，是中国建筑参与海外基础设施运营的里程碑。

按计划，刚果（布）1 号公路定于 3 月 7 号正式运营收费，运营期为 30 年。

看到这则消息，我一颗悬着的心总算放下。记得 1 月 25 日，在湖南二建位于马多托的混凝土搅拌场，我问肖中其什么时候回国过春节。他说春节回去不了，特许经营项目要启动，总统定在 31 日（大年初一）

剪彩，仪式就在莫科多（MOUNKONDO）收费站举行，“这个收费站是由我们建设的，吴永天天催，要我们把一点收尾工程抓紧搞好，逼得人死”。

我反复交代吴永，剪彩仪式时，一定要多发几张照片给我，我也想分享一下他们的喜悦，看一看总统光临的架势。春节过完了，没等到音讯；回国了，还没等到。我给吴永发微信，问特许经营项目什么时候剪彩。他回了一句：人家是总统，我们只能就他的时间。

3 月 4 日，吴永和肖中其几乎同时给我发来了上面的报道。我问他们：剪彩了，项目启动了，你们什么时候回国休整一下，补个春节？他们俩又几乎同时，也几乎是用同样的文字回复我：运营刚开始，抽不开身！

月亮山下

宁爱军说，非洲的月光的确很清澈、很亮，仿佛是从天上铺下来的一层水银。

宁爱军说，老家邵阳有一座月亮山。很巧，巧得令人难以置信的是，在索瑞米矿区，也有一座山叫月亮山。

宁爱军说，有时候傻傻地想，一个月亮照亮两个月亮山，那月亮的两面都是亮的。老婆和两个女儿，肯定也会在同一片月光下，想念我这个远在 1 万多公里之外非洲月亮下的亲人吧！

想见宁爱军很难。2019 年春节之前，湖南老乡在布拉柴维尔的东方红宾馆聚会，是因为听说宁爱军刚好在布拉柴维尔出公差才约定的日子。但到了聚会前一个多小时，姚河海才接到他的电话，说临时有事来不了了。

春节过后，郭静总经理到布拉柴维尔办事，说好了宁爱军也一起过来。见面后，郭总一脸愧疚地对我说，对不起，宁爱军实在抽不开身。然后说了一句令我很惊讶的话：索瑞米项目离开我这个总经理没问题，但离开了宁爱军，会有问题，有大问题！

离开刚果（布）之前，我给宁爱军发信息，他说公司安排他6月回国休假，顺便参加在长沙举行的首届中非经贸博览会。6月25日，我正在参加发展中国家粮食安全部长级研讨班暨发展中国家粮食安全高级别论坛，收到回国出席中非经贸博览会的郭静总经理的晚餐邀约短信，列举了聚会者的姓名，特别点出宁爱军未回国不能出席。

2020年春节以后，新冠疫情暴发，国际通航受到限制，宁爱军受困于非洲。2020年10月，中国黄金刚果（布）黑角索瑞米有限公司在中国驻刚果（布）大使馆的协调和天津市的关心下，从布拉柴维尔包机直飞天津入境，宁爱军又未能成行。

我几次同他语音通话或留言，说得最多的是希望他在国外注意安全，并询问何时回国。他总是上半年说下半年，下半年说明年，因为工作、因为疫情，回国的事一拖再拖。

2021年9月初，正在国内治疗半月板损伤的郭静总经理给我发短信：宁爱军下周回国！

千呼万唤始出来。宁爱军，中国黄金刚果（布）黑角索瑞米有限公司物资供销部经理，湖南邵阳人，现居长沙。

我们约好在长沙雨花区的一个湘菜馆见面。我从出租车上下来，湘菜馆门前的树荫下走出来一个人。我们几乎同时毫不犹豫地打招呼："宁爱军！""张老师！"

神一般的宁爱军终于站在我的面前，黑瘦、精神，略微有些腼腆，见面没握手，先要接过我的包，而且伸出右手，让我先走。

坐下来，我们俩望着对方，不知是尴尬还是满足，嘿嘿地傻笑了起来。

“喝茶，喝茶。”他有些拘谨。根据我的观察，从非洲回国的人，搞施工的都比较大大咧咧，搞技术的都比较拘谨。宁爱军介于两者之间，他是搞管理的，为何也这样拘谨呢？

“回来感觉怎么样？”我问。这话宽泛，从哪方面回答都可以。

“哎呀，怎么说呢？”宁爱军盯着手里的茶杯，叹了一口气，“28 个月没有回国，国内发展太快，感觉自己有些落后了。买东西不用现金，都是扫码，问题是我手机里没钱，闹笑话；打车不会用滴滴，闹笑话；送女儿上学，小区周围的路都不认识了，闹笑话。你看——”他两手一摊，自嘲地摇摇头。

“女儿多大了？”我想把话题转移到温暖的方向上来。

“大的上小学三年级，小的上幼儿园，我走的时候才一岁多一点。”他用手比划着，明显说的是小女儿，“也真奇怪，我走的那天她才开口喊人，在黄花机场，我跟她说拜拜，她居然开口说：‘爸爸，再见！’哎哟，我的爷咃，眼泪一下子流了出来，抱着她放肆亲，吓得我老婆尖叫起来。”他哈哈大笑，只差手之舞之、足之蹈之了。

一个父亲的喜悦是掩饰不住的，没等我发问，他兴致勃勃地讲下去：“因为时差，也因为忙，在国外每周给家里打两次电话，原来只有大女儿抢着话筒说，后来大女儿没说完小女儿就开始抢电话，弄得我老婆只能总结性地说几句就挂断。最后形成了一个习惯，跟家里打完电话以后，再跟老婆发信息，把要交代的事、要商量的事说清楚。”

“老婆总是最累的！”我说。这种国际家庭，老公常年在外，孩子、老人、家务，全落在“留守”女人身上。

“也是最不讨好的。”宁爱军说。看得出，他对老婆心存感激，也心存愧疚和怜爱。“我回来的这些天，两个女儿天天围着我转，只要在家就寸步不离，生怕我跑了，老婆也有失落感。有一天，两个孩子回家都说自己打了100分，还说给爸爸也打100分，理由是爸爸在外面赚钱很辛苦。我说妈妈也要打100分，但两个孩子异口同声地说：妈妈打零分，理由是妈妈老出去打麻将。听到这里，我老婆脸色一下子失落下来，我心里也不是个滋味。其实，孩子们口中的爸爸赚钱很辛苦之类的话，肯定是老婆从小灌输给她们的。”

一阵沉默。手机里的各种提示音显得格外刺耳，我们都没有去翻看。我知道，像宁爱军这样的“国际打工仔”，看起来有风光潇洒的一面，其实内心里面的纠结、苦闷是常人难以想象的。在刚果（布）和刚果（金）采访的时候，也常听说“驻外恐惧症”，而且大多是有家有室的“一家之主”。有一次某大型国企负责人告诉我一件事，令人唏嘘不已：他去年回国述职，专程去某省看望一位有“驻外恐惧症”在家休养的职工。到了他家，陪他父母坐了一下午，就是不见这位职工的人影。后来才知道，职工听说公司领导要来看他，吓得在外面躲到天黑才回家。

我见宁爱军脸色凝重，心事沉郁，想开导他，谁知一开口就感觉把话题带偏了：“好好干，多赚点钱，补偿她呗！”

“唉——”宁爱军叹了一口气，摇摇头。

“怎么？闹矛盾了？”我问。

“矛盾倒是没有，只是经常埋怨。”他说。

“埋怨什么？”本不该问，却脱口而出，我为自己的这种职业习惯脸红。

“世上没有后悔药。”宁爱军反而平静了许多，开始讲述他的求职故事。

宁爱军1999年从湘潭大学国际贸易专业毕业后，因为学的是法语，就去法国留学了一年。回国后被湖南株洲化工厂录用。当时株洲化工厂与法国有一个合作项目，急需懂法语的国际贸易毕业生。在这里，初涉职场的宁爱军感觉书本学习远没有实操让人的知识水平和专业能力提高得快。株洲化工厂的5年，为他今后闯荡职场，打下了坚实的基础。

2004年，不安于现状的宁爱军离开株洲化工厂，应聘到上海一家通讯器材公司工作。一年半以后，他又跳槽到嘉定区的一家外资企业。2008年3月，宁爱军第一次去非洲，应聘到尼日利亚一家华人开设的生产塑料板的工厂，做翻译兼销售。尼日利亚工业很不发达，而且经济状况不好，中国人生产的这种塑料板物美价廉，很符合当地人建房子的需要，所以工厂一扩再扩，规模越做越大，但利润却越来越低，老板后来到肯尼亚做别的行业去了。一年半以后，宁爱军又回到上海，继续服务嘉定的那家外资企业。

2010年10月，抵挡不住父母的催婚，同时也感受到漂泊的疲乏和辛苦，很想找个安定的港湾停下脚步歇一歇，于是他自荐到位于湖南长沙的中联重科股份有限公司（以下简称中联重科）。中联重科很重视有相关经历和多岗位工作经验的求职者，不但接纳了宁爱军，还给了他不菲的待遇。2012年，宁爱军与爱人结婚。

婚也结了，第一个女儿也出生了，喜欢挑战的宁爱军又想往外飞。2014年5月，他应聘参加中建八局在刚果（布）大型体育场及配套项目工程。工期紧、要求高、任务重，宁爱军感受到了中国国企在非洲大地一枝独秀的地位，也感受到了中国人越来越受到尊重。这期间，因为项目大，刚果（布）政府很重视，作为翻译的宁爱军频繁出入于市政府、国家大工部，甚至总统府，积累了一些与刚果（布）各级政府部门打交道的经验。

他说得很兴奋，小故事、小插曲一个接一个，像一串珍珠，串起他的求职路，也丰富了他的职场生活。

“你一直在选择！”趁他喝水的当口，我说。

“是的。我们这些在外面漂着的人，总是把希望放在下一个职位上。”他说。

“怎么讲?”我问。

他略加思忖，用手指向自己：“比如我，我一直在选择老板，而不是老板选择我。哪里好就往哪里去，选择的面很宽。”

“怎么选择的中国黄金?”

“这也亏得我老婆的埋怨。”他笑了笑。还没等我发问，他有些急切地解释起来：“我老婆有两件事埋怨我。一是2009年从尼日利亚回来，赚了一点钱，没有在上海买房子。当时上海一套房子才100万多一点，凭我的财力，买一套绰绰有余，要是买了，现在可发财了（笑）。第二件事，就是我从中建辞职。也不叫辞职，当时布拉柴维尔体育场建成了，非洲运动会开过了，中建在刚果（布）的大项目告一段落，只有一些中小型市政工程在做，我的作用就不大了，所以我选择了退职。回国在家里待着，收入下降了，老婆就有些埋怨。当然，她也看得出我心里有些着急，算是一种变相的鼓励吧！她说你老在家里宅着，心也散了，人也懒了，精气神也不行了，我上网帮你查查吧，看哪里有适合你的岗位，一身武艺，不能废了吧。一查，果然，中国黄金招人，而且也是在刚果（布），只是不是去首都，而是去索瑞米……”

他的眼睛看向窗外。秋天，澄净深邃的天空漂过一丝白云，像思念，像愁绪。他把头探出去，直到白云飘到蓝天的深处。他在思念索瑞米吗?他在牵挂着矿区吗?

“20天了!”他用感慨的语气说，“回来20天了!”

“这次回来可以待多久?”我问。

“公司规定，休假一年一次，45天。”他说。

“你两年多没回国休假，这次可以多休一段时间吧?”

他摇摇头：“只怕不行，我那一摊子事情太多，耽误不起。”

不需要提问，也不需要启发，宁爱军把他和他的索瑞米，用语言作画笔，清晰地呈现在我的面前。

索瑞米是刚果（布）最大的铜矿区，矿区面积有近 30 平方公里，位于国家南部，距首都布拉柴维尔以西约 230 公里，距第二大城市黑角以东大约 300 公里。2013 年 10 月，以姜良友为董事长、郭静为总经理的中国黄金派出的管理和技术团队抵达索瑞米，从外国公司手中接过矿区经营权，成立了刚果（布）黑角索瑞米有限公司，开始了在中西部非洲的艰苦创业。刚果（布）黑角索瑞米有限公司是“一带一路”倡议提出后，中国黄金“走出去”战略的第一个践行者，也是集团海外业务见效最快、效益最好的企业。索瑞米矿区在中方接手之前的外国公司旗下经营了将近 6 年，地质勘探都没有完成。而刚果（布）黑角索瑞米有限公司从 2013 年 10 月进驻，到 2016 年 5 月，不到 3 年时间，就生产出了标准伦敦铜，让刚果（布）政府和合作外企殊为惊讶和钦佩。

宁爱军就是在 2016 年 7 月，进入刚果（布）黑角索瑞米有限公司，担任物资供销部经理的。

2013 年底到 2015 年 4 月期间，公司主要进行地质勘探、矿石采样、规划建设等前期工作，2015 年 5 月正式开工建设，2016 年 8 月试生产，10 月 10 日生产出了第一块成品铜。这既是刚果（布）黑角索瑞米有限公司的第一块，也是刚果（布）的第一块成品铜。进入正式生产后，矿区的物资供销就紧张起来，由于刚果（布）乃至整个非洲工业体系极不完备，矿山掘采、选择冶炼等各种设备、配件，均需从西方国家和国内采购，生产耗材如硫黄、煤油、去凝剂、活性炭等都需要国内提供，至于吃、穿、用等生活用品更是清一色中国品牌、中国风味。矿山只要动起来，就需要生产设备保障；人员只要有录入，就要安排生活必需品。

宁爱军累并快乐着，带着他的几个助手，昼夜不停，不敢稍有懈怠。关注矿区的生产和生活物资报表，关注材料价格的涨落，更关注海洋气象变化，一遇台风，货船在海上兜十天半个月是常事，还要关注黑角港到矿区沿途的治安状况。

他说得风轻云淡、语气平缓，似乎是在讲述别人的故事。但我知道，他说的每一件事背后，都惊心动魄、心有余悸。

“一个螺丝钉可能瘫痪一整天的作业，一种去凝剂、沉淀剂可能影响一批产品的品质。矿区曾经因为生活物资断链，将近两个星期没有吃上蔬菜……说实话，想起这些就心痛。”宁爱军指了指胸口，脸色凝重。

“责任重大呀！”我说。

“我们在非洲工作的人，其实很单纯，甚至有些傻。”他说。

我有些不解：“此话怎讲？”

“真的讲奉献，集体意识甚至国家意识很强！”他说，“说起来你可能不信，甚至有人会觉得是天方夜谭。为节约成本，矿区建宿舍用的砖是我们自制的，自制砖的成本是3.5元/块，而外购砖的价格是7.5元/块；我们石灰窑组的工人纯手工搬石灰石和煤进炉，每天的工作量将近10吨，烟尘重、温度高，没有人退缩；尾矿库引洪渠管道安装，工人们跳进齐腰深的泥浆中搅拌，像铁人王进喜；硫酸厂一吸、二吸抢修，十分危险的活，工人们冒着酸雾热气钻进塔中鏖战……没有谁跟公司讲价钱、邀功劳，大家都觉得在公司我就是主人，在外国人面前我是中国人，要有格局、有担当！”

说得真好！我下意识地为他轻轻鼓掌。

眼里有光，心中有爱。此时的宁爱军，表面上从谈起妻女的兴奋状态中平静下来，其实他的内心，仍然波涛汹涌。

“说说你自己吧！”我说。

他笑了笑：“我呀，就是一颗螺丝钉，没什么好说的。”

“你这颗螺丝钉，可是在关键部位呀！”我说。

他还是笑笑，似乎陷入沉思。

“人啊，总归要扮演不同的角色，发挥不同的作用，但我们往往有时会忽略自己，是吗？”我既是探讨，又是启发地问。

“蜘蛛结网，于树之枝。大风忽起，吹落其丝。蜘蛛勿惰，一再营之。人而不勉，不如蜘蛛。”他轻声但却清晰地吟诵起来。

这是哪里的句子？出自谁人之口？我慌忙在脑海里搜索。

“在一本闲书里看到的，觉得有道理，就记下了，不知出自谁之口。”他说，“我们的古人很善于总结和激励。”

我深表赞同：“这是中华文化的智慧。”

“讲几件我经历过的事。”在我担忧被他带偏了的时候，他终于把话题落在自己身上。

“2017 年 3 月，黑角索瑞米有限公司开始出批量铜板，必须走出口程序。按常规，出口相对比较简单，把索瑞米、客户、货代、船务公司和港口这五方的关系协调好，就没事了。但刚果（布）政府的商务主管部门和港口方，这两只有力的手，影响着我们的出口业务。”

“商务主管部门是一只无形的手。我们第一次出口铜板 2000 多吨，100 个集装箱货柜，到了恩卡伊，有关部门不给我们开出口证明。没办法，公司要我出面去协调。晚上 10 点，我赶到恩卡伊，找到了当地官员，他们说作不了主，已经报到布拉柴维尔国家商务部门，需要到布拉柴维尔去做工作。从官员们似是而非的表述中，我大致看出了问题的症结。当时的国际铜价是 8000 美元一吨，2000 多吨铜板不是个小数目。在得到公司授权后，我首先做通了恩卡伊官员的工作，请他们无论如何要帮忙，并打电话到布拉柴维尔，找相关官员协调。等找到商务部领导，已经差不多晚上 12 点，我直接跟主管部长通电话，说明不给我们出口证明，第一是影响国际合作和信誉，第二是影响企业经营和效益。好说歹说，终于说通了，同意恩卡伊方面在出口证明上签字盖章放行。”

“车到黑角港，已经天亮了，我和同事们与各方协调好以后，仍然盯在那里不敢离开，因为黑角港的装卸公司叫‘刚果特米拉’（CONGO TERMINAL），垄断了港口的装卸业务，而他们的装卸能力又明显不足，所以经常出现落箱的情况。一般情况下，落三五个箱是常事，最多的一次落了一家出口公司100多个箱，整艘船300个集装箱，只走了不到200个，给出口公司造成了很大的损失。鉴于我们了解到的港口装卸情况，我们死盯着装卸公司，直到交接手续完成，集装箱全部上了船，我们才离开码头。这时抬头看天，已经日落西山，而我们从前一天晚上到第二天下午，只吃了一碗方便面，喝了几瓶矿泉水，心慌、腿软、四肢无力，但心情是十分愉快的，想喊，想唱歌！”

“索瑞米是一座铜铅锌多金属矿山。我们在勘探规划阶段，就十分注重环保问题，不触碰任何当地法律法规红线。尽管我们十分自觉，万分小心，还是碰到了问题。2018年上半年，我们进口了一批化学物资，主要是煤油。在炼铜处理的工艺中，需要煤油作溶解剂。我们的报关单上写得清清楚楚，但海关就是不放行，还要罚款5亿非洲法郎，理由是煤油燃烧溶解可能影响大气层、臭氧层，对环境造成破坏。”

“我们公司有一个刚果（布）本地副总，叫伊利亚。与当地政府部门的协调属于伊利亚的职权范围。但他协调了很久，一直没有办下来，严重影响了进口物资的使用和生产进度。没办法，我又冲到前面去了。我反复研究了海关的文件，写的是‘可能影响’，这就留下了空间：你讲‘可能影响’，我说‘不一定影响’。我们是现代化企业，标准化生产，你可以监测、化验，有问题再作处理，但不能扣货、罚款一起上。于是我除了口头跟他们据理力争，还给海关关长写了一封信，详细讲解了我们的采矿冶炼工序和化学溶解原理，最后关长把这件事批给下面的有关人员处理。”

“跟当地政府部门打交道，首先是我们自己要行得端、坐得正，不能违反他们的法律；其次是不能一味地忍让，该强硬时还得硬一点。比如有一次在与当地税务部门的交涉过程中，我就发了一次‘蛮劲’，硬顶下来了。”

“税收业务方面本来是财务部门的事，不归我管。但财务人员缺少跟当地政府部门打交道的经验，所以公司领导要我去交涉。对方怀疑我们偷逃税，要罚40亿非洲法郎，相当于几千万人民币。好家伙，这事还惊动了刚果（布）财政部，弄不好，会冻结公司的银行账号、往来账户，还有可能停工停产，这样的话损失就太大了。没办法，我一级一级地去找当地税务部门谈，最后通过大使馆，找到了财政部长。部长说工作还是要从下面做起，没办法，又重新来过。”

“这个过程太艰难。说你偷逃税，他又不认真来查账，只给你增加压力，催你交罚款。怎么办？我跟公司领导汇报：一是我们没有偷逃税，是清白的，他们也没有证据，所以必须顶住，这是原则；二是尽快处理。开始他们报了个数，要以罚款的10%结案，这是狮子大开口，坚决不行。不能有一，有一便有二，以后会没完没了，终极额度限定在1%以内；三是如果他们还是不放手，那我们就干脆来两手硬的。第一，直接通过大使馆找他们的财政部、大工部，甚至外交部交涉。第二，企业真的停工停产了，当地500多名工人没有收入，影响的是本地人的生计。这两方面的责任，不是哪一级税务部门承担得起的。后来，我又通过伊利亚副总经理和其他关系人，跟他们陈明厉害，讲明条件，尽管造成了一些损失，但在可以接受的范围内，事情总算解决了。”

他的叙述时而慷慨激昂，时而风轻云淡，很有画面感和现场感。可以想象，这一桩桩一件件，对于身处异国他乡的企业和个人来说，是多么艰难，需要付出多少智慧、韧劲和心血。

“你不仅仅是颗钉子！”我赞赏地说。

他嘿嘿一笑，显得腼腆又含蓄：“在索瑞米，可能人人都是一颗钉子。钉在哪里，就要在哪里发挥作用。”

“还准备找下一个职位吗?”我问。

他微微一怔，但很快反应过来：“索瑞米的二期工程已经开工了，以锌为主，也是刚果（布）最大的锌矿，总统都来剪彩了!”他边说边从手机里找出一张照片，俯过身子点给我看，“这是总统，这是我们国家的马大使、杨参赞，这是姜总、郭总。”

“你在哪?”我问。

“我在现场，但照片里没有。”他嘿嘿一笑，随后把照片复原说，“看看背景，这就是月亮山，索瑞米的月亮山，刚果（布）的月亮山!”

我看到了一个山的轮廓，半圆的，有些缥缈，有些模糊。

“好漂亮，真的像月亮，像极了!”他说得肯定而又真挚，像孩子一般天真。

卢本巴希的航班

认识陈爱军，是在2019年1月5日深夜的广州白云机场国际出发候机区。从广州直飞埃塞俄比亚亚的斯亚贝巴博莱国际机场的班机，将在6日凌晨起飞。第一次去非洲，环境陌生、语言不通，女儿要我们找同行的中国人引路。我们早早来到了候机区，只有黑人，暂时没见到中国人，我的心里有些忐忑不安。过了不久，来了两个中国人，一个30多岁的年轻人正跟身边的非洲人谈得火热。后来认识了，才知道他叫刘树元，湖南湘潭女婿，中兴通讯股份有限公司员工，前往乌干达工作。另一位40多岁的中年人，也跟我们一样，跟旁边的黑人没有交流，在翻看手机里的照片。我找准一个机会凑上去搭讪，几句话以后就算结识了。他就是陈爱军，湖南邵阳人，这次是回国休假后返回刚果（金）工作。

运气不错，一下子遇见了一个半湖南人。

刘树元是从亚的斯亚贝巴转机去乌干达首都坎帕拉，陈爱军转机去刚果（金）南部城市卢本巴希，我们转机去刚果（布）首都布拉柴维尔。刘树元英语、法语都很好，说到了博莱国际机场，他会先送我们到前往布拉柴维尔的候机闸口。陈爱军说没关系，我们一起走，机场现在也有中文标识。

宽敞的客机，漫长的航行，波音 777 飞机上非洲人居多，中国人很少。执飞的埃航班机上，空姐多是埃塞美女，用法语和英语服务，只有一位华人空姐。这让我们这些初次远航的人，多少有些拘谨。那就睡觉吧，这是消磨时光的好办法。

似乎刚刚睡着，就有人拍打我的肩膀，是陈爱军。空姐推着食品车过来，问我们有什么需要。陈爱军问了我们的意见后向空姐示意，把菜和米饭给了我们，然后回到后两排他自己的座位上去了。

整个航程将近 11 个小时，我观察到：陈爱军除了小睡一会儿外，多数时间都在盯着屏幕上的航程图看，似乎飞机每前进 100 公里，对他来说，不是离故土更远，而是离家更近。

我们在飞机上互相加了微信。长途飞行之后，飞机在当地凌晨降落在东非高原的亚的斯亚贝巴。博莱国际机场没有想象的国际机场那么宏大，但飞机起降十分密集，人流量也大。我们出了机舱上了摆渡车，一直紧紧跟着刘树元。到了转机大厅，不见了陈爱军。刘树元说：“没关系，我送你们。他这人就是这样，火急火燎的，巴不得抬脚就到卢本巴希。”

我说，你们原来就认识？

刘树元说也是在飞机上来来往往认识的。来非洲的中国人再多也是同胞，在候机室、飞机上，大家都会聊聊，加微信，留电话号码，便于联系。

说话间到了过境安检，开箱开包，脱衣脱鞋，忙得不亦乐乎。过了安检闸，又要穿衣穿鞋，又要拿行李，手忙脚乱之际，一双大手前来帮忙。陈爱军原来早就进来了。

登机时间还早，候机室落地窗外，东非高原朝霞满天，红日升腾，蓝天白云，空旷怡人，只有一群老鹰，在机场高高的灯柱上空盘旋。据说，这是特意驯养的驱鸟鹰。

陈爱军对窗外的风景似乎了无兴趣，他拿出一张中文版的世界地图，反复寻找比划，找到了刚果（金）东南部城市卢本巴希，然后兴奋地指给我看。

“这里，赞比亚里面!”他说。

刚果（金）卢本巴希地区像一块楔子，楔进赞比亚国家中部。

“你工作的地方在哪里?”我问。

“利卡西。”他手指上移，“卢本巴希西边 200 公里。我们的项目在利卡西东北的山里，营地离利卡西将近 100 公里。”他显得有些兴奋，手指在地图上反复游动。可惜他的项目和营地在 1∶2600 万的地图上根本找不到。

不恋小家，不畏前途，这是一个不思享乐、不怕艰苦、热爱工作的人。

陈爱军出生于湖南省邵阳市农村，没有上过大学。高中毕业以后，跟着在湖南长沙矿山研究院的哥哥，走南闯北，跋山涉水，钻山打洞，填药放炮。“搞破坏!”他自嘲地说。

“怎么讲?”我问。

“人家建房子、修路架桥，是搞建设。我们钻眼放炮、穿山裂石，是搞破坏。”说完又笑。

“不破不立嘛，正常。”我说，“你做的是基础工程。”

我的话好像说到了他的心坎上，于是围绕着爆破和工程项目，他变得健谈起来。

他做得最多的是矿山爆破。勘探队伍找好了矿，他们就负责去钻井、填药、爆破，看到自己找好的点位，钻出的炮眼里塞满炸药，起爆时那惊天动地的巨响，烟石飞舞的蘑菇状的爆炸云，然后一堆堆矿石被载重翻斗车运走，陈爱军和他的伙伴们总有说不出的高兴和骄傲。一座沉睡千万年的大山，有些寸草不生，有些满是荆棘，被他们爆炸出无穷的财富，尽管这些矿石中的化学元素他们不甚清楚，转换的财富到个人手上也只与他们的汗水等值，但他们依然征服了自然和大山。特别是听说爆炸的矿石中有哪些稀有金属或者国家的战略物资时，那种兴奋和幸福感难以言表。

也做过一些建设性的爆破，比如溪洛渡水电站建设，这是陈爱军记忆十分深刻也一直引以为傲的事。

溪洛渡水电站是国家“西电东输”的骨干工程，位于四川省和云南省交界的金沙江上。工程以发电为主，兼有防洪、拦沙和改善上游航运条件等综合效益，并可为下游电站进行梯级补偿。电站主要供电给工业和经济高度发达的我国华东、华中地区，兼顾川、滇两省的用电需求，是金沙江“西电东输”距离最近的骨干电源之一，也是金沙江上最大的一座水电站。

溪洛渡水电站装机容量与原来世界上第二大水电站、位于巴拉圭河流上、由巴西和巴拉圭共同建设的伊泰普水电站（装机 1400 万千瓦）相差无几，是中国第三、世界第四大水电站。2005 年底开工，2007 年实现截流，2009 年 3 月大坝主体工程混凝土浇筑开工，2013 年首批机组发电。电站在左、右两岸各布置一座地下厂房，分别安装 9 台单机容量 77 万千瓦的巨型水能发电机组，总装机 1386 万千瓦，仅次于三峡水电站、白鹤滩水电站和伊泰普水电站。

“我们是第二批进驻云南省昭通市永善县的，第一批是勘探队。”说起工地，陈爱军两眼放光，兴奋异常，“都是悬崖峭壁，缆绳无处生根，我们只好从山上往下吊，人在吊篮里打炮眼，真是辛苦，但也很刺激。将近两年的时间，工程接近尾声，我们的爆破队伍才撤离出来。”

“后来回去过吗?”

“去过，带着老婆一起去的。”他说，“工程很宏伟，跟三峡水电站有得一比，只是江面没有三峡宽。很远就能听到发电机的声音，好像不是先进耳朵，而是先钻到心里去了!”

这是对地下发电机组很真切的感受，同时也是他作为建设者的成就感。

后来他进了湖南浏阳北山爆破工程有限公司，从事专业技术指导和现场施工。2017 年，某央企所属公司在全国范围招聘工程技术工人，他如愿进入该公司，来到了非洲中部的刚果（金），成为公司首批驻外人员。

米通巴山脉是贯穿刚果（金）南北的大山脉，南部边缘为加丹加高原，东边是东非大裂谷，北临刚果河上游。这里森林茂密，植被丰厚，矿藏量巨大。来自世界各地的探采矿公司有将近 200 家，云集利卡西东北的卡莫福山区。陈爱军所属的中国中刚开发股份有限公司，为各国探采矿企业提供爆破服务和技术指导，并取得了相应的采矿权，开采铜矿和钴矿。

2019 年 4 月 9 日，得知陈爱军已经回国休假，我打电话告诉他我要到邵阳去看他。

他不在邵阳，在常德。

尽管大有疑惑，但我也没有追问，兴许是在常德看望亲戚或有其他事，我们约好 10 号在常德见面。

沿杭瑞高速，岳阳到常德一个半小时车程。下了高速，我按照他发给我的定位，到了常德市北郊山区，但找不到方向，他只好开车来接我。

原来他回到了公司。浏阳北山爆破工程有限公司承揽了南方水泥有限公司在常德一座矿山的爆破任务，陈爱军的爱人还在这里上班。老婆在哪里，家就在哪里。于是，夫随妇唱，难得的休假，他跟着老婆来常德了。

“博莱国际机场转机的空当，4个多小时，我去了恩托托山的坠机现场。”见面寒暄完毕，刚坐下，陈爱军就心事重重地说。

大家都沉默。2019年3月10日上午8时44分，埃塞俄比亚航空执飞亚的斯亚贝巴至肯尼亚首都内罗毕的ET302航班失事，机上149名乘客和8名机组人员无一生还，遇难者中，有8名中国人。埃航是全球航空公司中，安全等级最高的公司之一。这次的意外，令很多人深感震惊和痛惜。

“我是3月16日中午到的亚的斯亚贝巴。机场有出租车去坠机现场，我买了几束鲜花，祭奠一下死难者和同胞。”他脸色很沉重，看得出这次空难对他冲击很大，“现场的救援队伍还没有撤离，救援队伍的主力是中资企业，大型机械都上来了。见我是中国人，救援队特地把我带到一个小土堆前，说在这里挖出了一个橘红色的中国护照的封面。他们堆了一个小土包，对着土堆鞠躬，也算是对遇难同胞表达了哀悼。我也就把鲜花分出一半放在那里，另一半撒在现场，就算对其他遇难者的祭奠吧！”

我理解他的心情：“去的人多吗？”

“不少人去。有些家属还没有走，想找到一点遗物什么的，有遇难者的国家都有人去，中国人去得多。只要转机时间允许的好像都去了。”他说。

血浓于水，情重于山。

“以前几次去埃塞俄比亚转机，飞机到了亚的斯亚贝巴郊区开始降高程，恩托托山区总是一望无际。我想的是山底下有些什么矿藏？什么时候我们也可以来开采？这次转机，飞机在恩托托山区上盘旋爬高，没有心情往下看了，闭上眼睛。我观察飞机上很多人跟我一样，有的干脆把窗户的遮阳板关上。”陈爱军仍然沉浸在悲伤的情绪中。

一个爆破手，对异国他乡的遇难者和同胞如此真心痛挽，令人敬佩。为了缓和气氛，我问他什么时候回刚果（金）？

“4 月 17 日，公司订好了机票。”说完，陈爱军爱怜地看了看坐在身边的妻子，那潜台词不言而喻，“也没办法，公司的矿山准备开采了，第一炮等我回去起爆。”

“你管技术吗？”我明知故问。

“不只是技术，还有培训、安全，我都要管。”他说，似乎马上回到了他的工作岗位。“起爆之前有很多工作要做，要编制爆破安全管理事项和爆破程序，明确责任人，进行预演；还要对炸药、雷管等器械进行检查、验收，马虎不得！”他又变得健谈起来。

可以想象这次返回非洲，在飞机即将降落亚的斯亚贝巴博莱国际机场之前，他肯定不会观赏机翼下的恩托托山，但想早点到达利卡西矿区的心情仍然是急切的。那里有他热爱的工作在等着他，特别是筹划已久的“第一炮”。

果然，5 月 9 日清早，我就收到了他的微信：第一爆圆满成功！下午又收到了他发给我的《×××（地名隐去）铜钴矿△1300m～1258m 平台 04B093 爆区爆破作业小结》。

作业时间：2019 年 5 月 8 日

起爆时间：15：40

2019 年 5 月 8 日，我单位对×××铜钴矿△1300m～1258m 平台 04B093 爆区实施了爆破作业。本次爆破作业为我单位在该矿区第一次爆破作业。本次作业无事故、无盲炮。设计单耗：现场混装铵油炸药 $0.3kg/m^3$，现场混装乳化炸药 $0.4kg/m^3$，爆破方量10.8万方。下面是《表1：爆破参数表》《表2：爆破器械消耗表以及爆区孔位图》。

专业，详细，程序规范！

第二天，他又发来一份详细的《×××爆破安全管理事项及爆破程序》。这份文案中，陈爱军担任的重要而又危险的角色一目了然。

我仔细阅读这份专业性很强的文档，那么多细密的管理事项，那么多精准的操作程序，我为陈爱军骄傲。心细如发，严格规范，对一个每天与炸药打交道、以爆破为职业的人，安全就是生命，重要性不言而喻。

我站在世界地图前，又一次找到了刚果（金），找到了利卡西，我在心里与陈爱军对话：兄弟，多保重，安全第一！我的手指从利卡西移到卢本巴希，仿佛看到卢本巴希的航班腾空而起，飞向亚的斯亚贝巴，然后一路向东，飞向广州。这条航线与“一带一路”的路线是重合的，也是延伸的。陈爱军的下一站，似乎是在这张地图上的任何一个地方。

爱在原始森林

2019年1月25日，中国驻刚果（布）大使馆举行在刚华侨华人春节联欢会。使馆工作人员，在刚中资机构、大型国企员工，华侨华人，纷纷组织节目上台表演。厚重的中国元素、浓郁的中国情怀，给海外游子们心的抚慰、家的温暖。中国路桥出的节目中，有个男生小组唱，4个英俊的年轻小伙共同演唱了一首中国路桥之歌。

南山南——路桥版

你在高高的云岭上 编制彩虹
我在大洋的港湾里 修筑长城
如果出发之前来得及
我要追寻你的足迹
漂泊一生 只为这一场梦
你跋山涉水 不为他乡的风景
只为人间增添一道彩虹
你的心里 永远装有一个梦
做一条只顾穿山越水的蛟龙
你说 你任何思念家乡的泪水
不及建设他乡的汗水
明月千里相思 异乡为客
你把爱和责任 汇在一起
用汗水铺筑“一带一路”
拨动着那月弦 浅唱
有你有我 这世界更美好
山高远 海湛蓝
愚公志未竟
蛟龙腾 彩虹飞
鲁班共筑梦
地为纸 汗为墨
豪性绘新景
交天下 建无疆
永是路桥人

背景画面依次出现像利剑一样划开原始森林的刚果（布）2 号公路；平坦笔直、与刚果河相伴相牵的国家体育馆高架桥；白天像卧龙，夜晚像彩虹的八一五大道和斜拉桥，以及莫桑比克马普托大桥；还有吉尔吉斯斯坦雪山公路、肯尼亚蒙内铁路、塞尔维亚泽蒙 - 博尔察大桥、毛里塔尼亚友谊港、赤道几内亚巴塔港、巴基斯坦喀喇昆仑公路、印度尼西亚泗水 - 马都拉大桥、黑山共和国南北高速公路以及白俄罗斯 M5 公路等中国路桥承建的国际性大项目。一个个航拍移动镜头让人遐想联翩，一幅幅珍贵画面叫人叹为观止，让人感受到别样的中国力量和中国气派。

《南山南》是著名民谣歌手马頔于 2014 年创作并演唱的，2015 年风靡华语歌坛。原词曲那种悲戚、怅惘和惶惑的阴柔低沉情绪，到了“路桥版”，焕然一新为明朗、蓬勃和鲜明的英雄主义色彩。

4 个小伙子深情地演唱，整个大厅出奇的安静，甚至能透过音乐听到彼此的呼吸和心跳。此情此景，感动着这些远离家园、有梦想、在奋斗的人们。

在人群中，我看到了一脸庄严的彭维和眼含泪光的邓榴。他们俩既是代表中国路桥出席今天联欢会的嘉宾，也是节目的策划者和组织者。我知道，这首声情并茂的歌曲，把他们带回了原始森林那崇山峻岭、阴暗潮湿、蚊虫肆虐的艰苦岁月。

彭维，1988 年出生于湖南宁乡，2011 年 6 月毕业于中南林业科技大学道路桥梁专业，2011 年 7 月入职中国路桥，经过半个月的短暂培训后，2011 年 8 月被公司分派到刚果（布）2 号公路项目部。

邓榴，1990 年出生于四川雅安，2012 年 6 月大学毕业后，同样经过半个月的集训，于 2012 年 8 月，在公司往国外的“发人”季，来到了刚果（布）国家 2 号公路项目部，成为彭维的同事。邓榴说的“发人”是相对于“发货”说的。在非洲，特别是在刚果（布）和刚果（金），修桥铺路从工程机械、生活用品到哪怕是一颗螺丝钉，都得从国内“发货”过来，公司的骨干技术人员也是从国内“发”过来的。

刚果（布）全国呈南北狭长形，有4座特色城市：首都布拉柴维尔位于国家南部；沿海城市黑角位于西部；边境城市韦索是北部地区最大的城市，也是桑加省的首府，与喀麦隆接壤；韦索与布拉柴维尔之间的是盆地省省会奥旺多，离现任总统萨苏的家乡奥约和原总统恩古瓦比的家乡奥姆比勒都很近。韦索与布拉柴维尔之间相距856公里，20世纪80年代，法国公司修建了布拉柴维尔到奥旺多段531公里的国家2号公路，但奥旺多到韦索之间325公里道路受自然条件限制没有贯通。这里需要穿过沼泽和原始热带雨林。由于交通条件的限制，北部丰富的木材和矿产资源的开采与出口，只能借道邻国喀麦隆。而农产品不能及时运出，极容易溃烂。道路交通的瓶颈，严重地限制了南北地区之间的物资供给和人文交流，从根本上制约了北部地区的经济发展，使刚果（布）国家一体化进程严重受阻。

国家2号公路奥旺多-韦索段道路建设，早就被纳入刚果（布）1982—1986年国家五年规划中，但由于突如其来的经济下行和随之而来的战乱，规划未能成功实施。2006年，刚果（布）政局逐步稳定，经济发展步入正轨，国家2号公路奥旺多-韦索段道路建设再次正式提上议程。2006年6月，时任中国国务院总理温家宝在访问刚果（布）期间，与刚果（布）政府签订了一揽子互惠合作协议，为刚果（布）国家项目的建设提供了强有力的资金支持，国家2号公路奥旺多-韦索段的修建才成为可能。

国家2号公路奥旺多-韦索段一、二期项目线路全长325公里，路基宽度11米，路面宽9米，采用设计采购施工总承包（EPC）模式建设，资金来源为在中刚一揽子合作框架下，中国进出口银行提供的85%买方信贷和当地政府提供的15%配套资金，设计采用欧洲标准，业主为刚果（布）大工部，监理为德国GAUFF工程咨询公司（一期）和美国Louis Berger公司（二期）。项目分两期建设，一期工程奥旺多－蒙比利段全长126公里，耗资3.24亿美元，于2008年6月开工建设，2012年3月竣工；二期工程蒙比利－韦索段全长199公里，合同额3.65亿美元，于2012年3月开工建设。项目团队在克服物资设备供应困难、施工条件艰苦、没有设计图纸等一系列困难后，于2015年7月21日提前完工，顺利通过业主初验收，实现刚果（布）南北地域全线贯通。

多年前，联合国非洲经济委员会、非洲开发银行和非洲联盟共同提出了在非洲修建洲际公路的宏大规划，目的是促进贸易，并通过公路基础设施的发展和贸易走廊的建立，打通非洲国家间闭环，减轻非洲国家贫困的现状。刚果（布）国家2号公路正是规划中横贯非洲的公路网——3号公路“的黎波里－开普敦公路”的重要组成部分。2号公路的全线贯通加速了非洲互联互通公路进程和区域一体化进程。

同时，国家2号公路全线贯通也使刚果（布）首都布拉柴维尔与北方边境城市韦索之间的联系更加紧密。首都和韦索间运输能力大大提升，极大方便了当地居民的生活和出行，对促进当地农产品的运输、加强区域往来、拉动经济社会发展起到巨大的作用。

2008年5月7日，刚果（布）北部一个偏远的小县城——马夸，迎来了西装笔挺皮鞋锃亮的官员、身着原始服饰带着夸张妆容的乐手舞者和穿着传统服装的老百姓，还有一群头戴安全帽、身穿工装的陌生中国面孔。这个跨越赤道的小城顿时热闹起来，所有人的脸上都挂着热情灿烂的笑容。刚果（布）总统萨苏在这里出席了隆重的国家2号公路奥旺多－韦索段一期项目开工仪式，万众瞩目之下，他亲自铲下第一锹土，预示着这个项目的建设正式拉开序幕。

而在热闹盛会的背后，项目施工的中方人员已经经历了长达数月的艰苦筹备。顶着50度至60度的高温，住集装箱；用容器接天然雨水，消毒后再饮用；还要抵御森林中的各种蚊虫毒蛇和边境时常出现的劫匪。原始森林中环境的恶劣、疾病的困扰、物资的匮乏、运输的困难、建材的不足、设计图纸的缺失等等，如同一座座大山横亘在中国路桥施工人员面前，使他们几乎陷入绝境。但他们没有被压垮，而是放平心态、全力以对，以“愚公移山”的精神克服了难以想象的困难，在热带雨林里开辟出一条希望之路。

彭维和邓榴他们加入这个团队的时候，同事们已经不需要住集装箱了，公司修建了营地，也打了水井，饮用水可以使用桶装水。但毕竟是在原始森林，不可能建永久性基地，只能建一个简易建筑，大家工作之余，就框在这个弹丸之地，独自享受淡淡孤独、浓浓乡思。

没有电视，没有报纸，没有网络信号，有的只有潮湿阴暗、蚊虫侵扰，变色龙古怪的眼睛泛出幽暗的光，四处可见。也就是在这样的艰苦环境中，爱情在两个年轻人心里悄然萌生。

“谁追谁呀?”我满怀好奇地问。

“谁追谁呀?!”邓榴接过我的话问彭维，大有“挖坑”之嫌。

彭维有些支吾：“也不存在谁追谁啰，反正，晚上黑灯瞎火也没事做，她胆子又小，就陪着她呗。主要是两个人谈得来——”

有这些理由就足够一颗种子的成长。刚刚大学毕业的年轻人，在国外的新鲜劲过后，举目无亲之感时时袭扰，渴望倾诉、理解和互相帮扶的愿望，有时像原始森林中的狂风暴雨一样，猛烈地敲打着长夜的寂寞和空虚。

一花独放不是春。在中国路桥奥旺多－韦索段项目建设工地，像彭维、邓榴这样“肥水不流外人田”的爱情配对，就有八九对之多。

除了在建设工地上吃苦受累、忍耐和坚持，年轻的建设者们其实还收获了人生中不一般的骄傲。

邓榴在公司主管行政和外联。项目所在的刚果（布）北部地区，一直处于一种相对封闭的状态，交通不便，经济活动滞后，老百姓生活极度贫困。项目的开工需要本地雇员，邓榴主管招工工作，Abep 就是她招收进来的本地雇员之一。

Abep 是个年轻的刚果（布）小伙子，多年前，父亲身患重病，家里砸锅卖铁给父亲治病，坚持了 5 年之后仍然不治身亡，只留下年迈的奶奶、消瘦的妈妈、刚满 18 岁的 Abep 和 50 万非洲法郎的外债，家庭负担尤为沉重。Abep 家是真正的家徒四壁，甚至连玻璃窗都没有，用捡来的塑料袋挡着窗口，虽然热带地区没有寒风，但蛇虫鼠蚁横行。有一次 Abep 妈妈睡觉时被奇异的动静惊醒，发现竟是一条小蛇在身上爬动。那时奶奶年事已高无法劳动，妈妈在父亲患病期间操劳过度再也不能承受过重的活计，家庭生活的重任全部转移到了 Abep 身上。风雨飘摇的家急需要一个顶天立地的男人来支撑，刚成年的 Abep 感受到了生活的沉重压力。

当时 2 号公路奥旺多 - 韦索段二期项目正值筹备期，需要大量的当地工人。得知这个消息，Abep 立即到项目部应聘，他对人力资源主管邓榴说：“我是个男人，我想挣钱养家，不会的我会好好学，我希望你们能给我这样一个机会！”他诚恳和期盼的目光感染了邓榴，但空白的工作经历也让邓榴犯难，最终决定先与他签订为期 1 个月的试用合同，试用期考核合格后方可转正。试用期间，Abep 每天早上 5 点 30 分就赶到工地现场等待，跟着带他的中国师傅刻苦学习、认真操作，收工时总是留到最后一批才下班回家。同事问他怎么这么早来、这么晚走，他说他好不容易得来的工作机会，不想失去，也不想浪费工作时间。就这样，一个月的时间过得很快，Abep 在同一批试用员工中脱颖而出，如期转正。此后几年的工作中，Abep 仍然坚持着试用期的作息，勤劳刻苦程度远高于大多数当地工人。他从当初的瘦弱胆怯到如今的健壮阳光，不变的是坚定的眼神；从一无所知到可以熟练使用工程技术的相关探测仪器，不变的是对新知识的渴望；从负债50万非洲法郎，到给家里盖了新房子还略有存款，不变的是用自己的双手创造美好生活的信念。按照他的话来说："感谢你们给我这样一个机会，进入中国公司工作让我对生活越来越充满希望！我现在不仅还了债，还有了自己的事业，真的很感谢你们。" 2号公路二期项目结束之际，Abep众望所归获得了"优秀属地员工"的称号。Abep的成功，让邓榴有一种莫名的兴奋和甘之如饴的快感。

彭维也有他值得骄傲的好朋友。来自埃塞俄比亚的穆罕默德是2号公路项目的一名操作手，因为在刚果（布）很少有埃塞俄比亚雇工，所以他自然而然地成为埃塞俄比亚的代名词，大多数同事都亲切地唤他为"埃塞"。埃塞操控的是平地机，一种利用刮刀平整地面的土方机械，刮刀装在机械前后轮轴之间，能升降、倾斜、回转和外伸，适用于构筑路基和路面、修筑边坡、开挖边沟，在项目施工中得到广泛应用。但是平地机的操控对驾驶员自身素质和条件要求较高，找到一个合适的平地机手，尤其不易。埃塞来自平地机手世家，他的爷爷、爸爸和哥哥都是开平地机的。自小就与平地机接触的埃塞，练就了高超的操控技术，他理所当然地成为属地工人中工资最高的那个，甚至比一些中国员工的工资还要高。彭维作为工程技术主管，自然对埃塞的工作赞赏有加，两人在一起交流的机会多于其他人，并把他的工作经验向其他人推介。一来二去，两人成了工地上的"中非组合"。

其实穆罕默德原来在埃塞俄比亚有一份不错的工作。但是由于战乱，他的很多亲人都流离失所，部分至亲还无辜地在罪恶的炮火下丧命，这使得他为了生存不得不背井离乡。但是不管在哪里，身怀多项"绝技"的他总能凭借着过硬的技术寻得立身之处。就算多年未曾回过家乡，他每年也会按时给他远在埃塞俄比亚的妻子寄去生活费。

连续参加了2号公路奥旺多－韦索段一期和二期的修建，后来又跟着公司转战其他项目，在刚果（布）待了 10 年有余，埃塞对这个国家也产生了感情，前不久他终于申请加入了刚果（布）籍，现在应该称其为祖籍埃塞俄比亚的刚果（布）人了。

在 2 号公路建设期间，彭维和邓榴不只是留下了蚊虫叮咬的印记、日晒雨淋的印记、黢黑消瘦的印记，也加入两位总统家乡的参观人流，在马夸县城简单而有趣的赤道纪念碑前留影，与沿途中国路桥援建的八所小学的学生暖心互动，等等。这是一般人一辈子都不可能有的经历和记忆。

2016 年，他们的爱情瓜熟蒂落，在国内举行了隆重的婚礼。婚礼现场有着浓郁的非洲元素：场景布置和大屏幕都是非洲原始森林；开场音乐用的是非洲乐曲；就连邓榴穿的婚纱，也充满了非洲的服饰元素。更为巧合的是，婚礼现场的摄影师，名字就叫李非洲。

话题自然转到了两人的“造人计划”上。

“今年年底吧。”彭维说。

“能实现吗？”我问。

“也不一定。”邓榴说，“其实我 2017 年就向公司打了报告。一个女孩子，驻外已经 6 年，又成了家，应该可以回国了。但公司在国外的项目多、任务重、人手少，‘发’不出人来。也就只好拖着，一拖就拖到现在了。”

“很期待吗？”

“很紧张。”彭维说。

“为什么？”

彭维没有直接回答，而是先给我讲了一个故事：他们公司有位领导，第一胎生了个儿子，二孩政策放开后，又生了双胞胎儿子。吓得领导连连惊呼“完了完了，回不去了，只能长期待在国外，赚点出国补助养孩子了”。

“真怀了孕，生了孩子，她一个人在国内，也挺难的。”彭维望着邓榴，爱怜地说。

“这就是我们这些‘非漂’的命吧，叫使命也好，叫宿命也罢，认了!”邓榴已是满眼泪光。

我无言以对，耳边又响起了《南山南——路桥版》那首极富穿越感和鼓动力的歌曲，眼前又浮现出那一幅幅精妙绝伦的海外大项目的画面，看到一纵望不到头的队伍，在躬身攀登、攀登，让人肃然起敬。

上加丹加省的湖湘子弟

加丹加高原是中非高原的一部分，包括刚果（金）南部和赞比亚中北部地区，是刚果河流域和赞比西河流域的分水岭。加丹加高原海拔1000米至1500米，矿产资源丰富，在高原的古砂岩中结集着以铜、钴、锌为主的多种金属矿，形成了宽约60公里至100公里，长达550公里的世界著名的加丹加－赞比亚铜矿带。

刚果（金）上加丹加省就位于加丹加高原北侧，加丹加－赞比亚铜矿带的中心位置。这里聚集了世界上很多顶级的矿业公司，其中也有部分中非合作、合资、参股的矿业公司。上加丹加省坎博夫县的科米卡矿业简易股份有限公司，就是一家中资矿业公司。早就听说该公司董事长兼总经理彭志是湖南人，趁他在国内休假，我慕名前往拜访。

彭志，1961年5月出生于湖南省衡东县，1979年考入位于湖南省会长沙市的中南矿冶学院，攻读采矿专业。1983年大学毕业，他被分配到梦寐以求的百年老矿——常宁水口山铅锌矿，从见习技术员到技术员，再到矿山负责人，他在这座遍地宝藏也遍地烟尘的顶级矿山工作了22年，洒下了汗水，奉献了青春，也积累了丰富的采冶经验。

谈话很自然地从湖南开始。湖南是中国著名的有色金属之乡，地处亚欧板块、印度洋板块与太平洋板块之间部位，地质条件得天独厚。在距今16至17亿年前的前震旦纪时代，湖南处于地槽发展阶段，沉积了数千米厚的岩层。这一岩层含有丰富的硅铝质成分和钨、铅、铋、钼等元素，为有色金属矿床的形成，提供了初步的物质基础。此后，每经过一次比较强烈的地质构造运动，就会形成一些褶皱带、凹陷带，地壳受到强烈的反复挤压和扭动，在巨大的压力和热力的作用下，被重新熔化，形成富含有色金属矿质的岩浆，给各种元素的富集提供了良好的通道构造和储矿构造条件。这些岩浆活动频繁，侵入系列比较完全，酸性、中酸性、基性、超基性类岩体均有出露，其中以酸性类花岗岩占相当比重，与花岗岩有关的许多有色金属、稀土金属，如钨、锡、铋、铍、铅、锌、铌等矿床便大量形成，致使湖南有幸成了“有色金属之乡”。湖南有色金属品种多、储量大，锑储量居世界第一，湖南冷水江锡矿山被称为“世界锑都”；湖南郴州的柿竹园是一个富含140多种矿物的世界罕见的超大型多金属矿床，钨的储量占世界总储量的25%，铅、锌、铋、铜、锡等储量丰富，被誉为“世界有色金属博物馆”；湖南常宁水口山有“世界铅都”之称，其康家湾是一个铅、锌、金、银共生，储量丰富的大型矿床。

“这里有个误解。冷水江锡矿山其实不产锡，产锑。”说到采矿，彭志一脸兴奋，如数家珍。“锡矿山是明朝嘉靖二十年（1541年）发现的，当时大家对锡和锑的认识并不明确，就取了个锡矿山的名字，地方志上写的也是锡矿山。直到1897年，探矿人刘履斋、宴永鹿结伴上山，取砂样30斤，送到省城长沙化验，才确认是锑而不是锡。但锡矿山的名字早已流传，至今未改。1898年，刘、宴二人合办了第一家锑矿，这是湖南有色金属‘民采’的开始。过了两年，清政府去锡矿山开设了官办的锑厂。1910年前后，冷水江的锑产量已占世界的一半。到1914年第一次世界大战爆发，西方国家制造弹药，需要大量用锑，因而锑价猛涨，锡矿山的锑产业很快进入高速发展的黄金时期，美名不胫而走，年产锑超过两万吨。‘世界锑都’的很多采矿老板成为‘银菩萨’‘金菩萨’。”

“那是昨日辉煌，现在的情况怎么样？”我趁彭志喝水的当口，想把他拉回到现实当中来。

“怎么说呢？矿肯定是越采越少，但现代技术在探矿上有突破，在采矿上有飞跃，在冶炼上更先进！”交谈中，我发现他有一个小小的习惯性动作，每当说到紧要处，他总是把一双粗糙的手摊在面前，像是摊开了一张无形的讲话稿，专注而虔诚。

那是一个采矿人眼力和心智的交汇点吗？

同一年上了同一座城市的两所大学，我觉得我和彭志缘分不浅。“当时省城的大学流传着三句话：师院的伙食，湖大的教室，矿冶的教师。你们矿冶学院的老师水平最高。”我说。

“现在也是，合并成为中南大学，211，院士就有十几个。”他仍然一幅骄傲的神态，双手从眼前离开。

“当时怎么报了矿冶学院？”我问。

他没有立即回答，又把双手端到面前，看了又看，好像在找答案。“受传统思想影响吧。男不进港，女不进纺；有港有纺，不如上山挖矿。只要勤劳，总能挖出些宝贝来。”说完，哈哈大笑。

彭志的家乡衡阳市衡东县，处于冷水江锡矿山和常宁水口山铅锌矿之间，而且很多乡邻都在矿山工作。他从小耳濡目染，立下志向，这也是他的少年梦想。

“一辈子在矿山上跑，在矿井里钻，习惯了，水里喝得出金属味，风里闻得出铜铅锌，这真不是吹牛皮！”他说。

在常宁水口山工作 23 年后，组织上照顾他，调他到省有色冶金劳动保护研究院当副院长。可以有安定的生活、安静的时间，以自己的经验积累做一些劳动保护研究工作，他很高兴。但两年，仅仅两年，彭志就坐不住了，仿佛金属在体内涌动，仿佛矿山在耳边召唤，他离开省城，离开机关，离开他的研究，于2008年，再次踏上矿山，在湖南郴州和广东等地的探采矿企业做技术指导工作。

年届60，耳聪目明，步履矫健，声音洪亮，这是一个风雨中不畏险途的跋涉者的正当体格，是一个把事业顶在头上的追梦者的标准姿态。

“说说非洲吧，说说刚果（金）。”被采访者具有良好的表达欲望，是采访者之大幸。彭志已经到了表达欲的峰值，我不想错过这个机会。

可他说等等，等一下欧阳小红，一刻钟就到。

于是我们聊起了家庭。他有两个小孩，大的是女儿，小的是儿子。

“我们这个年龄的人，有两个小孩的不多见呢。”我说。

“没办法。”他的脸上由兴奋转到忧郁，“搞矿的人，不管是煤矿还是金属矿，有两个小孩的比较多。”

“为什么？”问完之后我就后悔了。

他沉默了一阵，把双手摆在眼前，翻来覆去地看。“职业病啦，矿难啦，以前是常见的事。多个小孩，多份依靠吧。”

我也沉默了，这个话题不能再讨论下去。我曾经采访本地的一家铅锌矿，下到井下几百米，心惊胆战。矿上很多工人因伤因病提前退休，不少人都有矽肺，尽管程度不一，国家给予免费医疗，但毕竟是职业病，难以根治，后半辈子疾病缠身，度日艰难。

“地位啦，钱财啦，都不可能喊你做爷；只有崽女，才喊你做爷！”他故作轻松地笑了笑，一不小心，说出了一个“天大”的哲理。

我没有附和他笑。我知道他是在把一个略显沉重的话题，往轻松的路子上引，往最人之常情的方向引。

门外有人停车。彭志说：“欧阳到了。”起身就去开门，我看了看时间，刚好一刻钟。

“领导们久等了！”人未到声先至，门外进来一位壮实汉子，红色绒上衣格外醒目。

不用介绍，热情握手，我说你很准时，而且很打眼。

三人哈哈大笑。

“搞矿的人，不准时不行！”欧阳小红说话，跟彭志一样的口气。“我是搞探矿和矿建的。在非洲不比在国内，勘测钻探，承接了公司的业务，我要按时完成；上山下山，队伍要带好，时间概念很重要。这也是彭领导要求的。”

彭志摆下手：“快莫喊，退线了，我不是领导了，是朋友。”

见我有些疑惑，彭志向我解释：2019 年 3 月，他因年龄原因，卸任公司董事长和总经理职务，现在担任公司顾问。

“你们体制内就是这样，到时候就退了；不像我们私企，80 岁只要身体好，还得照样干。50 岁钱赚够了，说不干就不干了。自由自在！”欧阳小红说。

“给年轻人让位，把经验和智慧留下，这是央企的优良传统。”彭志说，“我没什么智慧，但一辈子以矿为家，经验还是有的。”

“领导，你太谦虚。不是我当着作家的面拍你马屁，我去非洲这么多年，认识的企业老总，就数你最有智慧、最有水平。”欧阳小红端起茶杯，对着彭志和我举了举，是碰杯的意思，喝下一口茶，表示有论据印证他的话。

欧阳小红，湖南省衡阳市衡山县人。原来在省地矿系统做地质勘测工作，后受系统派遣，于 2006 年到非洲做矿产服务，主要为矿业公司做勘探和矿建等服务性工作。先后在津巴布韦、乌干达、肯尼亚工作过，2014 年到刚果（金），为数家中资采矿企业和澳大利亚与刚果（金）联合采矿体合作，其中与彭志的公司合作最为愉快顺利，是科米卡矿业简易股份有限公司一期项目的合作者、二期项目的见证者。

“何为合作者，何为见证者?”我问。

“合作者就是从立项进驻开始，我就与科米卡签订了服务合同，所有的探矿和矿区建设我都参加，合作愉快。可以说，当时国内给科米卡和彭总的任务——3 年收回投资，结果 1 年就收回了全部 2.1 亿美金投资，我也是有功劳的。”欧阳小红又端起了茶杯喝水，这时没有跟我们“碰杯”，而是自己一脸阳光。

彭志点头表示赞成。

“正因为有了一期投资的成功，而且探矿的储量倍增，所以集团公司决定加大投入，开发项目第二期。二期投资 7.86 亿美金，我见证了这个过程，但没有参与合作。”欧阳小红说得有些委婉，话外之音我也听出来了。

“不只是倍增，而是 10 倍以上。”彭志补充说，“当时拿到这个矿的时候，铜储量是 30 万吨，钴不足 3 万吨。这样一个储藏量，对于一个央企的子公司来说，6 到 10 年就开采完了，还不是‘吃得太饱’。我上任以后，凭感觉，认为这个储量应该会有增长。在整个矿带，我们的矿尽管面积不大，只有 10 多平方公里，但位置好，形势有利。后来我们边采边探，以采代探，采探结合，效果很好。现在探明的铜储量达到 200 万吨，钴储量达到 40 万吨，这个量我们可以开采 40 年。按现在的国际铜价和钴价计算，储量价值在 260 亿美金以上。我们的投资有了回报，刚果（金）方面也实现了利益最大化，典型的双赢!”

我一边做笔记，一边观察彭志。他在侃侃而谈的同时，一直盯着自己的一双手，似乎这些数字都写在手上，甚至他的手里已经紧紧握住了这些地下百千米深的宝藏。

“你们这是个大矿了。十几平方公里有这么大的储量，不容易!”我在惊异的同时，也为他们感到高兴。

他们两人都笑了。听了我的话，彭志说："矿山的大小与平方公里没有直接关系，关键是底下的资源是否丰富，是贫矿还是富矿。"

我为自己的肤浅感到汗颜，做了个不好意思的手势，他们俩却视而不见。

"彭总是湖南人的骄傲!"欧阳小红说，"这些年在非洲，我在矿业这一块混得很熟。开矿的湖南人多，岳阳有个华容人，叫王东海，也在非洲开了很多年矿。我们在一起闲聊，说湖南的优势是：有个中南大学——原来的矿冶学院——为我们国家培养了很多矿业人才，加上湖南有几座百年老矿，有色金属遍布湖南。三个屠夫说猪，三个书生说书。湖南人好像天生对矿产有一种敏感，所以湖南人在矿产的探、采、选、冶各方面，独占鳌头，大放异彩，这是有源头的。彭总又是这些精英中的精英，他是专家级的董事长。"

欧阳小红此话不假。我多次听人介绍彭志，都说他有能力、有水平，当然，也有个别介绍者还会加一句"有运气"，但都承认他是一流的采矿人!

"其实湖南人骨子里是有血性和使命感的。20 世纪六七十年代我们穷，援助非洲兄弟，毛主席的家乡都是走在前头；现在我们富裕了，携手非洲发展，促进共同繁荣，湖南人更是义不容辞!"彭志似乎有意岔开话题，又好像是引导自己进入一个正题。

"在刚果（金）这样的全球资源大国，又刚好赶上共建'一带一路'这个大好发展机遇，实际上他也十分需要一些有经验、有能力的公司来投资，帮助他发展。但往往一些西方公司，高管住在舒适的别墅里，遥控本地的代理人，代理人又指挥本地的工班长，工班长再驱使本地人去采矿，这样一个作业链，大家都只想牟利，谁都不负责。这样做实际上是糟蹋、浪费了资源，又破坏了环境。现在中国人来了，既专业又能吃苦，不但精采、精选、精炼，在环保上做到国际一流，还做很多公益慈善事业。在刚果（金），老百姓很穷，但两个地方修得很好：一个是教堂，一个是学校。这说明，他们有宗教意识，但不是自己的宗教，是宗主国的；他们懂得知识改变命运，但穷人读不起书，国家又没有经费实行义务教育，到头来还是培养不出有能力的技术工人。就像他们的货币流通，是本国货币、美元同时流通的，但市面上却禁止一美元流通。为什么呢？他们也要保持本国货币的独立性，所以流通中找零，只能用本国货币，如果连一美元都不限制，那他们本国的货币就名存实亡了，货币体系就面临崩溃的危险。习近平总书记提出‘一带一路’倡议和‘人类命运共同体’理念，越来越受到欢迎和好评，说实话，不到非洲，真的感受不到！”

我频繁点头，欧阳小红不断往杯中续水，都在示意彭志继续说下去，把一个在非洲打拼出了非凡成就的湖南人的思考，传递给我们。

“一些西方国家还是用殖民思维、冷战思维看待我们国家去非洲的投资合作，制造了很多舆论。债务陷阱啦，抢夺资源啦，甚至说中国人与非洲人通婚是新殖民主义啦，等等。刚果（金）的省长、部长来我们矿剪彩视察，也把这些言论当笑话说给我们听。在一些国际场合，比如矿山环保项目的验收、矿成品的推销以及参与国际联合的一些援助项目，甚至非洲各种矿业会议，西方公司的一些人开始总是对我们评头品足、挑三拣四。一句话，羡慕嫉妒恨吧，到后来心里窝火不服气，嘴上也说不出什么了。澳大利亚、挪威、英国的公司还到我们矿上来参观，寻求合作合资。这种改变真不是说几句话就能做到的，还是得上有国家实力，下有公司能力……”

“还有老总个人魅力！”欧阳小红插话。

彭志听后哈哈一笑：“我个人没有魅力。但在刚果（金），中国人真有魅力，湖南人真有魅力！”

子弹在上，光缆在下

李沾记得很清楚，2013年6月7日，他们一行5人到达刚果（金）首都金沙萨恩吉利国际机场时，遭遇了紧张的一幕：刚方边检官员拿着他们的护照、免疫证明等通关文件，反复验看，对他们每个人都投来怀疑的目光，最后说他们的免疫证明上疫苗注射日期有误，不予放行。李沾是这一行中国人的头儿，他打电话给合作方，要他们马上来机场“捞”人。守在国际到达出口的翻译赶紧疏通关系进到机场内，好说歹说，看样子十分着急，但边检官员始终沉默，无动于衷。近在咫尺，就是过不了闸口，翻译一会儿用中文“骂娘”——也算是安慰被扣住的同胞；一会儿用法语打电话联系什么人——估计是找熟人之类的。快两小时了，后面航班的乘客都已经出去好几拨了，才看见翻译向他们招手，竖大拇指，搞定！

五个人，每人罚款10美元。

后来李沾向我讲述这件事的时候，已经很淡定了。他说这是非洲特色，见怪不怪。

李沾是湖南电信下属某子公司的副经理。2013年年初，中国电信股份有限公司（以下简称中国电信）旗下企业中国通信服务股份有限公司与刚果（金）国家电信有限公司（SCII）签订合同，合作建设刚果（金）国家通信骨干网。刚果（金）由于资金和技术都不能充分支撑国家信息网络高速公路建设，信息技术处于萌芽状态，但网络建设百废待兴，市场潜力很大。他们从本国实际出发，采取以资源共享换技术、以市场开放换项目的方式寻求合作。西方国家要价过高，且附加条款过多，他们承受不起。中国电信技术过硬，性价比高，服务和培训工作到位，所以他们选择与中国电信进行合作。中国通信服务股份有限公司作为中国电信旗下技术实力雄厚的专业公司，在过去的国际合作中有成功的经验，在“一带一路”走出去战略中，属于先试先行的典范。工程施工完成后，中国通信服务股份有限公司必须在线路维护和培训上完成合同规定的科目，需要专业人员跟进完成，于是中国电信在全国各省分公司进行了一次公开选拔。李沾经过笔试、面试两轮考核，作为技术负责人被选中，派往刚果（金）。

2013 年以前的刚果（金），被传闻中的艾滋病、埃博拉病毒、疟疾流行、武装冲突所笼罩。李沾说，他在机场被上了一课，出了机场又被吓了一跳。这是一个国家的首都吗？感觉回到了传说中的“旧社会”：道路泥泞崎岖、屋舍凌乱不堪、路上的行人破衣烂衫、手机信号卡壳、网络很差，电话根本打不出去，心里不由得发麻。

好在，公司的留守人员热情周到，刚方合作人员很会办事，非洲人娱乐的天性可以缓解一点苦闷的情绪，国内派去的厨师做的饭菜也还可口，除了业余生活单调和内心空虚孤独外，作为一个电信技术人员，李沾也能挺得过去。

但考验无处不在。

刚果（金）国土面积很大，位列全世界第十二位，南北苏丹分治以后，本来国土面积列非洲第三的刚果（金）变为非洲第二位，达 234.5 万平方公里，人口 1.023 亿。北、东、南都是高原和山脉，西面是刚果河。北部森林广袤，河网密布；南部重镇云集，资源丰富。首都金沙萨地区和下刚果省首府马塔迪是全国的政治经济文化中心，人口密集，市场广阔。马塔迪港是刚果（金）最大的出海港口。

刚果（金）国家电信骨干网络，首选人口密度大、经济发展快的南部地区，建设的干线长度将近 700 公里。

第一次去马塔迪巡检维护，李沾他们就吃尽了苦头。刚果（金）

当地干线网故障大多数为老鼠咬断；当地人以为网线的铜芯很值钱，盗窃砍断；再就是被大水冲毁。光缆故障、设备故障是常事，而太阳能供电、自主发电、当地电网供电都不正常，也很容易造成二次故障。

李沾他们去现场施工的标配是一辆皮卡车，前面坐人，后面放设备和桶装水、方便面、面包、水果等。到了一个点，要找当地人询问调查，再请他们带路前往排除故障。有一次他们开车跑了一天一夜，大家都极为疲劳，特别是两位轮流开车的同事，道路颠簸，加之神经紧张，到达目的地已经腰酸背痛、疲劳不堪，只能留在车上休息。李沾带着另外的同事，把故障排除后，回到车上，准备吃午餐，结果发现水和食物全都不见了！原来当地人趁着司机睡着，把东西偷走了。

在非洲，河水只能浇花草，井水只能洗衣服，桶装水才能饮用。没有了桶装水，那是很要命的事。

他们忍受饥渴，把车开到有商铺的地方，补充了水和食物，已经是10多个小时以后的事了。从此，他们吸取教训，把皮卡车后厢加焊了铁盖，上了锁，才避免水和食物的丢失。

在刚果（金），最让李沾感到紧张刺激的还是那次未遂的军事政变。

2013年年底，已在国外工作半年之久的李沾获准回国休假，老婆孩子、父亲母亲在家里期盼已久。自己初次出国离家，也归心似箭，于是让公司外联人员买了12月31日的机票，回到国内刚好是2014年元旦。但是不凑巧，12月31日早上，李沾正在收拾行李，突然听到外面噼噼啪啪地响个不停。他跟同事开玩笑说，怎么刚果（金）也有迎新年放鞭炮的习惯吗？早到几年的同事摇摇头说，可能是华人商铺，中国人喜欢过年热闹嘛！半个小时以后，响声一阵紧一阵稀，电话铃响，在外面洽谈事务的公司商务代表打来电话，告知他们一个惊人的消息：刚果（金）发生了军事政变，叛军与政府军在金沙萨的几个街区打起来了！他要求中方职员马上进到屋内，不得外出，以免发生意外。商务代表还特意告诉李沾，估计机场会停航，今天可能走不了了。

距离李沾他们租住的地方不到700米，就有一座政府军的兵营，兵营过去不远是刚果（金）国家电视台，与电视台一街之隔就是总统府。平时这里是最安全、最令人放心的街区，但现在这里成了最危险的区域。说来也怪，李沾他们接了商务代表的电话，听到街上不远处此起彼伏的枪炮声，心里不但没有害怕，反而不约而同地冲上屋顶，想看个究竟。到了屋顶，只见公司聘用的当地保安把大门关上了，而且两人着正装，身体挺得笔直在门口警戒，这也让他们觉得好奇。几个刚果（金）保安平常都是吊儿郎当的，没有正形，很少穿制服，总是懒洋洋地窝在保卫室，不是喝酒就是睡觉，没想到今天突然精神起来了！

街上，一辆接一辆的本田皮卡车疾驰而过。车里满载着士兵，穿着绿色野战服，戴着橘红色贝雷帽，与电影当中一模一样，打着AK47冲锋枪或枪榴弹，不时对着天空打一梭子弹。远处传来巨大的爆炸声，能听到住房的窗户玻璃震碎的声音，站在楼顶，但地面的强烈震动，仍然能传达到腿脚上和耳鼓上。尽管如此，他们没有一个人下楼。大家觉得特别刺激，似乎是一次千载难逢的天赐良机，错过将会追悔莫及。直到商务代表再次打电话来说，保安告了他们的状，强令他们马上下楼回到房间去，他们才有些依依不舍地离开。

才下楼回到房间，意想不到的事情发生了：街上枪声大作，两边打得激烈。听到子弹打到隔壁房子墙上、打到电线杆子上，碎玻璃哗啦啦地往地上掉，大家才开始害怕。最主要的是厨师说水和食物不多，只够一天用的，如果打的时间长了，超市和店铺关门就麻烦了。在非洲，没有桶装纯净水是很危险的事情。大家尽管紧张，但都忍着尽量少喝水，做一些应急的准备。好在公司雇佣的刚果（金）本地管家回来了，李沾他们看到了救星。管家说你们千万别出门，我可以先出去看看。随后，他弯腰低身顺着街道边的围墙根，极富经验和自保意识地往超市方向奔去。不多久，他神奇地带回了桶装水和其他食物，同时也带回了街道破坏、人员死伤情况和对政变事件走向的预测。

电话打不出去，人也不能出门，街上出现了打砸抢烧等极端事件，政变的破坏力开始显现出来。随着被困时间的延长，大家的心情也开始沉重起来，又闷又躁。李沾跟大家开玩笑说，好在子弹在上，光缆在下，只要没有大的爆炸，我们的光缆就是安全的，人也是安全的。2 天过后政变结束，李沾他们也像刚果（金）当地人一样走出封闭的房间，来到空旷的大街上，放松心情，击掌相庆，全然没有了事不关己、隔岸观火的看客心态。

2013 年年底的这次军事政变，令李沾终生难忘。他告诉我，此后的很长一段时间，他还会从梦中惊醒，那种刺耳的枪炮声经常震动他的耳膜，那哗啦啦落地的玻璃，就像刺在他的赤脚板上，鲜血淋漓。

和平真好！安定真好！李沾说。回国后，他负责全省电信网络的技术维护和规划，也经常去外地出差，但行驶在平坦的高速公路上，穿行于熟悉的青山绿水间，相守着同事、朋友、家人，他感到无比的惬意和幸福。如果没有在刚果（金）两年半的外派经历，也许这种幸福感会缥缈一些、虚空一些。

我问李沾，在刚果（金）工作后，最值得骄傲和留念的是什么？他没有多想，告诉我，第一是成就感。中国电信帮助贫困落后的刚果（金）建起了完整的电信骨干网，帮助他们培训了运营团队，制定了运营和维护规程，使得他们在信息高速公路建设中，没有被时代甩下，而且还帮他们把网络资费降下来了。原来在刚果（金）使用 100M 的网络，资费大概是 100 美元，2015 年年底降到了 20 美元，降幅达到 80%。最明显的是当时中国公司驻地用的是商务宽带，512K，2013 年的价格是 5000 美元一个月，2015 年年底离开的时候费用降到了 350 美元。当然，现在肯定更便宜了。这样成熟的骨干网给基站建设、MST 设备维护，以及电信用户都带来了更多的便利和实惠。据说现在刚果（金）与中非共和国之间的骨干网络也开始建设了，从刚果河底铺设光缆过去，节约了大量的成本。

第二是培养了一些人才。非洲人普遍不爱学习，但也有不少例外。跟班学习的有个刚果（金）小伙子叫努西卡，是苏丹语系的阿赞德族，属于地位不高的少数民族。小伙子特别刻苦，平时不爱讲话，也不跟本地人一起抽烟、喝酒、找女孩，而是踏踏实实干活，遇到不懂的问题总是背着刚果（金）同伴悄悄地找中国师傅求教。2015 年 12 月 28 日李沾回国，努西卡据说是装病请了假，赶到恩吉利机场来送机。在机场，他激动地抱着李沾，一边喊“Prof”（法语：师傅），一边流眼泪，硬塞给李沾一块孔雀石留作纪念。现在这块绿色天然孔雀石就放在李沾家的书房里。

李沾沉浸在回忆中，没有继续往下说，刚果（金）那段充满惊险又充满收获的岁月，已让他泪光点点。

生命之舟

布拉柴维尔伊孔加大街 27 号，一幢简易甚至有些老旧的二层小楼，就是中国航空技术国际控股有限公司（以下简称中航国际）驻刚果（布）技术维护中心驻地。一楼是厨房和办公室，二楼是员工卧室。

中航国际是中国航空工业集团旗下引领国际航空贸易、物流、地产服务和航空业投资快速发展的大型综合性平台。公司几十年的发展历程，折射出中国航空工业高科技产业从引进、自主研制到走向世界的辉煌足迹，是中国航空产品进出口贸易的主窗口、主渠道和主力军。

新舟60飞机，是中国航空工业集团下属西安飞机工业集团股份有限公司研制的双涡轮螺旋桨发动机支线客机，具有中国自主知识产权，也是在国内外航线上唯一批量投入商业运行的国产涡桨支线客机。2005年，津巴布韦采购了三架新舟60，成为该型飞机的第一个国际用户。随后，老挝、印度尼西亚、菲律宾、玻利维亚等国和非洲的赞比亚相继购买了新舟60。2006年7月，刚果（布）国家航空公司签订了订购三架新舟60的合同，2007年1月交付使用。

按照合同规定和国际惯例，生产厂家必须向购买方运营公司派出技术服务人员，提供技术保障，培训本地技术人员。

作为中航国际派出的技术总监，蒋庆翔和他的技术支援办公室就扎根在布拉柴维尔伊孔加大街。

蒋庆祥，湖南益阳人，2005年大学毕业后到法国巴黎进修一年，2006年正式入职中航国际，2017年来到刚果（布）。他自嘲地说，大学毕业后，他由湖南人成为“国际人”。有两层含义：一是中航国际的人，二是长年在国外工作的人。

小伙子说普通话已经完全没有了湖南口音，听他与刚方人员通话又是标准的巴黎口音，热情、精干、思维敏捷、处事干练。

我向他说明来意：利用来到刚果（布）探亲的机会，采访在刚果河两岸的湖南人，包括私营业者、国企和中资机构中的湖南人在异国他乡的酸甜苦辣，并介绍给家乡的亲人们。

他用益阳话表达了感谢，话题自然转向了中航国际和他的业务。

他介绍说，中航国际目前在布拉柴维尔有两拨人：一拨是商务代表，有2个人，1个主任，1个国别代表，他们不仅负责刚果（布），还负责包括喀麦隆、中非、刚果（金）、安哥拉等中西部非洲国家的商务推广，常驻布拉柴维尔的是张晓风。另一拨就是他们搞技术培训和飞机维护的。“我工作的时候管 3 个人，吃饭的时候管 4 个人。”他说。

见我有些茫然，又解释说：“2 个维修人员、1 个厨师，是属于我们中心的，隔壁的新华社记者也在我们这里搭伙吃饭。”

原来如此。

蒋庆祥介绍，中航国际交付给刚果（布）国家航空公司三架新舟 60，常年执飞的有两架，一架处于维护状态。就是这两架螺旋桨飞机，被刚果（布）人称为“生命之舟”。刚果（布）处于著名的刚果盆地，南北狭长，北部是热带雨林，原始森林覆盖了 60% 的国土，约占整个非洲森林资源的 10% 。2 号公路修成以前，刚果（布）的路况极差，在刚果河坐船也到不了山区，所以刚果（布）12 个省会城市都建有机场。特别是处于原始森林腹地的埃沃、因普丰多和边境城市韦索，当时只能靠飞机。新舟 60 尽管航速不快，每小时 400 公里左右，定员 60 人，但续航可达 1000 多公里，适合在山区和河网密布地区的气象条件下飞行，与刚果（布）的实际需求和自然环境高度吻合，成为沟通刚果（布）南北交通命脉的“生命之舟”，大受欢迎。

一方面是刚果（布）人对支线航班的依赖，另一方面刚方的自然条件和基础设施实在太差，蒋庆祥说他们技术维护中心的压力很大。他拿出几张照片，介绍说：“有时天气恶劣，飞机在飞行途中遇到雷鸣电闪、狂风暴雨，对飞行员和飞机都是极大的考验。各省的地方机场，简陋得令人捧腹，停机坪和跑道由红土和矿渣压实而成；进出的‘候机楼’是一个简易帐篷；行李车是类似中国旅游景区的观光电瓶车，有的还是马车；飞机加油和加水都是人工提着油桶、水桶完成的；机场地勤人员、保安人员、导航员就那么几个人，还经常有旷工的，所以一人身兼数职是常态。有一次在埃沃机场，牵引车坏了，飞机只能靠人力推上跑道。

起飞前，轮胎下的三角墩都没有撤！好在我们的新舟60适应能力强，结实耐用，如果是先进的喷气式飞机，这样的机场状况想都不敢想，既飞不上天，更落不了地。”

我问蒋庆祥，自然环境和基础设施，既考验飞机，更考验飞行员，这里的飞行员是怎么选拔的？

蒋庆祥说，刚果（布）的飞行员选拔面比较窄，一般都是空军退役或从别的非洲国家引进的。三架飞机配备了6名飞行员，有2名轮训，4人执飞两架飞机，每人每天不论长短，飞一个航班。后来史蒂文上任以后，根据客流量大的现实情况，改为每人每天飞两个航班。有时候飞机降落到马亚马亚国际机场，飞行员和副驾驶只有下来上个厕所的时间，又上机开始飞了。所以说原来是飞行员不愿飞，现在是飞行员要加飞，最多的一个机组一天飞六个航次。这就是史蒂文带来的改变，只是苦了地面维修人员。

飞机的机械安全检查规程是非常严格的：落地一次要检查一次；7天一次周检；1个月一次月检；3个月一次大检；半年一次停航检修。

说话间，门外进来一位汉子，单瘦，手上青筋突显，手指粗大，穿一身工装，很不自然地一边搓手一边羞涩地笑着。

“这位是陈武军，国内来的修理技师。”蒋庆祥介绍说。

我跟陈武军握手，他的手粗糙而有力。他仍然只是笑笑，显得有些不知所措。

我问他在国外工作，有些什么感受？

他又是搓手，求救似的看着蒋庆祥：“领导，我不会说话。”

看他尴尬的样子，蒋庆祥歉疚地对我说：“搞技术的人，就这样。”

看来，要从陈武军嘴里掏点东西，必须另辟蹊径。

“你府上哪里？”我问。

“什么？”陈武军仍是一脸茫然。

“就是你家在哪里?”蒋庆祥说。

“陕西!”他惜字如金。

“陕西哪里?”

“乾县!”

“噢!”我脑海里灵光一闪,“离阎良不远吧?”

“不远!”陈武军直起腰,声音洪亮起来:“也就2个小时车程。”

“阎良可是个神秘的地方啊!”我说。

“不得了!”他居然拍了一下大腿,“军队的大飞机,J20、Y20,大家伙,都在那里试飞,可威武了!”

陈武军双眼放光,已经没有了刚开始的拘谨。我和蒋庆祥四目对视,会心地一笑。

接下来,谈飞机、谈他个人的心得,甚至谈到他的家庭生活,陈武军都显得轻松自如,张口就来,谈兴很浓。

陈武军是机修工,学的是机械工程,没有专门学过飞机维护,完全靠自学和长期与国产飞机打交道,练就了一身的本事。尽管他自认为是“野路子”,但对新舟60,他爱如娇娃、了如指掌,电路故障、机械故障,一般情况下都能一眼识破、手到病除。“咱的飞机,从装普拉特·惠特尼公司PW-127J型涡桨发动机开始,到操纵系统、电子设备、警告系统、仪表板和操作台,我们都在旁边盯着呢,就像十月怀胎的孩子,哪有不熟悉的?至于长大后带得好不好,那就看个人本事。”陈武军娓娓道来。

原来修理小组配备1个翻译、4个工人,后来减到1个翻译、2个工人,现在就剩下陈武军一个人处理每天的地面检修。他说,不是不愿意传授技术,而是刚方的“老黑”们做事太不靠谱。他们检了一遍的,问题照样存在;他们处理了小故障,等到陈武军去验收时,不但漏洞没堵住,还把漏洞戳大了,令人哭笑不得。骂他们,他们也听不懂;教他们，他们还不虚心。没办法，陈武军只能自己多干点，这样既省时还省力。飞机起飞了，他也不用提心吊胆。

“这我就要说你了。”蒋庆祥恢复了工作时的严肃，“派你过来，主要任务就是培训、带班，不是只要你自己做。即使是你自己做，也是示范给他们看，让他们尽快上手。要不然，他们永远毕不了业，你也就永远脱不开身，回不了国。”一阵沉默，陈武军又开始搓手。

“人走了，技术要留下。”也许是为了打破冷寂，蒋庆祥说。

“那领导，我还是——”陈武军一副可怜巴巴的样子，问蒋庆祥。

蒋庆祥突然严厉起来：“会让你按时走的。关中汉子，怎么一副小媳妇模样。”

“哎呀！我那房——”陈武军长出了一口气。

“是的，还有你那娃！”蒋庆祥调侃般地说。

听着他们说天书一般的对话，我一脸疑惑。

蒋庆祥随后向我解释，陈武军出来 2 年了，春节前任期结束，老惦记着家里，说这次回去，一定要在西安买一套大房子，还要让媳妇怀上二胎，再生个娃。

陈武军在一旁，自得其乐地笑。

“差点忘了，告诉你一个好消息！”蒋庆祥对陈武军说，“史蒂文打电话来，问你什么时候走，他要代表刚果（布）国家航空公司，给你颁发一个荣誉证书。这可是从来没有过的事。”

我们在一旁鼓掌，陈武军仍然只是笑。

“还说要送礼物给你，问你是要木雕，还是面具，或者是孔雀石？”蒋庆祥说道。我能看得出，其实他也是一脸的骄傲。“颁发荣誉证书，还送礼物，说明人家对你这两年的工作是充分肯定的。”

陈武军一个劲地摆手说不要，把蒋庆祥当成了史蒂文。

后来张晓风给我看了手机拍摄的刚方颁发给陈武军的证书，并翻译给我听：

此证书颁发给陈武军先生

感谢他在刚果（布）工作期间作出的杰出贡献。

（2017.2.10—2019.1.24）

刚果（布）国家航空公司（签名盖章）

没有看到史蒂文给陈武军颁发证书、赠送礼品的现场，我感到很遗憾。张晓风说，那天陈武军着西装、打领带、穿皮鞋，很庄严地从史蒂文手里接过了证书和礼品，还深深地鞠了一躬，手里的礼品差点掉在地上。幸亏主持仪式的蒋庆祥反应快，一把兜住，否则会摔个粉碎，惹得在场的刚果（布）同行一阵哄笑，“Diplomate，diplomate”（法语：外交官，外交官）地喊。

张晓风的女朋友是外交官。在非洲人的心目中，外交官是高贵而又神圣的。我在刚果（布）木雕市场和中非经贸博览会的非洲国家馆，看到着西装、打领带、穿皮鞋、大腹便便的木雕，都是外交官的形象。看来，陈武军两年外派起到了外交官的作用，只是他自己浑然不知。

中国农历春节过后，2019 年 2 月 15 日，张晓风带我去马亚马亚国际机场，参观中航国际驻机场的技术支援办公室，并告诉我，来接替陈武军的两个维护人员中，有一个来自湖南。

布拉柴维尔马亚马亚国际机场，不算宏伟壮观，但也非常繁忙。我们从维修区域的侧门进入机场，跑道上刚好有一架新舟 60 飞机得到指令允许起飞，正在跑道上缓慢滑行。我和张晓风不由得停下脚步，看着飞机滑行加速，昂头起飞，姿态优美，一气呵成，就像看着上学的孩子，充满了期许和兴奋。

“这边是我们的维护区域，那边是总统专机的停机和维护区域，一般人不能接近。”张晓风边走边介绍说。

“总统专机是什么型号？”我问。

“是俄罗斯伊尔系列的，跟普京的差不多。”张晓风很熟悉这里的一切。

说话间，我们来到了一个高大的维修棚里，里面停着一架飞机。

“这就是新舟60，正在轮检。”张晓风指着前面一架尾翼高翘、通体洁白的飞机说。

这时，从飞机上下来一胖一瘦两个人。张晓风介绍我们认识，胖点的姓罗，是带班组长，瘦而精干的是小马，湖南株洲人。

我问他们在刚果（布）习惯吗？春节过得怎么样？

罗班长说：“才来10多天，主要是熟悉环境、熟悉飞机，开展业务对接。生活也还习惯，来之前也有吃苦的思想准备。至于春节嘛，好像忘了还有这么一档子事。”

小马一直不作声，是忠实的听众。我见他手上满是油污，问他：“都熟悉了吗？”

他有些疑惑地望着我，好像不知道我问的是生活还是工作，只是羞涩地笑笑。

“他呀，很爱学习的，每天就是看书、上机，上机、看书。飞机摸遍了，书也快翻烂了！”罗班长既是回答我的问题，也是向张晓风汇报。张晓风作为国别代表，管商务营销，也是技术支援办公室的间接领导。

“向陈武军学习！”小马终于开口了。阳光帅气的湖南小伙，说起话来却细声细语。

“爸妈做什么工作的？”我问小马。

“在株洲机车厂，现在叫南车。都是工程师。”他说。

“地域熏陶，家学渊源，你也干上了机械。”我为他点赞。

他向我靠了靠，仍然是细声细语：“原来准备考北京航空航天大学，没考上，只考上了西安电子科技大学电子工程学院，就搞民航了。”听得出多少有些无奈。

张晓风带我参观新舟 60 机舱。外表看来不是很宽敞的飞机，机舱里也还算舒适：座椅可以移动调节，机舱尾部的生活区域紧凑合理，最前方是驾驶舱，正、副驾驶，还有一个观察员位置，视线开阔。

“这是框架式结构，铆钉密集，整体性强，安全系数高，耐用，性价比也高。这是涡螺飞机的优点。”张晓风充分发挥他的商务特长，向我介绍，“但跟喷气式飞机比起来，有速度慢、航程短、飞行高度低等不足，因为不入平流层，多在对流层飞行，所以遇到恶劣气象条件，飞机有些颠簸。”

“还有一个特色，”小马也随我们上了飞机，这时他插了话，“就是涡螺飞机的技术参数基本都是公开的，零配件调配使用空间大些。”

罗组长和张晓风点头支持他的观点。

“飞机上的东西很贵。一个烧水壶要 3 万多人民币，一个电路板贵的要 10 万元，所以说搞航空就是‘烧钱’。非洲国家的航空公司普遍经济困难，技术实力不雄厚，导致很多飞机因为一时解决不了相关的技术故障而停飞。飞机停飞可不是小事，个把月还好说，只要维护保养就没问题。怕就怕停飞一年半载，在停机坪风吹日晒，再飞可就困难了，所有的设备再启动检查一遍，人工成本、设备成本都很高，没有 100 多万起不来。所以我们领导——”小马看了看张晓风，又看了看罗组长，继续说：“要求我们技术人员提前预判，早做准备，防患于未然，保证飞机的完好率。”

我对他竖起大拇指，张晓风和罗组长也点头赞许。

“向陈武军学的！”他没有了刚才的昂扬，显得含蓄而内敛。

我们来到技术支援办公室，简陋，甚至有些邋遢：三张办公桌布满灰尘，放满了各种大小零件和图纸；两张沙发已经从中间塌下去，看来是年深日久、不堪重负了；墙角的垃圾桶里方便面盒已堆出桶沿，烟灰缸仍然烟雾缭绕。看来，这间办公室被他们维修人员用得很苦。

“Bonjour!”说话间，从门外进来一个高大的身影，向我们打招呼。

“笨猪，笨猪。”我笑着回答。我在布拉柴维尔学到的唯一一句法语终于派上了用场。

小马从对方手上接过托盘，里面是几杯还在冒着热气的咖啡。“他叫蒙达利，是我们的伙伴。”他介绍说。

蒙达利退了出去，旋即又进来，拿了一张地图挂在办公室墙上。

这是一张法语版的刚果（布）地图。

“这里是埃沃，2017 年飞了 146 个班次，全年飞机的完好率是 91%，碰上过两次雷暴，没有对航行造成大的影响；这里是因普丰多，航距长，气象条件复杂，2018 年飞了 162 个班次，全年飞机完好率 84.6%，两次雷暴，三次积雨云，11 次大风，造成飞机延误六次，改降其他机场一次；这里是马科瓦，2018 年飞了 48 个航班，遇到雷暴一次，雨雾天气两次，飞机降落时偏离跑道一次，全年飞机完好率 91%。这里是韦索……”

小马一手指着地图上的城市，一手端着笔记本电脑向我们陈述。一个到岗不到 20 天的年轻维护人员，把飞机飞行的第一手资料，掌握得这么详细，真是令人刮目相看。

“陈武军留下了很多资料。”他说。

飞行无小事，安全是航空产品的第一张名片，技术维护人员是航空器的医生和保姆，这些并不牵强的赞誉之词，被小马这位年轻的中国技师，阐释得内容丰富、极具魅力。我敢说，他必将成为新一代的“大国工匠”！

临别，我特意把小马叫到身边，表达作为长辈、作为湖南老乡的一份关心和期待，问他准备在刚果（布）干多久。

他转向张晓风：“领导，不是说还要交三架 ARJ 吗？”

张晓峰说谈判顺利，马上签合同了，估计交机还得一段时间。

"维修中心呢？定了吗？"小马问。

"这个定了。"张晓风很肯定地回答，"刚果（布）交通部门很积极，听说总统催得很紧。"

顿了顿，张晓风转向我："维修中心这个后勤保障基地建起来以后，我们的市场扩张能力会更强，非洲的天空会有更多中国生产的民航飞机！"

"那我会留下来！"小马一副欢欣鼓舞、热切期盼的神态，算是对我的回答。

"到时候你把总统的专机一齐包了。"我说。

"当然，必须的！"大言不惭，尽显少年英雄本色。

我突然想起蒋庆祥，不知他从喀麦隆出差回来没有，他要是听到了小马的话，作为领导，作为湖南老乡，会给这个年轻人怎样的鼓励？

马亚马亚国际机场，有大型飞机降落和起飞，巨大的起飞轰鸣声和降落的滑行声把我们的目光引向了湛蓝如洗的天空。这片非洲的蓝天，澄净如洗，与我们生来相伴的东方的天空毫无二致。

第四章

不得不说的故事

杨家滩、英布鲁和周卫东

2019年春节前后，在刚果（布）首都布拉柴维尔、刚果（金）首都金沙萨，甚至在喀麦隆、加蓬等非洲国家工作的湖南人中，广泛流传着一段视频，由著名女歌手田震演唱的歌曲《胜梅桥》：

每个记忆总有条河，
在心海泛清波，
每条河流总有座桥，
是来路的坐标。

眼前古老的胜梅桥，
走过你走过我，
相遇相识不再相逢，
归途也终会重合。

独自站在胜梅桥，
看生活在闲聊，
心对世界索求不多，

快乐就自然不少。

看着人们东西走，
鱼儿南北游，
看着青丝映晚霞，
夕阳照白头。

胜梅桥像一位农夫，
看尽人间喜忧，
千钧重负一肩承受，
却笑谈着春秋。

桥东霓虹烈，
桥西起高楼，
胜梅桥在现代化里，
寂寞又陈旧。

任歌舞升平，
任沧海横流，
早已在人心田，
收获了永久。

田震的演唱凄美婉转，意韵深长，有金石之声。《胜梅桥》于 2019 年 1 月 9 日，通过网易云音乐向全球首发。一天之内，这首新歌在网易云音乐飙升榜 100 首歌曲中，排名第 3 位，并拥有 50000 多条评论，迅速走红网络。

这首歌的词曲由著名音乐人杨海潮创作，出品人就是周卫东。歌曲描述的是湖南中部湘江支流孙水河上的一座 300 多年的古桥，体现的是对中国近代史的尊重、对杨家滩先人的缅怀、对湘军精神的传承、对杨市镇未来的期许。当然，作为出品人的周卫东，歌曲中暗含了他个人哪些少年记忆、寄托了多少人生理想，蕴含深厚的歌词、优美动人的曲调以及能请出田震这样的大腕倾情演绎，就是最好的解答。已经 11 年没有出过新歌的田震，为了唱好这首歌，鞍马劳顿，亲临杨家滩采风，可见周卫东下了不少力气。

2019 年 4 月 26 日，我如约来到娄底市。姚河海因为超市被抢、老婆负伤，提前回到了布拉柴维尔。颜美中陪我来到了离市区 50 多公里的杨家滩。高大英俊的民俗学家谢光辉，站在孙水河大桥边等候我们。趁下车握手之际，我观察了眼前的孙水河：河面不宽，不足 20 米，水流也不急，潺潺清流，缓缓而注。抬头即可见孙水源头，属于南岭余脉的龙山，逶迤雄壮，云遮雾罩，一幅神幻景象。

我们首先去的是湘军名将刘腾鸿的故居。门前有一口硕大的人工开挖池塘，塘沿均由条石砌成。故居雕梁画栋，依稀可见当年的气派。老房子现在居住了数户人家，鸡鹅猪狗，很是热闹。可能是外人参观多了，见怪不怪，这里的居民显得冷漠且无动于衷。我问谢光辉，这些人是怎么住进老宅的？谢光辉展示他标志性的笑容说，有刘家后人，也有外姓人，房子久了，权属易手，也是常事。我问怎么不保护起来，作为湘军精神文化的教育基地？谢光辉说，杨市这样的湘军老宅太多了！言下之意是想保护也保护不过来。

灰砖墙上，湘军名将刘腾鸿的简介格外醒目。刘腾鸿是第一个从杨市刘家走出去的湘军将领，以足智多谋、作战英勇著称。咸丰七年（1857 年）七月，在江西先败太平军韦昌辉，后败石达开。在攻打瑞州城时，身中五弹，卧不能起，草草包扎伤口后命令亲兵用竹轿抬至阵前，继续指挥攻城。后又被炮弹炸穿左肋，奄奄一息，对弟弟刘腾鹤说："攻不下城，就不要给我收尸！"湘军将士闻讯，全军悲泣，冒死顶着炮火攻城，终于攻克瑞州。城破，方悲迎刘腾鸿遗体入城治丧。

刘腾鸿留下的"城不下，无敛我"的不怕死精神，激励着湘军将士奋不顾身、英勇作战。在他的影响下，他的几个弟弟和部下刘岳昭、刘连捷、刘鸿鹤、普承尧、蒋益澧等，相继成为湘军不同时期的主要人物和中坚力量。

谢光辉说，湖南人精神与性格内核“扎硬寨、打死仗”中的“打死仗”，刘腾鸿就是最好的例证。

在刘腾鸿故居前，谢光辉讲了一则旧闻：曾国藩有一家亲戚在杨家滩，他小时候常来这里访学读书，与杨家滩周少镰、曾广渊、彭继峰等人结拜为十兄弟。十兄弟中唯有曾国藩考上了秀才，于是到莲碧书院，拜山长元堂夫子刘向礼为师。当年曾国藩年纪轻轻，心猿意马，喜欢下围棋、抽旱烟。刘向礼说，你必须戒掉这两个毛病，否则，莫入此门。后来曾国藩果真戒了围棋和旱烟，终成大器。刘向礼就是刘腾鸿的亲伯父。

第二站我们来到云桂堂。保存相对完好的云桂堂，是一座五山屏风式砖木结构的深宅大院，风火山墙四进五横，坐北朝南，横卧在一片肥沃的田野之中。据彭氏族谱记载：云桂堂由当地大户彭氏第 65 代彭胜安四兄弟合资修建。同治年间，彭氏兄弟将云桂堂献与湘军将领刘连捷，彭氏家人偏房而居。云桂堂成为湘军重要的后勤物资供应基地。当年，云桂堂前面的孙水河上舟楫不断，把粮食布匹、枪炮弹药，源源不断地入涟水、进湘江、汇洞庭、奔长江，送到苦攻太平军的湘军将士手上。

刘连捷在经营云桂堂的同时，又先后兴建了德厚堂、师善堂。1885 年，刘连捷将云桂堂加以修缮、扩充，完璧归赵，送还给了彭氏后人，成就了这段有借有还、诚信不欺的佳话，教育、影响着杨家滩的子孙后代。20 世纪末成为中国首善的香港富商彭立珊，即是杨家滩云桂堂彭氏后人。

在师善堂，我看到一幅罗泽南和李续宾部湘勇的照片：上额锃亮，辫子乌黑，个头不高，精瘦但精神，背着火枪，一排6人，腮帮子咬得很紧，眼神专注犀利，像喷着一股火，直视前方。这是一群只差一粒火星即可引爆，嗷嗷叫着拼死向前的无畏之士！

杨家滩的历史是这些披肝沥胆的家乡子弟，用鲜血铺陈和书写的。

杨家滩是湘中地区一个历史悠久的千年古镇。远古时候杨家滩就是九黎蚩尤与炎帝神农文化的交汇地，中古时候是汉文化与梅山文化的交汇地。历史上是水陆要塞、兵家争地、汉黎杂居。汉高祖五年（公元前202年），在湘中建制连道县，系县治龙城所在地，隶属长沙国。后因梅山九黎民族的不断骚扰，朝廷鞭长莫及，南北朝宋武帝刘裕年间，连道县并入湘乡县（今湘乡市）管辖。唐初高祖武德年间，有杨姓大族在此定居，始称“杨家垸”，因垸子地处涟水北岸河滩，后称“杨家滩”。清康熙三十年（1691年），湘乡循区编都建制为集祥乡。民国初年（1912年），集祥乡改为集祥镇。民国十九年（1930年），湘乡行政区划改制，杨家滩地区建制为湘乡第十区，集祥镇改为杨家滩镇。杨家滩作为湘乡、安化、邵阳交界处的交通要道，逐渐发展成为当时湘邑西南政治、经济、交通和文化的中心。盛时，“商贾云集，烟火万家”，有“小南京”之誉，时人戏称之“把把戏戏南岳山，花花绿绿杨家滩”。

清道光三十年（1851年），洪秀全在自己38岁生日（十二月初十日）的这一天，在广西桂平县（今桂平市）金田村“万寿起义”，信徒两万，号称“太平军”。2个月后建国号为“太平天国”，洪秀全为“太平天王”，称清廷为“清妖”。一个国家，两个朝廷，开始了持续13年的血腥厮杀。湖南的知识分子再也不能按正常的秩序科举入仕，纷纷举办或投入团练，逐渐融入、投奔到曾国藩为统帅的湘军旗下。湘军不但是一个军事集团，而且是一个政治集团、文化集团。这个集团，拥有众多的文臣武将，或为国家栋梁，中枢辅臣；或为封疆大吏，镇守边陲，实现晚清时期的同治中兴。

曾国藩率领的湖南军队称为湘军，这种大而化之的理解，在一定程度上抹杀了历史丰富的细节。其实湘军有狭义和广义之分，最初“湘”并非指湖南，而是指特定的湖南湘乡县。曾国藩奉旨办团练之初，是罗泽南、李续宾、王鑫招募团练整训成的勇营，因此这支湘勇部队，是狭义上的湘军，是以湘乡人为基础，曾国藩直辖的勇营。后来战争规模不断扩大，湖南各地勇营都加入了曾国藩的作战序列，湘军概念就发生了变化，“湘”不再是湘乡而是指整个湖南。

清咸丰二年（1852 年），“湘军之母”罗泽南讲学杨家滩地区，以生员身份率先与李续宾、李续宜、刘腾鸿在杨家滩组建湘勇团练，湘乡知县朱孙贻亲临杨家滩（富田桥）考察和指导，李续宾就是湘勇参谋长。咸丰三年（1853 年）七月，罗泽南、李续宾率领杨家滩为主体的1100 人湘乡勇队增援邻省江西，驻扎在南昌得胜门外的七里街。将湘乡勇分为两营，罗泽南所部曰玉字中营，李续宾所部曰右营，中、右营皆360 人饷于官，余 400 人曰余勇，由李续宾募饷以食之，罗泽南不愿管这 400 余勇，皆隶属于李续宾。另王鑫部曰左营，实自成一军不相统属，留在湖南。增援江西，湘乡勇北上南昌作战第一次打出了“湘军”的旗号，湘军名由此而始。后罗泽南阵亡于武昌，其中营部属归于李续宾湘右营，至此李续宾成了名副其实的湘军将领。湘军转战十余年，杨家滩将士是肃湖南、复武汉、援江西、攻九江、战安庆、克金陵，继而北上，转战川陕云贵，消灭太平军余党的中坚力量。杨家滩子弟在汹涌的历史潮流中脱颖而出。湘右营、湘后营、果后营就在杨家滩崛起。在《清史列传》中，杨家滩就有刘岳昭（云贵总督）、刘连捷（安徽布政使）、周宽世（湖南提督）、刘腾鸿（道员）、刘腾鹤（道员）、李续宾（浙江布政使、巡抚）、李续宜（湖北巡抚）、萧启江（江西布政使）、萧庆衍（安徽总兵）、萧庆高（汉中总兵）、李杏春（直隶知府）等 11 人列于“国史”，占湘乡籍三分之一，三大家族将领占 2 席（李、刘），

15位统领占7席，总督、巡抚、布政使、提督、总兵等三品以上文武大员达60多人，六品以上达千余人，谓之“千将云集，湘军故里”，是湘军始源之地。这些湘军人物在艰难困苦的环境下，英勇作战，敢为人先，靠的就是正直刚毅的血气，敢啃硬骨头的勇气，忠君爱国的儒气，最终取得了收复半壁江山的全面胜利。同时湘军精神影响了一代又一代的湖湘人，为后世所推崇，推动和影响了近代湖南乃至中国社会的发展。

在杨家滩，我还见到了国立交通大学唐山工学院（西南交通大学前身）1938年5月至1938年11月的临时校址。尽管低矮潮湿、破败不堪，但当年莘莘学子的琅琅书声，依然在我耳边回响。据说，这里还是梁思成和林徽因举行婚礼的地方。

回到《胜梅桥》和周卫东。

2019年1月29日，是中国农历腊月二十四，小年。我和吴永、肖中其等人在东方红宾馆吃饭。席间，乡情乡谊是一道最可口的饭菜。我问他们是否收到了《胜梅桥》的视频？

吴永说早就收到了，在中建，好多非湖南籍的员工也在转发，觉得词、曲、唱、景都很美，就是不知道胜梅桥怎么那么出名。

“不是桥出名，是精神！”肖中其说。作为娄底人，肖中其对胜梅桥、对杨家滩了如指掌，对周卫东也熟悉得不分你我，他们是高中同学。“当年湘军的事就不说了，只说一个龙舟赛，杨家滩的就不同于别处。杨家滩孙水河赛龙舟，起源于汉朝，既为纪念屈原，也是热闹自己。一到开春，孙水河寸水寸金，满河五颜六色，像下饺子一样。各个家族、各个祠堂、各个商会、各个街巷，五花八门的龙舟队都到河里来训练。五月初五前两天和后两天，是杨家滩的又一个年，热闹得很。杨家滩的龙舟很奇特，没有舵和舵手，全靠12个人齐心协力，速度快还不偏线；龙舟上也不加鼓和鼓手，全靠12个人声震如雷的呐喊；奖品也不是牌匾银钱，而是像耕牛、农具、布料、食盐这些用得着的东西。至于年轻漂亮的妹子，威武雄壮的后生哥，划龙舟一见钟情，各自咬破手指，两手相握，滴血定情，生死不离。当年湘军一路打到南京，杨家滩出去的人战死的不下十之五六，后来活下来做了官的，不忘战死的兄弟，造名册，一个不漏，把银两分文不少地带回杨家滩，抚恤给亡人家里。这些女人死了丈夫，拿了银两，没有改嫁，都是一心抚养子女、孝敬公婆，抱着灵牌子过完一生。”

肖中其声音洪亮、表情丰富、情感真挚地在我的面前铺陈出一个风骨卓然、内核坚硬的杨家滩。在我所接触的工程类国企领导中，肖中其属于全能型人才。

“改革开放以后，杨家滩出来的人真不少。杨家滩面积不小，有 130 余平方公里，人口 8 万多，但耕地面积只有 4 万亩多一点，人均几分田，靠‘土里刨食’显然不行。杨家滩人素有闯劲，心比天大，不到外面闯一番对不起祖宗，这是湘军留下来的传统。出去打工的、做生意的人很多，当然还有考大学、参军出去的，这当中出了很多名人，像三一重工股份有限公司（以下简称三一重工）前董事长梁稳根，曾经是中国首富。再就是周卫东。跟周卫东出来的人很多，他的企业也很大，在非洲、东南亚、南美、欧洲这些‘一带一路’沿线国家都有分公司或项目。加之他为人厚道，用一句时髦的话叫宅心仁厚，只要你肯学、肯干、为人正派，他都会助你一臂之力。比如说现在在布拉柴维尔、黑角，很多湖南人都是他修英布鲁水电站时建车队、办石料厂、办砖厂带出来的。很多人跟他干一段时间，学到技术了，有了经验了，有了资本了，就开始单独创业。还有一些人是与他合作为他的工程服务的，都赚了钱！”肖中其侃侃而谈。

“英布鲁水电站是个什么情况？”我问。

“那是很早的事，是我们国家与刚果（布）合作的第一个大项目。”

肖中其说。除此之外，再多的东西他也说不出来了。

吴永在手机里面翻照片，过了一会儿拿给我看："我去看过英布鲁水电站，在莱菲尼河上，很壮观，但是施工难度肯定很大！"

后来我又走访了周因来、杨平、李果佳等人，对英布鲁水电站的情况有了进一步了解。

莱菲尼河是刚果河中游的重要支流，距离首都布拉柴维尔 215 公里，是刚果（布）中部重要的长年性大水量河流。英布鲁水电站距莱菲尼河河口 14 公里，这里地质结构和水文条件良好，河床落差大，流量大。英布鲁水电站为河床径流式水电站，总装机容量为 12 万千瓦，由 4 台 30 兆瓦机组组成，年平均发电量 6.815 亿千瓦时，为刚果（布）国家电网的主力电站，对于结束首都和中部地区的缺电时代，缓解刚果（布）国内电力供需矛盾，达到自给自足，起到决定性的作用。

英布鲁水电站属于大（I）型工程，主要永久性建筑物按 1 级建筑物设计，拦河枢纽主要由土坝、泄水闸、电站厂房等组成，坝顶全长 581 米，最大坝高 32.5 米。坝址地处巴泰凯高原，为巨厚陆相沉积地层。坝址两岸坡地及以上均覆盖有第三纪沙壤土和中细砂；两岸坡脚及滩地、河床，覆盖有第四纪沙壤土和中细砂夹卵砾石。覆盖层以下为白垩系软弱砂石，岩层产状近水平、裂隙不发育、胶结不良、强度低、孔隙大、透水性强。这样的地质条件，决定了英布鲁水电站的建设需要大量的石料和混凝土浇灌。

英布鲁水电站由中国水电承建，下属十四局负责具体施工和安装。工程于 2004 年 11 月开工，2009 年 1 月电站截流，2010 年 1 月 16 日 4 号机组一次性启动成功，2010 年 6 月并网发电。

翻看英布鲁水电站的建设设计资料，欣赏电站建设的图片，我仿佛通过清澈的莱菲尼河水、沿河两岸茂密的森林、电站建设时长长的车队、截流时喧嚣的场景，以及工程建成后高高的大坝和厂房、蜂窝状的变电站、走向远方的输电线路等，看到了中刚两国建设者辛勤劳作的汗水、大坝合龙的欢呼、机组启动时紧张的期待，甚至听到了高压输电线上电流的声音。那中间有我熟悉的周卫东的车队，我看到了生产一线的周卫东和他的团队，周因来、杨平、李果佳以及众多拥有相同口音的娄底老乡……

我很想见一见周卫东，有一堆的问题要当面求教于他。

离开布拉柴维尔之前，我专门找到周因来，拿到了周卫东国内的电话，并请周因来先给他堂兄打个招呼，替我讲明访问意图。周因来满口应承，说应该没问题，“我老兄为人很好的”。

回国以后，我给周卫东发了两次信息，他都说不在国内。从朋友处探听到，他 3 月下旬应该会回国。于是我 3 月 29 日到了北京，准备来个先斩后奏。晚上给他发短信，他立即回话，并发了位置给我，表明他已经在机场准备出境了，并反复说对不起，没有什么好采访的，只不过做了一点小事，而且，还需要继续努力！

没见上面，有些许失落、些许遗憾，但这并不妨碍我继续追寻周卫东的足迹和内心世界。于是，4 月中旬，我还是到了杨家滩，踏上胜梅桥，去探访湘军故里，寻找另一个周卫东。

站在胜梅桥上，孙水河向远处的湘江涌去，在水天相接之处，响起雷一般的历史回声。河两岸不停地有人在桥上过往，我仿佛看到了背着书包、欢快地去上学的周卫东；看到了与恋人手挽手，用木莲编织梦想的青年周卫东；看到了沉心静气却又壮怀激烈地驰骋商场的周卫东；甚至看到了运筹帷幄、百战不殆、奋战在“一带一路”沿线的周卫东。

杨家滩和胜梅桥永远是一根线，永远牵住远行的“周卫东们”，它不仅仅是传说，更是传奇！

如果有人问我周卫东是谁？我会回答：他是湘军的后代、湘人的代表、湘商的精英。

雷亭和他的“驻外之家”

第一次听说雷亭，是2019年1月，我随几位中央企业的负责人，到刚果（布）恩古瓦比大学孔子学院，商量招聘孔子学院毕业的刚方学生事宜。交谈中，记不清是孔子学院王院长，还是央企的一位领导提到：湖南长沙有个叫雷亭的年轻人，办了一个“驻外之家”，联络聚集了不少驻外人员，特别是长驻非洲的外派人员，影响很大。

我当时没有太在意，以为是一个聚会性质的餐馆、酒吧或者会所。大家驻外时间长了，回国后嗦碗长沙米粉、品品茶或者喝顿酒，洗却满身征尘，排解满腹乡愁。

第二次听说雷亭，则是在2019年6月底，首届中非经贸博览会，一个有湖南省和长沙市领导出席的论坛上。长沙市主管外贸的副市长在致辞中，褒扬一个叫“驻外之家”的民间机构，在长沙市与非洲有关国家的经贸往来中，起到了牵线搭桥、内引外联的作用。

看来，这个“驻外之家”绝不可等闲视之。于是，我找到论坛的组织者，请他们把“驻外之家”的微信公众号推给我。

这是一个内容丰富、涉及面广、粉丝众多的公众号。当时设有“最新发布”“招聘求职”“驻外警示”等栏目，并有“海外招聘”“驻外经贸”“异域风情”“原创”等子栏目。链接进去，图片琳琅满目，文章鲜活生动。随手翻看了几个页面，这篇文章引起了我的关注。

那些年，我们的驻外时光

听说有一群漂泊的人，他们像候鸟一样时常迁徙，飞往地球的各个角落，有的辗转了很多个国家，也有的驻扎在一个国家好多年。

也许在大家眼中，这些人都是羡煞旁人的典范，以工作之名周游列国，是多少人罗曼蒂克的梦想！然而谁能真正看到他们光鲜背后的各种危险、苦楚和煎熬。当他们拖着行李箱吻别爱人孩子，辞别亲朋好友，孤独地出发前往贫瘠、未知和不安的异国他乡；当别人过年过节家人团聚的时候，他们只能通过视频、语音和照片来缓解相思之苦；当大家正在谈论某些国家和地区的战乱、疾病和游行的新闻，而他们也许正在战火纷飞之地逃离或躲在房里心惊胆战……

这群驻外人经历了很多，他们的故事如一杯苦丁，味苦而又不能拒绝。且听他们娓娓道来。

高长磊

32 岁，2007 年开始驻外，从事售后服务工作，驻外超过八年。常驻阿尔及利亚、刚果（布）、南非等国，现在是一个四岁孩子的父亲，如今依然坚守在非洲大陆。

（自述）为了家的期望，为了自己的理想和目标，我离开了我最亲爱的人，驻外八年。

亲爱的，每当夜深人静的时候，我还是会习惯性地拿出手机，看看你发给我的信息。

我也偶尔登录你的空间，搜寻你的足迹，听听你空间里的音乐，告诉你我很好，不敢说想你，更不敢说不想你。

城市是遥远的，生活却是真实的。发生的事情太多太多，多少辛酸，多少故事从不曾提起。可是现实的生活让我无法抉择，是否再继续漂泊下去，一年、两年、三年，还是以后一直这样继续下去？我无所适从。

只希望在预定好的日子我能准时启程，我们一起倒计时，好好在家等待与我团聚。

肖　波

29岁，2009年开始驻外，从事商务类工作，驻外七年。常驻加纳、尼日利亚、刚果（金）、埃塞俄比亚，曾在加纳待满2年。目前妻子怀孕在老家，今年过年他仍要驻守在埃塞俄比亚。

（自述）“曾梦想仗剑走天涯，看一看世界的繁华……”也许是被许巍的歌声所激励，又或许是被三毛《撒哈拉的故事》所吸引，抑或是心里一直对非洲大陆的向往，我毕业后毅然决然地来到了西非加纳，从此便与这块神奇的大陆结缘。今年已经是漂泊在非洲的第七个年头了，我来到了第七个非洲国家埃塞俄比亚。

曾经的我，出来闯荡更多的是因为躁动好奇的心，以工作之名，四处游走、拍照和写作。现在的我，已经找到了生命中的另一半，她来非洲怀孕三个月后被我送回了老家，虽然有太多的不舍，但我们只能接受现实。

我依然漂泊在这块大陆，更多是迫于生活的压力和无奈吧。曾经多少次在梦里，我回到了魂牵梦绕的故乡，那时我外公还没有走，爷爷奶奶身体安康，大家团圆相聚，其乐融融……然而半夜醒来突然发现就我一个人，在一片死寂的深夜里独自匍匐在冰凉的床板上，多想坚强地不哭出声来，然而泪水不争气地奔涌而来，无可抵挡。

快要过年了，我又辜负了长辈的期待，不能回家过年。家乡下起大雪了吧，我已很久没有见到家乡的雪景。

如今，我背负着给家人创造美好生活的诺言，满怀着对他们的无限思念，跋涉在驻外的漫漫长路上，只为明天生活更美好！

马小龙

32岁，2007年开始驻外，海外大区经理，驻外七年。常驻利比亚、苏丹、埃塞俄比亚。2014 年初放弃驻外，选择回国进行互联网创业，目前是全国最大家庭厨房共享平台“回家吃饭”创始人之一。

（自述）年轻时都有一颗向往远方的心，我走上了驻外的道路。父亲经常会半开玩笑半当真地跟我提起：“你妈心眼小，总是舍不得你，经常想你想得睡不着。以后记得多给你妈打电话，她还当你是个孩子，动不动就想你，想到不行了就会找我吵架。”

突然就感觉鼻子很酸，眼泪止不住地往外流。仿佛心底里某个柔软之处被触痛了，停不下来。想给母亲打电话说些什么，却有一种感觉，张不开嘴，说不出口，真真切切地想要哭一场。

驻外 7 年，如今带着新的憧憬，我选择了回国创业。从第一步开始，不怕和不悔就注定要陪伴我一生，但我不曾忘记那段驻外的青春时光。

点进公众号的子栏目，一股浓烈的非洲风扑面而来，我仿佛又听见了英语、法语、斯瓦希里语混合而成的当地语言；听到了刚果河水浪奔流的咆哮；闻到了山竹、牛油果、百香果的清香；尝到了木薯糊糊的味道……我下决心要找到雷亭。通过《湖南日报》的朋友帮忙，2020 年 3 月 19 日，在新冠疫情风险降低之后，我终于在长沙市河西岳麓区麓谷大道 662 号的长沙软件园拜访了他。

雷亭瘦高清秀，戴眼镜，眼神清澈，语速舒缓，彬彬有礼，但仍能让人感觉到驻外人员身上的那股沧桑感和尘土味。他先带我参观办公区域。这里是“长沙市对非经贸合作企业联盟”，这个平台有 40 个国家的公司进驻。在一间公用会议室外，透过玻璃门窗，我看到里面正在开会，围着椭圆形会议桌，人人表情庄严肃穆。雷亭告诉我：“联盟正在组织各进驻机构开会，讨论向非洲国家捐赠口罩和防疫物资的事情。武汉疫情暴发的时候，联盟和‘驻外之家’组织了驻非洲的华侨华人向武汉和湖北其他各市捐款捐物。现在国内疫情已经稳定，国外开始扩散，并有暴发趋势，正是回报非洲国家和华侨华人的时候了。”

雷亭是以驻外之家中非经贸服务平台加入“长沙市对非经贸合作企业联盟”，入驻长沙市高新技术产业开发区软件园的。进入他的办公区，墙上一张硕大鲜亮的非洲地图吸引了我。我见过英语版和法语版的非洲地图，也在中文版的世界地图中寻找过非洲。但这种单幅的非洲地图，而且是中文版的，还是第一次见到，高原山脉、河流大湖、沙漠绿地、海洋港口、公路铁路，一目了然，各个国家的色块鲜明，一眼就能找到。54 个非洲国家，有将近 40 个被贴上了小小的五星红旗，表明驻外之家中非经贸服务平台已经进驻这些国家，开展经贸合作。与非洲地图并列的是几十幅照片，分别是参加“驻外之家”经贸活动的中方和外方官员、企业家和项目。雷亭指着照片，对应着地图上的国家，向我如数家珍地讲述一个个经贸合作的故事。

1984 年出生于湖南省长沙市的雷亭，2006 年毕业于哈尔滨工业大学机械工程专业，受聘到中国改革开放前沿的深圳市，在一家有加拿大背景的企业做中国国内市场拓展。2008 年上半年，发迹于湖南的大型工程机械龙头企业——中联重科，到深圳招揽人才。受同学的邀请和怂恿，雷亭参加了应聘。现在他还清楚地记得，当时考察他的是中联重科海外业务部的一位领导，两人聊了不到 20 分钟，领导就决定录用他，雷亭也同时下了决心，回长沙，进中联重科。

1992 年创立的中联重科，主要从事工程机械、农业机械等高新技术装备的研发制造，是一家持续创新、自主知识产权品类丰富、产业链齐备的工程机械领域全球化企业，公司的两大业务板块——混凝土机械和起重机械——均居全球前两位，具有极强的行业影响力。

2009 年的中联重科，已经把开拓海外市场作为公司长远战略，紧锣密鼓地推进。进入公司不到一年的雷亭，本来被确定外派俄罗斯，但由于2008年世界金融危机的冲击，俄罗斯经济一蹶不振，短期内难有起色，而非洲作为一个正在崛起的新兴市场，正越来越吸引国际大企业的关注。当时公司征求雷亭的意见，问他愿不愿意在条件艰苦的非洲长驻。他心想，在哪里都一样，反正自己也没出过国，趁着年轻多见识见识，也是一种积累。于是2009年3月，雷亭背上行囊，怀着年轻人对未知的一片热情和憧憬，踏上了非洲的红土地，首站前往摩洛哥。

摩洛哥王国，是非洲西北部濒临大西洋的阿拉伯国家，东部与阿尔及利亚接壤，南部紧邻西撒哈拉，北部与欧洲国家西班牙、葡萄牙隔海相望，人口3700多万，国土面积约46万平方公里，官方语言为法语和阿拉伯语，农业以畜牧业为主，矿产资源和石油储量丰富，其中磷酸盐储量占世界储量的75%。

45岁以上年龄段的中国观众，大多对英格兰·褒曼主演的电影《卡萨布兰卡》记忆犹新，不但领略了摩洛哥的异域风情，也被主人公为爱献身的义举所感动，更为女主演英格兰·褒曼的美丽与演技所折服。

我问雷亭，知道《卡萨布兰卡》吗？

他先是微微一怔，随后明白了我之所问。“知道，去摩洛哥之前，专门找影碟看了一遍。到了摩洛哥首都拉巴特，坐大巴去卡萨布兰卡，车上的显示屏播放的也是《卡萨布兰卡》，只不过是法语版的黑白片，片名也不叫《卡萨布兰卡》，而是叫《北非谍影》。”

雷亭告诉我，摩洛哥是他非洲7年长驻的第一站。长驻非洲，绝对没有电影里那么浪漫，也没有观赏美丽风景的那份悠闲。作为中联重科甚至中国企业进入非洲大陆的第一批商务代表，他只身一人，不懂法语，只能用英语交谈，租了个小旅馆，卸下行装，雇了一个当地能听懂英语的向导，开始走街串巷，寻找可能的客户。挨家挨户送资料、做演示，饿了，啃几口面包，渴了，喝几口桶装水，每天标准的“日出而作，日落而息”，踏破铁鞋觅买家。

摩洛哥的市场拓展，进行了一年才有起色。得益于中联重科的设备和服务优势，雷亭在摩洛哥的推销有了足够的底气。凡是跟雷亭签了合同的客户，都能从中联重科这里得到优良的产品和满意的售后服务，而且能保持长久的业务合作。有了摩洛哥的经验，公司又派雷亭先后拓展了阿尔及利亚、埃及、坦桑尼亚、赞比亚、科特迪瓦、尼日利亚、刚果(金)、马里等十几个非洲国家的业务，在沙漠、热带雨林、大湖大河以及广袤的非洲大草原穿行，雷亭也遇到了国内其他一些大型企业派驻非洲的年轻人。大家见面就是亲人，开口就称兄弟，那种在极度的孤独和疲惫中寻求安慰的意愿，暴露无遗，无法隐藏。

他们曾经因为车辆抛锚而不得不在沙漠里露营；也曾经因为某国足球队有史以来第一次打进世界杯，而被上百万狂欢的人群阻挡在街道上达10个多小时；有人因为父亲辞世，不能回国尽孝而失声痛哭；也有人因为妻子生产、儿子降生，不能回国守护而愧疚痛苦。至于“每逢佳节倍思亲”的心酸，“但愿人长久，千里共婵娟”的思念，像钢牙利斧，撕咬凿击着这些年轻的驻外人员的内心。

“驻外人员有工作上的难点、生活上的痛点、情绪上的堵点，每个单位派往同一地区的人很少，多则两三人，但一般都是一个人。语言不通，习惯不同，生活不便，寂寞孤独，对于年轻人来说很难承受。加上时差原因，与国内亲戚朋友的沟通也很困难。我们这些非漂，熬得很苦!”雷亭取下眼镜，用擦镜布边擦拭边说。

“你办‘驻外之家’的初衷，就是源于这个心结吗?”我问。

雷亭没有直接回答我，他慢慢地把眼镜戴上、扶正，回头看了一眼那张硕大的非洲地图。“当时我们在非洲，是一个很小众的群体。中国企业要走出去，这是大趋势，但作为先行探路的底层销售人员，很少有人关注这些人的喜怒哀乐。他们漂泊的故事，他们情感的宣泄，都需要一个平台。而我 2016 年决定从公司出来，单独做非洲经贸，这种胆量和经验，正是在非洲 7 年的外驻中累积起来的。我首先想到的是开个网站，做一个微信公众号，‘驻外之家’四个字很自然地从脑子里蹦了出来。驻外人员太需要家的温暖、家的庇护了！”

“怎样吸引粉丝呢?”

他打开电脑，并把屏幕转向我：“其实刚去非洲外驻的时候，我就拍了一些东西。这个视频，5 个主人公，全都在非洲待了 5 年以上。拍摄制作粗糙了一点，但很真实，这是上线的第一个作品。第一篇文章是 2016 年 11 月 17 日推送的，阅读、点赞的人很多，几个小时就突破了几万。我们很兴奋，接着就把栏目推上去，不到 1 个月，公众号就聚集了 13 万多人，很热闹。慢慢地，很多人找到我们，包括当地华人、中资机构、侨领等等，对接各种业务，提出各种诉求，当然也提出了好的建议和构想，还有人提出投资参股。”雷亭不停地在电脑上点出各种图片、链接给我看，不停地讲解时间、地点、人物、结果，各要素齐全。他不但记忆力超群，表达也无懈可击。他很兴奋。

每张图片后面就是一个故事，每个链接可能就是一单业务。雷亭告诉我，公司目前的业务分三个版块。一是线上产品，包括海外招聘、个人求职、产品销售等等，“驻外之家”做相应的对接，寻找相匹配的客户。“2018 年，北京一家公司去刚果（金）采矿，需要翻译，我们推荐了人选，达成了合作。后来翻译牵线，为郴州的矿山机械企业带来了 300 多万美金的业务。”二是线下服务，承接一些政府项目，代表政府部门对接服务当地企业。2019 年 10 月，湖南省商务厅和长沙市政府在埃及举行了一个商务推介会，由“驻外之家”承办。国内去的领导和企业家，中国驻埃及大使馆的大使、参赞，埃及的部长和企业家，共有 250 多人参会，规模场面庞大，效果也不错，双方签署了 5000 多万美元的合同。三是“驻外之家”也做一些进出口贸易。

我问他做“驻外之家”这些年，主要有哪些收获？他略加沉思，伸出了三个手指：

第一，从个人的角度，我找到了自己热爱的可以为之奋斗终生的事业，特别是有之前经历的积累，我可以发挥自己的优势。

第二，我现在所做的事情，是有社会价值的。一是能给企业带来经济效益；二是能为政府对外合作带来一些实际帮助。也许我们做的不是什么惊天动地的大事，但我们可以在非洲展现中国企业的各种优势，让企业更好地融入当地社会。

第三，我做的这些事情，能够帮助家人、朋友和我的团队，让大家喜欢并且热爱，这也在客观上坚定了我把这条路走下去的决心。

现在很多企业都想往非洲拓展，特别是提出“一带一路”倡议，举办中非经贸博览会、中非投资论坛以后，湖南的企业走出去、扎根非洲的信心越来越足、步子越来越大、投入越来越多。相应地，收益也开始显现出来，前景越来越好。

雷亭的手机和电脑上，不停有信息提示音传出，公司的职员也推门进来过多次，他很忙。这是个具有全球视野、海外经验的国际型人才，我不忍过多地耽误他，便起身告辞。他执意送我下楼，边为我拉开玻璃门边告诉我，2016 年从公司离开后，他每年都要回非洲几趟，真是应了那句话：没到非洲怕非洲，到了非洲爱非洲，离开非洲想非洲！

路过公用会议室，透过玻璃窗，我看到里面的青年男女主管们笑意盈盈，正欢快地拍打着檀香木会议桌的桌沿。这种很“非洲式”的宣泄方式，表明他们的会议开得圆满成功，为非洲捐赠抗疫物资的事情已经敲定。我心里一阵莫名的兴奋，以至于走错了电梯口，被雷亭一把拽回来。我感觉他的手是那么敏捷而有力！

在大师的光耀下

在布拉柴维尔期间，我看到一封国内发来给驻外人员的感谢信，落款是袁隆平农业高科技股份有限公司（以下简称隆平高科）国际培训学院院长周丹女士。顺着信中的文字，我似乎在异国他乡闻到了湘江流淌着的清新甘甜的芬芳。

感谢信

亲爱的坚守在援外一线的同仁们：

你们好！我谨代表中国杂交水稻技术援外培训基地——袁隆平农业高科技股份有限公司（以下简称隆平高科）向各位致以诚挚的问候！

你们在世界各个角落默默奉献，是人民真诚友好的有力见证，是培育合作硕果的辛勤园丁，是联结中国与其他国家的友谊使者。因为有您，克服在异国他乡的艰辛困苦；因为有您，奋斗在每个同步时差的凌晨黑夜：因为有您，伏案在成摞的材料中遴选学员：因为有您，在繁忙的工作之余关切学员的在华表现；因为有您，为承办单位提供精准的指导和帮助，才有了我们共同的事业——“中国援助”的蓬勃发展。在此，隆平高科全体员工向您致以崇高的敬意和衷心的感谢！

隆平高科自1999年成立以来，一直在农业领域内为广大发展中国家提供支持和援助。秉承着“授人以鱼不如授人以渔”的精神，致力于为广大发展中国家提供更好的农业技术培训和农业发展导向。迄今，已为100多个国家培养了近万名农业领域人才，为保障受援国粮食安全、增进人民福祉作出了贡献。

2018年，隆平高科作为世界种业第八强和中国农业龙头企业，充分发挥公司的技术优势和产业特色，圆满完成23期援外培训项目，共计培训学员890人，其中包括贵处选派的学员5名。培训期间，学员与中方专家和各国同行探讨交流，见证中国发展成就，体验中国文化生活，彼此结下深厚友谊。与此同时，公司借助援外培训平台，为中国、湖南与发展中国家的农业合作架桥拓市，助力公司国际化发展，开拓发展海外市场，放大了援外培训价值。这些成果的达成与各位领导同仁扎根海外、辛勤工作牢不可分。

为响应习近平总书记提出的"构建人类命运共同体"倡议，隆平高科愿张开怀抱，欢迎各发展中国家搭乘中国发展快车，一路播撒友谊和发展的种子，共同建设人类美丽的家园。我们真诚希望贵处领导同仁继续支持和信任隆平高科，鼓励更多的朋友积极参加援外培训项目，使广大发展中国家与我们一起在前进的道路上不断分享智慧、共谋发展！

袁隆平农业高科技股份有限公司副总裁

国际培训学院院长

周丹（签名）

2018年12月

回国后，几经周折，我终于找到了周丹院长的电话。为了不冒昧行事，我先给她发了短信，说明意图，请求见面。她很快回信，欢迎我去隆平高科国际培训学院一谈。

2019年3月28日，我如约来到位于湖南农业大学校区的隆平高科国际培训学院。走进大楼，不大的空间布局灯光耀眼，走廊两侧的墙上，悬挂着一幅幅精致的照片。墙上的投射灯让每一处角落、每一张照片和牌匾都闪闪发光。牌匾均由国内、国际权威机构授予，照片是近年来隆平高科国际培训学院开展农业科研和国际合作的实录，有国家主席、总理、部长等各国高层人士，有神采奕奕的袁隆平院士和绿油油的水稻、玉米、土豆等农作物。每一幅照片都充满故事，每一张脸都洋溢着灿烂的笑容、自信的光彩。

在这里，我强烈地感受到功勋卓著的袁隆平院士几乎成为一种图腾。

见到周丹院长，没有过多寒暄，短信交流之下，我们有种老相识的感觉。她给我的第一印象是，集江南女儿的秀气、长沙女子的精干、常德女人的聪慧、职业女性的涵养于一身。她很忙，不断有人来请示汇报，要她签字批条。她抱歉地对我笑一笑，示意我稍作等候。待她从办公桌上抬起头，收拾整理了一下桌面，我们开始了正式的交谈。

“要了解些什么?”她说。

“请您介绍一下国际培训学院的情况。”

她略微思考了一下，说：“隆平高科成立于 1999 年，当年成立，当年上市。袁隆平院士一直有一个梦想，就是发展杂交水稻，造福中国，造福全世界人民。他的造福理念，成为我们公司的愿景和使命。最初有一些短期的、零散的培训，也有一些参访活动，为此，公司成立了培训中心。2007 年，我接手培训中心，改名为国际培训学院，袁隆平院士是我们的名誉院长。国际培训学院依靠公司强大的产业体系支持，不需要到外面去找专家、找实习基地。我们对于水稻、玉米、蔬菜种子的研发，位居中国第一，全球八强。产业支持为我们的实操培训提供了强有力的保障。我们的培训既讲理论，更注重实际操作，对发展中国家不同层级的人员进行不同语种、不同科目的培训。水稻、玉米、农业机械、饲料、粮食收割加工、食品安全、清洁能源、养殖等等，只要有大农业领域的需求，我们都可以进行培训。”

“我们现在每年开设30个班，培训800至1000人，依托的是我们自己的产业、专家和实习基地。2009年，隆平高科国际培训学院成为商务部授予的第一个‘中国杂交水稻技术援外培训基地’，是中国援外的一块金字招牌。湖南在援外方面成绩亮眼。湖南是全国的典型，我们是湖南的典型。我们从袁隆平院士的理念和愿望出发构建发展格局，利用产业优势，让学员学有所获、学以致用。2018年，中央电视台《大国根基》节目报道了国际培训学院的做法，一些媒体也推介过我们的经验。”

“我对国际培训学院的工作深有感触。外面墙上挂的照片，多数是袁隆平院士的，也有学院老师的，很丰富也很有品位。我出国上培训课或进行学员回访，基本上都是总统、总理、部长级别的人进行接待。这是对方对我们的重视，因为我们代表的是中国，代表的是袁隆平院士的团队。我们在海外有着很高的知名度和受欢迎度，世界上100多个国家，都有我们的学员，他们对我们有着深厚的情感，一直与我们保持着联系。”

她说得很兴奋，绘声绘色，抑扬顿挫，很有感染力。趁她喝水，我问：“作为院长，你亲自给培训班上课吗？”

她点点头，回答道：“所有的班级，第一堂课都是由我来讲，讲解中国国情和改革开放进程，这是商务部的要求。我会按照基本框架要求上课，但我也会补充非常重要的两点：第一，中国是如何强大起来的？我们怎样热爱我们的祖国？解放初期，一批优秀的爱国人士，抛弃国外的优厚待遇回国，投身祖国建设，他们是共和国的脊梁！我会从天安门广场的升旗仪式讲起，它是我们进行爱国主义教育的生动课堂。我参加工作的第一件事就是去天安门看升旗，这种爱国精神、民族精神是非常重要的；第二，中国人为何如此勤奋？学员们有些不解，中国越来越富裕，城市建设越来越好，到处都是高楼大厦，中国人怎么还这么拼？同时，我们的员工表现出的严谨作风，24 小时服务的敬业精神，也让学员们感到不可思议。我跟他们讲，只有国家强大，他的公民才会得到尊重。”

“我的话对学员们触动很大，他们也十分认可我的观点。我希望他们能够像那些从国外学成归来、成为国之栋梁的中国专家学者一样，成为自己国家的栋梁。这样一来，学员们就有了学习的动力，不再是简单地把培训当成一个出国学习的任务，因为他们知道现在的勤奋不仅是为了自己的未来，更是为了民族的强大。授人以鱼不如授人以渔，我们要做的是帮助学员培养一种强烈的解决国家粮食安全的欲望和精神动力。”

“在这个基础上，我们进行部长级别的官员培训。刚开始有人不理解：部长培训规格高，培训成本更是水涨船高。尽管我们是一个企业，需要有成本意识，但我们不能只从经济利益的角度来考虑问题。部长培训班和论坛应该成为我们学院最大的特色和最大的亮点，带来最大的价值。一个国家的农业部长，接受了中国改革开放的理念、中国农业政策的信息，回国以后会从国家层面来推动本国农业发展，解决粮食安全问题，这是多么好的一件事！部长们都觉得来中国培训，给他们个人带来了很大的变化，而他们的变化就是国家的变化。很多国家由于部长的重视，加大对农业的投入，对全球粮食安全作出了巨大的贡献。另外，部长论坛结束以后，我们也拥有了这些国家的高端资源，公司在进行海外市场拓展时能直接进入高端领域，助推公司发展，推动中国农业企业‘走出去’。”

讲到这里，她拿出一沓文件递给我：“这是我们去年的总结汇报材料，你可以参考一下。”

“您是用英文讲，还是用中文讲？授课还顺利吗？”我问。

她笑了笑：“以前是用英文讲。后来，对于他们提的一些问题，我的英文水平跟不上，就安排了翻译。有些学员或受西方宣传影响，或受限于自身认识水平和思维习惯，甚至只是想出风头，显示自己与别人的不同，会提很多刁钻的问题：你们为什么要援助我们？你们有什么目的？他们也会问一些敏感话题，如三聚氰胺、塑料米、纸包子等食品安全问题，以及人权问题。英文表述有时不太贴切和准确，所以我会让翻译做一些重点预案，一定要讲得他们心服口服。有学员开玩笑说，周院长可以当外交部发言人了，讲得丰富生动还滴水不漏。所以，我不用英文讲课，也很小心地不掉入提问的陷阱。"

"培训班都有班主任或者带队老师吗？开设了一些什么课程？"

"都有，我们的培训班在某种意义上类似于高中和职业中专，24 小时都要有人管理。学员中既有技术人员，也有政府官员，偏向于成人教育，实际操作方面的东西多一些。"

周丹介绍，每年开设的课程会根据学员对象国的需求进行小的调整。2018 年共开办了 23 期，19 期在中国境内，4 期在境外，为 58 个国家培训了 890 人，开设了技术培训班、官员研修班、部长级研讨班，进行了双边培训项目、多边培训项目、境外培训项目等培训，开设了水稻、玉米、蔬菜、农机、饲料加工、粮食收割后处理、农产品质量安全管理、畜牧病害防治等课程。

采访结束后，周丹很细致地安排我与副院长黄大伟和带班老师王薇座谈，并邀请我参加发展中国家粮食安全部长级研讨班暨发展中国家粮食安全高级别论坛。

黄大伟，隆平高科国际培训学院副院长，个子不高，精致而又精神，开朗健谈，视野开阔。谈起农业国际合作和培训，他心得满满，谈性很浓。

"我跟袁隆平院士同属一个单位，是中国杂交水稻工程研究中心的员工。2000 年，我从美国回来，研究的是育种制种技术。当时隆平高科成立了国际贸易部，需要既懂外语又有国际交往经验的人才，我刚好专业、特长都对口，就被借调过来了。国际培训学院受商务部委托，进行援外农业培训。援外工作就是服从和服务于国家的外交大局，在国际上培养和打造知华、友华、亲华、爱华的人脉。现在，我们一方面加强媒体建设，扩大话语权；另一方面笃毅前行，继续我们的一贯做法，对发展中国家施以援手，既走出去，又请进来，让他们来看看我们国家的发展成就，感受中国人吃苦耐劳的精神，体会我们的援助是真心实意、不求回报的。”

“我们为每位学员免费提供吃、住、行、学等服务，还有 80 元人民币一天的补贴。所有参加培训的人都能感受到我们的成就不是凭空得来的，而是 14 亿中国人民在中国共产党的领导下，几十年来特别是改革开放 40 多年来奋斗出来的。这些成就给了他们很大的启发，改变了他们的观念。学员们把农业知识和技术带回去，对他们的国家是极为有利的。非洲大陆的粮食产量提高，解决饥荒，东南亚和南太平洋国家能够应对自然灾害，反过来就会减轻国际社会的压力，其中也包括中国的援助压力，这是战略上的良性循环。习近平总书记提出‘一带一路’伟大倡议，提出构建‘人类命运共同体’，高瞻远瞩，极富智慧，深受世界绝大多数国家特别是发展中国家的欢迎。”

“做国际培训，是花最少的钱办最大的事，扩大朋友圈。我们请学员来学习、考察，将我们的先进技术、先进经验，无私地传授给他们，为他们带来实惠。我们也在发展中国家建了很多农业示范基地，多方发力，既提高了学员们的农业技术，夯实了国家农业基础，又解决了劳动就业问题，提高了生活水平，改善了人民的营养状况。这是改变命运和国运的好事，学员们心存感激。”

“我也在培训班讲课，主讲《杂交水稻制种技术》。我在课上反复讲：杂交水稻不是转基因！有人说杂交水稻是转基因，那是误解，是不懂科学。杂交水稻是中国的第五大发明，是无论如何也无法被超越的。

20 世纪 60 年代以前，美国、日本等国家的科学家都研究过粮食高产问题，但最终都以失败告终。20 世纪 50 年代末 60 年代初，袁隆平院士在安江农校教书时，在试验田里发现一株水稻，鹤立鸡群。他如获至宝，经过几年的试验，在 1966 年，发表了第一篇文章，揭示了水稻的雄性不育系，拉开了水稻生产的第二次绿色革命的序幕。《科学通讯》杂志的主编把这篇文章汇报给主管科技的聂荣臻元帅，并预言如果这篇文章和它所陈述的研究成功的话，将对人类的粮食安全产生不可估量的影响！于是政府开始重视和支持袁隆平院士的科研工作，给他配了两个助手，并提供了当时能够提供的条件。经过艰苦的努力，袁隆平院士终于在 20 世纪 70 年代成功培育出第一代杂交水稻，中国也成为全球第一个利用水稻杂交优势的国家。目前，我国的杂交水稻技术已经传授给了 40 多个国家，我个人就曾担任我国派驻非洲利比里亚农业援助小组的第一任组长。”

一番交谈之下，我感受到黄大伟的热情和执着。他反复给我讲什么是转基因，以及杂交水稻为什么不是转基因的问题；反复给我讲粮食安全，讲中国是世界粮食安全的保障，讲袁隆平院士对世界粮食安全前无古人、后无来者的贡献；反复给我讲农业国际培训在国家外交战略、“一带一路”倡议、“人类命运共同体”理念中的重要作用。我望着面前激情四溢、口若悬河的黄大伟，仿佛看到的是一个头顶烈日、脚踏风火轮、一路奔跑的哪吒的化身！

王薇，90 后岳阳女孩，在法国留学 4 年，回国后在隆平高科国际培训学院担任带班老师。她带得最多的班次是每年的“非洲法语国家杂交水稻技术培训班”“非洲法语国家杂交玉米综合技术培训班”等。她向我介绍，每年的 5 月至 11 月，是学院在国内办班的高峰期；11 月以后的主要工作是学员回访，进行年度总结；第二年开春的 2 月份开始，准备项目申报，师资配备，国别和人员甄选，教学计划安排，学员吃、住、行、医等方面的联系和敲定等工作，全年都在忙忙碌碌之中度过。到了开学，学员们从不同国家来到中国，大家互不相识，老师们特别是带班老师对他们也不了解，彼此之间需要一个互相熟悉和适应的过程。

对于王薇来说，带班的整个过程都处于一种提心吊胆、高度紧张的状态之中。她给我讲了两个故事。

2018 年 6 月 7 日至 8 月 20 日的非洲法语国家杂交玉米综合技术培训班，刚果（布）派出了 3 男 2 女共 5 位学员前来长沙学习。开班仪式上，学员见面会和周丹院长的“中国国情和改革开放”课程、谭燕萍教授的“中国文化”课程刚结束，刚果（布）学员希普利斯突然高烧发病，被紧急送往湘雅医院。经过检查，是腹腔积液。“我们一方面立即向北京主管部门报告，并紧急到医院联系床位；另一方面宽慰他，这个病不是大病，按照中国目前的医疗水平，完全可以治好，让他放心。当时我们这个班的专业培训课程在甘肃，就是甘肃的隆平高科杂交玉米种植基地，面积广，规模大，全部是机械化作业。为了不耽误其他同学的学习，不打乱教学培训计划，我们留下一男一女两位老师在医院陪伴希普利斯，我和学院其他领导、老师带着 40 多个学员去甘肃。”

“说实话，尽管人在甘肃，但学院上上下下，周院长、黄院长以及其他老师，都十分牵挂希普利斯的病情。公司也通过省人民政府外事办公室和省商务厅与湘雅医院进行了对接，保证希普利斯享受最好的医疗服务。这期间，学院的两位陪护老师基本上是 24 小时守在医院里，寸步不离。但希普利斯的病反反复复，治疗效果不太理想，他本人的情绪也比较焦躁。在这种情况下，我们根据医生意见，并向上级汇报，征得他本人同意，在进行了积极治疗、病情好转的情况下，把希普利斯送回刚果（布）继续治疗。这又是一番周折，因为到刚果（布）还要在埃塞俄比亚转机，路途远，飞行时间长，要充分考虑希普利斯的身体状况。为了保证在治疗效果最佳的时间送他上飞机，医院给他预开了一个多月的药物。订机票、安排国内送机、采购希普利斯在飞机上和回国后治疗期间的生活物品、治疗药物，包括行李打包等琐碎的事情，我的两个同事不厌其烦，事无巨细，安排得井井有条，使希普利斯顺利回到国内。”康复以后，希普利斯写了一份感谢信，寄给隆平高科国际培训学院。

> 我非常荣幸能够借此机会向贵司高层表达由衷的感谢和诚挚的敬意。在此期间，贵方的热情好客让我宾至如归，公共及私立医疗机构的周到服务让人倍感幸福，如沐春风。我将永远记得工作人员给予我的关怀和协助，也见证了你们为尊重人权所做的承诺和努力。顺致我最崇高的敬意！
>
> 签名：希普利斯

另一件事情发生在2015年6月17日至9月15日，非洲法语国家粮食作物推广研修班期间。

“来自刚果（金）某农业部门的项目专员马丽安，1975年出生，已经是四个孩子的母亲。来到培训班还不到一个星期，上课时，马丽安突然大汗淋漓，腹部绞痛不止，我们紧急把她送往医院。一检查，怀孕了，她自己不知道，但是已经胎死腹中，医院马上给她引产。我和另外一名女同事在医院全程陪她，给她买营养品，还炖了鸡汤。住院期间，不管是院领导还是同学们去看她，她都反复强调自己没事。马丽安的身体素质确实不错，躺了两天就要出院，而且坚持要上课。后来我们才弄清楚，她怕生病以后，我们把她送回国，中断在中国学习的机会。拿不到结业证，她在国内的工作和补助会受到很大影响，还有我们每天80元人民币的生活补贴，对她来说也是一笔不小的收入。经历这次手术以后，马丽安无论是课堂学习，还是试验田的操作，都十分认真。她是那一批非洲法语国家粮食作物推广研修班最优秀的学员。”

“学习结束时，我们有一个‘国别报告会’，每个国家推选一到两位学员，做一个PPT，介绍自己国家的有关情况，并汇报自己在中国学习的收获，以及回国以后与本国产业对接的基本设想。马丽安自告奋勇，作为刚果（金）的代表，做了很精美的PPT。她对刚果（金）农业产业的现状和未来发展，有着深沉的思考；对于在中国的学习和生活，给予了高度评价；对中国政府，对隆平高科国际培训学院精心、丰富、适用的知识传授，以及给予学员的无微不至的关怀和照顾，表达了由衷的感谢；对中国现代化的发展、中国人民富裕安定的生活和愉悦的精神面貌，表现出极度的钦佩和羡慕。说到最后，马丽安泪流满面、泣不成声，感染了在场的每一个人。现在，马丽安回国几年了，还与我们保持着微信联系。我们每次做学员回访，她总是刚果（金）历届学员中，第一个响应而且是第一个向我们报告她的成就的。”

我问王薇，担任带班老师这些年，有没有遇到什么烦心事？

王薇笑了笑说，那是肯定有的。毕竟学员来自世界不同国家和地区，国情不同，受教育程度不一，甚至宗教信仰、生活习惯有别。这些人好比沙子，要捏到一起还是有难度的。特别是一些男生，争强好胜，爱出风头，经常挑事。如上课提刁钻古怪甚至敏感的问题挑战老师；课间茶歇和下课以后，故意找碴挑衅同学；看见漂亮的女孩子就凑上去，要合影，要电话号码，提出一些暧昧的要求，有的甚至纠缠学院年轻的女老师。“好在学院有预案，加上我们这些懂语言的老师跟他们沟通，他们也还是有所顾忌的。一年有几个班，时间长了，经历得多了，也就见怪不怪了，处理起来也得心应手，保证每个班都能圆满顺利地结业。每送走一个班，我们从上到下都会长吁一口气，像经历了一场紧张激烈的比赛，放松地休息几天。”

好一个兰心蕙质的女孩！在她平静如水的讲述中，我看到了暗流涌动、险象环生，但她们总能四两拨千斤，一一化解。“少年强则国强！”我忽然想起这句响彻中华大地的至理名言。

2019年6月26日上午9时，2019年发展中国家粮食安全部长级研讨班开班仪式暨发展中国家粮食安全高级别论坛在湖南省长沙市隆华国际酒店举行开幕式。

会场设在酒店三楼的德厅。偌大的会议室，陈设十分精致：LED电子屏前是主持和发言台，台两边是翻译和会议文字、录音记录席，参会国国旗排列在两侧，会议桌呈U形排列，桌上铺着红色绒桌布，摆放着出席卡、会议资料和同声传译器。在会议桌的贵宾席卡中，一个熟悉的名字吸引了全场的目光：袁隆平。

8时55分，身穿红白条纹T恤的袁隆平院士走进会议室，与此同时，全场起立，对他报以热烈而持久的掌声。袁隆平院士精神矍铄、面带微笑，向大家招手致意，并与他邻座的冈比亚农业部长艾米·法布瑞女士、时任中国商务部国际商务官员研修学院副院长何定女士、联合国世界粮食计划署驻华代表屈四喜先生握手。

隆平高科副总裁、国际培训学院院长周丹女士担任本次开班仪式和论坛的主持人，她向与会的100多位嘉宾介绍“杂交水稻之父”、中国工程院院士、隆平高科名誉董事长袁隆平，全场又一次响起了热烈的掌声。从中外嘉宾的掌声中和眼神里，这位为全球粮食安全和全世界人民身体健康作出卓越贡献的老科学家，无疑有着太阳一般的光辉。

周丹请袁隆平致辞。袁隆平院士像所有的中国老一代知识分子一样，极有风度、极具涵养、极度高贵而谦逊地站起身来，向与会人员鞠躬，开始了他的全英文演讲。

他首先强调了粮食安全对世界的重要性，肯定了杂交水稻在东南亚和非洲国家的成功，展望了他正致力研究的超级杂交水稻的前景，表达了竭力帮助发展中国家解决粮食短缺问题的强烈愿望，也传递了对世界粮食安全的深深忧虑。

一段不足20分钟的演讲，展现了这位近九十岁老人的无私胸怀，表现了他的责任担当，字字千钧，掷地有声。但同时，也让人看到他稳健有力的脚步背后，那一串长长的汗水和曲折，以及百折不挠、永远奔跑的追逐梦想的姿态。

袁隆平出生在一个战乱的年代。他的童年时光，几乎都是在战争和饥饿中度过的。1949 年，他报考了西南农学院的农学系，毕业后，被分配到湖南安江农校任教。他坚持边教课边学习，而且经常埋头在田野间，从农业实验中去增强感性认识。进入 20 世纪 60 年代“三年困难时期”，自然灾害频发，粮食连年歉收，很多地方闹起了饥荒，到处都有饿死人的消息传来，就连他任教的农业学校，大家也吃不饱肚子。在残酷的现实面前，袁隆平进一步认识到粮食是天下第一等重要的大事，他下定决心，一定要在粮食高产、稳产上搞出名堂！

当时，杂交水稻是世界性难题，美国、日本等发达国家的专业科技人员也未能攻克。很多人都以为袁隆平是痴人说梦，但袁隆平偏偏不服输：“外国人成功不了，不代表我们中国不行！”

老百姓挨饿甚至饿死的场景刺痛袁隆平的内心，也成为他发奋钻研的原动力。为中国人争取一个稳定的饭碗就是他的追求，他向田野要答案，向实践要答案。原安江农校的老师和学生们还清楚记得：那个时候的袁隆平总是一顶草帽，一双赤脚，泥里来，水里去，常年在稻田里忙碌，在茫茫稻海里寻找梦想的奇迹——那从未有人见过的水稻雄性不育株。

功夫不负有心人。20 世纪 60 年代初，袁隆平终于找到了这株鹤立鸡群的水稻雄性不育株。经过反复的实验、观察、整理数据、撰写论文，他的杂交水稻从理论和实践上成为可能。

很多人说袁隆平是“米菩萨”，是救世主，但人们不知道，为了杂交水稻，他独自一人吞下了多少苦水、经历了多少心酸、洒下了多少汗水、承受了多少压力！遭人揶揄嘲讽，他没有放弃；被泼冷水甚至横加阻拦，他没有放弃；经费不足，器材短缺，他没有放弃。他下定决心只要能活下去，就一定要坚持，要圆他的杂交水稻之梦。

整个20世纪80年代，年过半百的袁隆平像年轻人一样，风里来雨里去，用扎实苦干来回应争议。眼睛手术，肺部感染，没有阻止他的脚步，相反，梦想之火在他心中熊熊燃烧。终于，1998年，他成功地让全国一半的稻田种上了杂交水稻，中国的粮食产量稳健提升。进入新世纪，杂交水稻进入非洲，并创下高产纪录，由当地原来每公顷3吨的产量上升到每公顷10.8吨，这样骄人的成绩让饥饿的非洲看到了摆脱贫困的希望。袁隆平和他的团队又研究出了海水稻，甚至还征服沙漠，试种水稻。

袁隆平所到之处都盛开着梦想之花，杂交水稻所到之处都闪耀着科技之光。

荣幸地与袁隆平同处一室，一睹他的风采，亲耳聆听他的演讲，我突然想起奥地利作家茨威格所著《人类群星闪耀时》一书中的一段话："我想在这里从极其不同的时代和地区回顾这样一些群星闪耀的时刻——我之所以如此称呼它们，是因为它们宛若星辰一般永远散射着光辉，普照着终将消逝的黑夜。"一个时代如果满眼尽是名利权势、声色犬马，而没有孜孜以求、百折不挠的大师的话，那就绝不会有什么美好的希望和伟大的未来。而像袁隆平这样的科学家，就是我们这个世界的良心，是照亮茫茫长夜的火炬，是人类的梦想之光，永远闪耀。

尾声

湖南与非洲——携手同心向未来

2018年9月3日，世界瞩目的中非合作论坛北京峰会，在人民大会堂隆重召开。中国国家主席习近平出席开幕式并发表主旨讲话。作为会议重要成果，中方提出对非合作“八大行动”，其中，举办中非经贸博览会是第一大行动的第一条举措，是推动构建中非命运共同体的实际行动。

峰会结束9个月后，2019年6月27日，首届中非经贸博览会在中国中部城市——湖南省长沙市顺利举行。53个非洲国家，联合国工发组织、世贸组织、非洲联盟等国际组织，以及31个省区市、新疆生产建设兵团、央企等逾万名嘉宾和参展商出席盛会。

6月的长沙，骄阳似火，热浪滚滚。这个世界级的盛会，从晚上开始。6月26日晚8时，由东道主长沙市人民政府举办的焰火晚会，在湘江江心的橘子洲头，盛装上演。这场声、光、电完美交融的视听盛宴，融入了长沙人独特的创意和灵感，将动感野性、浪漫迷人的非洲风情，典雅古朴、韵味深长的中国元素，写在长沙的夜空，映入湘江的清流，为远道而来的客人送上一股凉爽。

那几天的湖南和长沙，绝对是各大媒体关注的焦点。各种肤色、穿着不同民族服装、操着不同语言的人们，使国际化的长沙更加显现出其独特的魅力。中非在湘江之滨两度拥抱，合作之花在麓山脚下再度绽放。湘江的清风朗月，带着这些尼罗河和刚果河的子孙们，一起体味似曾相识的家的味道。

这是一场承载着14亿中国人民和12亿非洲人民对美好幸福生活向往的经贸合作盛会，是湖南第一个国际性、国家级、常态化的经贸平台，是湖南省承担的重大国家使命。3天时间，14场活动、五大板块的展览展示，密集的日程映衬出中非经贸合作无比广阔的空间；53个非洲国家、万余名嘉宾欣然赴约，高朋满座的盛况将为新时代中非经贸合作注入强劲动力。

作为中非经贸合作的“加速器”，首届中非经贸博览会成果丰硕。博览会围绕经贸合作主题进行整体设计和深度展开，推动中非在贸易、农业、制造业、服务业、金融业以及基础设施等领域的合作取得新突破，形成一批实实在在的成果，使中非经贸合作迈向高质量发展。设立非洲商品展销馆，搭建“互联网＋博览会”平台，为非洲非资源类产品走进中国、进入湖南开辟便捷通道，打造永不落幕的中非经贸博览会。

在我的记忆里，湖南与非洲有着深深的情缘。20世纪70年代初，华容县第一中学的师生曾到我们生产队“支农”，我家负责安排一个学生小组的茶水。大队支书指着其中一个学生说，他是曹县长的儿子，曹县长被毛主席和周总理点名，派到非洲的塞拉利昂援外去了。非洲?!在场的所有人都很惊讶，也很激动，仿佛曹县长陪同毛主席和周总理就站在我们面前。

曹县长叫曹文斌。后来证实，他是中国援助塞拉利昂农业技术组的副组长（原国家商业部副部长）。那些年，不停地有曹县长和非洲的故事传来：毛主席和周总理给塞拉利昂总统写的信是曹县长带去的；当地人不会烧煤，曹县长在华容县农机厂做了1000多个藕节煤制作机带去，教他们做好烧又节约的藕节煤；塞拉利昂很穷，男人打赤膊、穿短裤，女人只裹一块布。总统和总理都要下田干活，来了客人要接见，就去田边水沟洗把手，擦干净脚上的泥巴，放下裤腿，跟客人握手、合影，商谈国家大事；等等。

20 世纪末的一篇文字，则让人们对非洲与湖南源远流长的交往不再持怀疑态度。“黑石号”沉船揭开了谜底：

德国人沃特法经营着一家水泥厂，在印度尼西亚招了一批工人。休息时间，工人们闲来无事，经常议论婆罗洲和苏门答腊鸟之间的水域，那里有着装满珍宝的古代沉船。1996 年，沃特法带着潜水装备，与印尼工人赶往传说中沉有宝藏的水域；1997 年，沃特法一行人在深海中发现了一艘中国明代的“鹰潭号”沉船；1998 年又发现了宋朝的“马热尼号”沉船，并于同年在勿里洞岛外海一片黑色大礁石附近，发现了一艘装满了大量珍宝的沉船，将其命名为“Batu Hitam”，中文译为“黑石号”。对“黑石号”的打捞始于 1998 年 9 月，至 1999 年 6 月基本完成，2000 年开始对打捞文物进行整理。该船只的结构为阿拉伯的缝合商船，装载着经由东南亚运往西亚、北非的中国货物，仅中国瓷器就达 67000 余件。出水的文物包括长沙窑、越窑、邢窑、巩县窑瓷器，还包括金银器和铜镜；其中 3 件完好无损的唐代青花瓷盘尤为引人注目。因为出水长沙窑瓷碗上带有唐代宝历二年（826 年）铭文，结合其他器物考证，沉船的年代被确认为 9 世纪上半叶。这些长沙窑瓷碗中，有的写有“茶盏子”，明确标清了瓷碗的茶具用途；有的写有“湖南道草市石诸孟子有名樊家记”，带有广告语性质，说明产品来自长沙窑。透过这个宝库，一个关于海上丝绸之路的精彩奥秘被打开，同时也为后世留下了一段湖南与西亚和北非交往的动人故事。

来自湖南的“东方魔稻”技术，则在马达加斯加、利比里亚、塞拉利昂、塞内加尔等国家取得了巨大成功，使非洲看到了摆脱饥饿和贫穷的希望。来自湖南袁氏种业的专家胡月舫已有十多年的援非经历，他在马达加斯加研究试种杂交水稻，不仅将课堂设在田间地头，手把手地教农民栽培知识，为了更好地和当地人交流，年过半百的胡月舫还花了将近3年的时间学习马尔加什语。

功夫不负有心人。如今，胡月舫团队成功培育出5个适合非洲当地土壤气候的高产杂交水稻品种，这些品种的产量是当地常规水稻产量的3倍以上，达到每公顷10.8吨。

在布拉柴维尔采访期间，我曾几次去到刚果河边的“时钟距离盘”。时钟3点的方位指向北京，距离是10800公里。我呼吸着刚果河边清新的空气，看到八一五大道霓虹灯下各种肤色的人群，耳边不由得回响起唐代诗人张九龄的诗句：“相知无远近，万里尚为邻。”所有的云彩都有梦，所有人的笑脸都是从心底开放的梦想之花。这10800公里阻滞不了“一带一路”的坚实步伐，隔绝不了构建“人类命运共同体”的美好愿景。两年举办一届、永久落户湖南的中非经贸博览会，给了湖南这个中国中部的内陆省份，一个充分展示自己经济实力和开放活力的机会，一个融入国际经贸体系的精彩大舞台。

中非社会各界和有关国际组织对首届中非经贸博览会高度关注，参会热情高涨，五颜六色的旗帜，各种肤色和语言的人群，琳琅满目的商品，给盛夏的长沙增添了热烈的气氛。说也奇怪，老天似乎极通人情，6月26日下午3时50分许，一场均匀而又柔和的中雨从天而降，一洗燥热之感，把清新的空气和凉爽的快感，带到了湘江两岸。被烈日炙烤多日的长沙城顿时湿润起来，给当晚湘江岸边的迎宾晚会增加了一层神秘而又惬意的浪漫色彩，“夜湘江”的晶莹剔透展露无遗。

湖南国际会展中心当之无愧地成为首届中非经贸博览会的布展中心。4万平方米展区内，53个非洲国家“亮相”一楼，中国28个省区市在会展中心二楼独立设展，60多家央企、700多家民企参展且“一位难求”，室外还有三一重工、中联重科的工程机械设备高高矗立。

在非洲各国展厅穿行，富有异域风情的展馆布置、精致优美的工艺品、热情四射的非洲歌舞随处可见，让人仿佛置身遥远神奇的非洲大陆。观众不但可以通过声、光、电技术，深入了解非洲各国的丰富自然资源，还可以看到许多极受欢迎的纯天然农特产品，如乌干达的乳木果油护肤品、坦桑尼亚的黑木雕、刚果（布）的坚果、赞比亚的蜂蜜、肯尼亚的红茶、南非的红酒、埃塞俄比亚的咖啡、尼日利亚的黑香皂……让人目不暇接，流连忘返。在刚果（布）国家展馆，悬挂着由绿、黄、红三色构成的国旗，给人一种清新、高贵而又热烈的感觉。一个身穿粉红套装、戴着夸张珍珠耳环的非洲女孩正用法语向参馆的客人做讲解，见我进来，她热情地打招呼："Bonjour！"

不等我答话，旁边一个男志愿者马上翻译："你好！"

"你好！"我回答。

志愿者马上译过去。

她向面前的客人示意，请他们继续参观，然后向我走来。

志愿者翻译跟在身边。

"我叫哈娜，欢迎您来到刚果（布）馆，很高兴为您服务！"

听说我从刚果（布）回来不久，哈娜显得异常兴奋。她特意送我一枚刚果（布）国家纪念徽章和一本风景画册，我深受感动。

当天，我买了几斤刚果（布）坚果，提在手里沉甸甸的。离开刚果（布）馆前，我请翻译替我跟哈娜拍了张合影，背景是 2018 年中非合作论坛北京峰会，画面上有习近平总书记的四句话：

非洲发展不可限量；

非洲未来充满希望；

中非友好合作前景广阔；

中非全面战略伙伴关系大有可为。

哈娜绽开的笑脸，宛如一朵盛开在刚果河边的凤仙花。

据统计，中非经贸博览会期间，中非地方政府、国有及民营企业、金融机构、商协会以及非政府组织，共同签署了84项合作文件，涵盖贸易、投资、基础设施、农业、制造业、航空、旅游、友城等领域，涉及金额208亿美元。

除了主办地长沙，湖南还有一个地方吸引了非洲国家领导人和中外新闻媒体的高度关注，那就是毛泽东主席的家乡——韶山。

6月27日下午，参加完首届中非经贸博览会开幕式的76岁非洲著名政治家、乌干达总统穆塞韦尼马不停蹄地来到韶山。穆塞韦尼在担任总统的几十年间，多次访问中国，熟读《毛泽东选集》，对中国老一辈革命家的故事信手拈来，并对中国的发展模式、发展成就赞叹不已。这次在参观韶山毛泽东同志纪念馆时，他特意在一张桌子旁坐下来，写了一张“留言”。

“毛泽东有着非常清晰的革命思路和策略……乌干达深受他思想的影响。”

“中国革命斗争的胜利，鼓舞和帮助了非洲反对殖民主义斗争。”

“我们同样缅怀毛泽东的亲密战友周恩来、邓小平同志。尤其是邓小平通过改革开放，激活了中国经济，我们深受启发。”

20分钟的时间，一张A4大小的纸张，密密麻麻地写满了字。停笔，稍作思考，他又花了3分钟在个别措辞和标点符号上略作修改。

与其说是“留言”，不如说是与伟人毛泽东的“隔空对话”。字里行间，流露出穆塞韦尼总统对毛泽东思想的由衷钦佩。

当穆塞韦尼参观到抗日战争历史板块时，突然提问：“你们把这些叫做什么?”

随行人员愣住了，大家都不知道穆塞韦尼说的“这些”是指什么。

不等众人回答，穆塞韦尼自言自语道：“对你们来说这些是历史，对我来说这是经历。”这些反殖民、反压迫的正义战争，乌干达同样也经历过，他感同身受。

与老资格的穆塞韦尼不同，57 岁的佛得角副总理兼财政部长科雷亚是第一次访问中国。6 月 28 日，佛得角代表团访问湖南的最后一天，科雷亚一行来到他所敬重的中国人民的伟大领袖毛泽东主席的故乡韶山。

湛蓝的天空下，韶山毛泽东广场，毛泽东同志铜像巍然耸立。当庄严的《献花曲》响起，科雷亚跟随礼兵缓步向前，向伟人铜像敬献花篮。炎炎烈日下，随行人员纷纷脱下西装外套，但科雷亚没有。此时天气的炎热对他来说已全无感觉，也许他心头正涌起毛泽东的名句：“环球同此凉热。”这是科雷亚心中向往已久的地方，毛泽东主席是他无数次在书中领略过的伟大人物。

“尊重历史，珍惜历史，才能照亮民族的未来。”参观完毛泽东广场，科雷亚感慨万分。

随后，科雷亚一行来到毛泽东同志纪念馆，这里记录着毛泽东不平凡的一生。中国共产党成立、秋收起义、万里长征、抗日战争、新中国成立……一张张照片，一段段历史，讲解员娓娓道来，科雷亚听得十分认真。

“不论是从信仰还是尊重的角度，这次参观都给我们留下了极为深刻的感受。其中最关键的就是‘为人民服务’，中国的历史是伟大的，而中国的伟大也源于历史！”参观结束后，科雷亚感触颇深。通过此次穿越时空之旅的参观，科雷亚找到了历史的答案，也就是国家发展的根本路径——正确思想指导下的艰苦奋斗。

作为毛主席的家乡，湖南与非洲各国的传统友谊和经贸文化往来，为成功举办中非经贸博览会奠定了坚实的基础。从长沙市与布拉柴维尔市缔结中非第一对友好城市，甚至更早，湖南与非洲就已经由一批批前来韶山瞻仰的非洲国家领导人和一个个具体的援建项目，开始结下情缘。改革开放以来，湖南先后承担了30多个非洲农业合作项目。从2005年开始，湖南与非洲进出口贸易年增速保持在20%以上。同时，湖南是承担我国政府援外培训任务量最多的省份，来自非洲国家的学员占75%以上。

湘江的暖流和长沙炽热的阳光里，火辣辣的非洲气息，五颜六色的非洲元素，随着首届中非经贸博览会这场盛宴的圆满落幕而热度消散，但博览会所产生的集聚效应已经日益显现。来自湖南省商务厅的数据，2021年1—4月，湖南省与非洲贸易总值达到109.3亿元，同比增长34.2%，增速高于全国10个百分点。而来自北京的谢洪亮和他的京度公司，就是众多中非经贸博览会的受益者之一。

2019年6月，受邀参加首届中非经贸博览会，谢洪亮被非洲独特的风土人情、精美的各类商品、丰富的矿产资源和巨大的商业机遇所深深吸引，于2020年来湘创办了京度公司，落户位于长沙市雨花区的中非经贸合作促进创新示范园，从事铬矿进口业务。该公司依托中非经贸深度合作先行区，搭建中非跨境电商信息平台、海外仓公共服务平台，实现对非业务快速增长，2021年6月中旬，公司对非贸易订单就突破了1亿美元。“未来我们有望占据行业15%以上的份额，希望能为湖南对非贸易再添一把火！”谢洪亮对未来中非贸易充满信心。

如果说，2019年首届中非经贸博览会是湖南与非洲经贸活动的“开场锣鼓”，那么，2021年第二届中非经贸博览会，则是湖南与非洲这场经贸大戏的精彩上演。

2021年9月26日，入秋后的湘江两岸，天高云淡，秋风送爽，岳麓山层林尽染，芙蓉国万山红遍。但第二届中非经贸博会的热度依然高涨，整个长沙城以她一贯的热烈大方、周到细致，迎接八方来宾。47个非洲国家驻华使馆、联合国工发组织、妇女署等8个国际组织，亚洲基础设施投资银行、金砖国家新开发银行等跨国金融机构，德国国际合作机构、中葡论坛等外宾，国内26个省区市，中央地方龙头企业，以及参展商和采购商，近2万人参加博览会。

第二届中非经贸博览会的主会场是长沙国际会议中心，主展馆设在长沙国际会展中心，展馆面积比上届扩大了2.4万平方米，达到6.4万平方米。分展馆设在湖南高桥大市场，但它多了一个名字：中非经贸合作促进创新示范园。在刚果（布）馆，我又一次见到了哈娜，她依然是那套粉红套装，一对夸张的珍珠耳环，只是与我的对话换成了中文。我夸奖她的中文进步很快。她说："两年了，世界变化快，我的中文不能落后啦!"她灿烂的笑容，展示出一种赤道美女特有的似火热情和落落大方。

但也有不同的地方：受疫情影响，非洲国家和政府领导人无法参会，主宾国和参展国都是由驻华大使出席；展会以线上线下相结合的方式举办，"云会议、云博览、云交易"，提升了服务水平，拓展了交易平台；开幕式实时信号首次直传非洲国家，各个展览都以2D和3D虚拟方式呈现，100多款非洲产品上线，中国的产品同样在网上展示，并可在网上在线预约洽谈。

有一位老人无法像第一届中非经贸博览会那样，奔波在多个农业和粮食论坛，给人们关于世界粮食安全的构想与方案。袁隆平院士已于2021年5月逝世，那个令人景仰崇敬的身影化为思念和追忆，他的事业留给了世界，惠泽全人类，他那爽朗的笑声，仿佛还回荡在湘江的清波之上，飞向刚果河两岸的金色大地。

本次博览会有一条喜讯反复传诵：首届中非经贸博览会的成果，在刚果河边的黑土地和湘江两岸的红土地上，落地生根，开枝散叶。在非洲，有尼日利亚湖南经济贸易合作区、乌干达湖南工业园、埃塞俄比亚湖南工业园三个国家级园区落成投产。在湖南，岳阳市借助天然的通江达海优势，建设中非工贸产业园：规划用地2400亩，总投资50亿元，规划建设保税仓储物流中心、林木产品加工基地、食用油生产加工基地、牛羊肉（海鲜）加工基地、中非现货贸易交割中心、全球金融链条支持中心和生活配套区等7个功能区，通过5到10年的建设运营，达到年产值超1000亿元，完成对非大宗商品进出口贸易超100亿美元，带动形成万亿产业集群。

位于湖南南部邵阳市的中非经贸产业园，则是由私人企业投资兴建的。身为科特迪瓦湖南商会名誉会长的谭拥政，是中国针织类服装行业在非洲最大的出口商之一，旗下公司每年出口非洲交易额超过1.5亿美元。该产业园区占地面积近500亩，投资15亿元，以建设对非贸易生产示范中心、中非商品展贸展销中心、跨境电子商务中心、对非贸易综合服务中心、保税仓储物流中心五大中心为目标，可以带动6000人就业，年外贸出口额可达30亿元。初步统计，目前在南非、尼日利亚、肯尼亚、乌干达、阿尔及利亚、埃及等10多个国家和地区的邵阳人达5万人。2020年邵阳对非进出口总额约7亿美元，同比增长45.3%。全邵阳对非投资企业达30多家，投资总额达1.8亿美元，年营销额达20亿美元。邵阳的五金工具、假发、打火机、箱包等产品在非洲很受欢迎。“非洲是未来中国进行产业转移的新阵地。”谭拥政信心满满。

2023年，走出疫情阴霾的世界，终于迎来云朗风清。恢复因为疫情迟滞的世界经济的动力源在哪里？全世界的目光都投向了中国。6月29日至7月2日，第三届中非经贸博览会，在湖南长沙如期举行。仲夏的长沙，雨水丰沛，树木葱茏，气候湿润，生机盎然，就像后疫情时代人们的心境和笑脸，蓬勃向阳。

很多人在“第三届中国－非洲经贸博览会”的会标前合影留念。在中国文化中，“三”是个好数字。那三横，不只是简单的笔画相加，而是被赋予了另外一番含义。“道生一，一生二，二生三，三生万物。”中国古代哲学家老子的思想洞穿几千年，像水一样滋润着华夏文明。我想当下的这个“道”，不就是“人类命运共同体”“中非命运共同体”理念和“一带一路”伟大倡议吗？

第三届中非经贸博览会规格高、人气旺、影响广。国家副主席韩正、马拉维总统查克维拉、坦桑尼亚桑给巴尔总统姆维尼出席开幕式并致辞。博览会汇聚中非政府、地方、智库、企业、金融机构等各方力量，53 个建交非洲国家，联合国工发组织、非盟等 12 个国际组织，30 个国内省区市，1700 余家中非企业、商协会和金融机构踊跃参会共商合作。近 130 名非洲国家部级官员、驻华大使和国际组织负责人出席，外宾达 1700 人，内宾超 1 万人，参会规模为历届之最。在共建“一带一路”倡议提出 10 周年的大背景下，博览会的成功举办引发海内外高度关注，中外媒体 689 名记者参与报道，营造了良好的舆论氛围。

博览会以“共谋发展、共享未来”为主题，贝宁、刚果（金）、马达加斯加、马拉维、摩洛哥、莫桑比克、尼日利亚、赞比亚等 8 个非洲国家担任主宾国。来自 29 个非洲国家的近 1600 类商品参展，较上届增长 166%。参展商达 1500 家，较上届增长 70%，到会采购商和专业观众达 9000 人，观展人次突破 10 万。本届博览会签约项目 120 个，总金额达 103 亿美元。首次设立中非高质量共建“一带一路”成果展、中非妇女创新创业成果展、湖南省企业“走出去”联盟展；继续设立内外贸融合商品展区，搭建内外贸一体化和消费升级平台，支持外贸企业拓展国内市场。分展馆设在中非经贸合作促进创新示范园，举办“非洲好物网购节”等特色活动，让博览会“持续精彩、永不落幕”。目前，湖南与非洲 58 个国家和地区建立贸易往来，2023 年前 5 个月，湖南对非进出口额达 270.1 亿元，同比增长 54.5%，中非经贸博览会已成为推动地方对非经贸合作的重要窗口。

徜徉在琳琅满目的长沙国际会展中心各非洲国家展馆间，我惊奇地发现：非洲的小哥哥、小姐姐们都用带有浓重东北腔的普通话，在与川流不息的顾客们交流，诸如介绍埃塞俄比亚的咖啡提神又养颜、尼日利亚的干姜味道鲜美、马里的花生含糖量高等等。在卢旺达展馆，一大堆长沙人正在津津有味地品尝着“卢旺达辣椒酱”，这些辣椒王国的臣民们，频频称奇，欣然抢购，颇有些不可思议。

在刚果（布）国家馆，我没有找到哈娜，却意外地看到了中建五局的项目经理曹其斌。他正在牛油果摊位前，现身说法，当起了义务推销员：“我们刚刚到刚果（布）修1号公路的时候，山上的牛油果树密密麻麻，地上掉了一层又一层成熟的果子。由于交通不便，外销十分困难，营养丰富的牛油果只能烂在山里。1号公路修通以后，当地居民开始向外销售牛油果，当时10元人民币可以买一蛇皮袋。中非经贸博览会以后，中国的采购商来到刚果（布）大量采购牛油果。最近两年跨境电商落户非洲，牛油果的价值开始体现出来，现在是10元钱可以买1公斤。价格上去了，当地人民的生活状况也得到了明显的改善，以前住的是简陋的挡板房，现在开始用水泥砖砌房子了，年轻人还骑上了摩托车，中国的家用电器很是抢手。所以说，这种不打药、不施肥、纯天然的非洲牛油果的旅行，拉近了中国和非洲的距离，造福了两地人民……”滔滔不绝的曹其斌看到我，也只停顿了几秒钟，将一颗饱满的果子递给我，算是打了招呼。我通过刚果（布）国家馆的工作人员才了解到，哈娜回国了，加入了电商平台，专门做对中贸易。祝福哈娜！

有人说，看非洲的发展，一是看妇女儿童健康水平的提高，二是看青年创业激情的迸发。此言不虚。

这次博览会，有两场论坛不得不提。6月29日，第三届中非经贸博览会首次举办中非妇女论坛，来自23个非洲国家的80多名外宾参会。国家主席习近平的夫人、联合国教科文组织促进儿童和妇女教育特使彭丽媛向论坛发表视频致辞。论坛通过了《中非妇女论坛联合倡议》，号召沿着构建更加紧密的中非命运共同体这一根本方向，继往开来，紧密合作。

“通过菌草技术赋能，女性成为生产力的重要组成部分。每位乡村女性的进步，将带来家庭的改善与进步，最终促进乡村的进步。”作为中非友好交往和互利合作的参与者和见证者，国家菌草工程技术研究中心副主任林冬梅分享了利用菌草技术改变非洲贫困面貌的故事。

通过实施中国政府对外援助项目和中国－联合国和平发展基金菌草项目，在南非，国家菌草工程技术研究中心开创了“10平方米菇农场”的模式，所有的妇女都能参与并受益。“她们学习菌草种菇挣到钱后，能把孩子送进学校，能在村里开个杂货店，还能买辆车雇人搞运输，改变了她们自己和家庭的命运。”

“今天的论坛活动，对于我们来说是一个不可多得的交流经验的机会，同时也为成千上万生活在苦难中的非洲人民的减贫计划带来了新的希望。”在现场，安哥拉人民解放运动妇女组织总书记若阿娜·托马斯表示。

而雷亭是另一场论坛的主讲嘉宾。6月30日，在中非青年创新创业论坛上，湖南驻外之家信息科技有限公司创始人雷亭讲述了自己的创业感受。中非青年集聚一堂，讲述创业故事，分享创新经验。

中国小伙王双印在经过无数思索后，创作出话剧作品《呼佳姆博，非洲》，表现中非人民在生活中的守望相助，获得“一带一路”文创大赛最具特色奖；为了解决撒哈拉以南的非洲地区医疗用品运输难题，赞比亚青年克里韦特·麦巴创建了数字化平台，通过无人机和摩托车等便利化条件将药品、血液等基本医疗用品送到纯人力难以到达的医疗机构……

像这样的中非青年创业故事还有很多，论坛现场发布的《中非青年创新创业故事集》，将他们的故事记录成册、谱写成篇，让中非青年并肩前行、创新创业的故事被更多人知晓。

“中非经贸博览会是一个很好的交流平台，青年创新创业论坛更是搭建起中非青年交流的桥梁。”中非青年联合会创始人门杜表示，未来将发挥青年联合会的优势，促进更多中非青年人相互交流，在创新创业的道路上共同进步。

树高千尺，根深才能叶茂；江河奔涌，源远才能流长。湖南把 14 个市州的参与，作为湘非经贸合作走深走实的重要举措。在本届博览会前，14 个市州分赴 28 个非洲国家进行项目对接。博览会上，14 个市州都设有独立展位，并举办了多场贸易对接洽谈会，充分展示了湖南市州在中非经贸活动中的强大后劲。在中非特色轻工产品（邵阳时尚用品）贸易对接洽谈会上，湖南（邵阳）中非经贸产业园与科特迪瓦出口署签署战略合作协议，双方将发挥各自优势，加强深度合作。中国轻工工艺品进出口商会会长王忠奇表示，中非关系深入发展，为扩大中非贸易特别是推动中非轻工产品贸易发展带来难得机遇。非洲市场近年来备受关注，是轻工外贸的沃土。商会将继续加强中非行业交流，促进中非轻工贸易，推动中非产业合作。

共谋发展、共享未来，6 月 30 日上午，湖南岳阳对非经贸深度合作推介会在长沙国际会议中心举行，现场成功签约 5 个重点项目，签约总额 30 亿元。

刚果（金）工业部部长帕卢库·卡洪吉亚·朱利安、吉布提驻华大使阿卜杜拉·米吉勒、塞内加尔驻华大使伊布拉伊玛·锡拉分别致辞。来自科特迪瓦、几内亚、肯尼亚的客商出席活动，湖南城陵矶新港区、岳阳海关、岳阳观盛投资等相关负责人作了专题招商推介和经验分享。

推介会上，马达加斯加云母矿进口贸易合作、冶金设备出口埃塞俄比亚、肯尼亚野生水产品生产贸易合作等项目成功签约，涉及农产品深加工、矿产资源贸易、冶金设备贸易等领域。

已经建园 3 年多的岳阳中非工贸产业园，是中非经贸深度合作先行区的重要载体和重要平台，通过以贸促产，大力发展对非经贸合作，探索形成了“大宗货物+加工贸易+临港产业”的发展模式。目前，岳阳市正不断加强与非洲在经贸、投资、文化等领域的合作，推进对非“新易货贸易”试点，在非洲布局“海外仓”，推动开放由贸易链向产业链、生产型向服务型转变。

从第一届到第三届，“湖南搭台、中非唱戏、全球共享”，中非经贸博览会展现了中国对外经贸发展的强劲韧性，凸显了中非合作的广泛需求和巨大潜力。中国已连续14年稳居非洲最大贸易伙伴地位，2023年1月至5月，中非贸易延续良好势头，进出口总值达8223.2亿元人民币，同比增长16.4%。

作为全球最大规模的公共产品，从2013年下半年提出以来，“一带一路”倡议展现出了强大的凝聚力和生命力。弹指一挥间，习近平总书记着眼中国和世界发展大势提出“一带一路”倡议，10年来蓝图渐成实景。共建“一带一路”，让世界分享中国式现代化带来的发展机遇，为更多发展中国家探索适合本国国情的现代化道路增添了信心。到2022年上半年，中国已与149个国家、32个国际组织签署了共建“一带一路”合作文件200多份，对于维护全球自由贸易体系和开放型经济体系，促进沿途各国加强合作、共克时艰、共谋发展，具有战略意义；对于坚持多边主义，构建“人类命运共同体”，有效应对人类共同面临的困难挑战，具有不可替代的作用。2022年，中国与“一带一路”沿线国家货物贸易额达13.8万亿元，同比增长19.4%，货畅其流，互通有无，保障了沿线国家产业链、供应链稳定畅通。

2022年10月16日，在中国共产党第二十次全国代表大会上，习近平总书记再一次掷地有声地向全世界宣示，中国将继续推进高水平对外开放，推动共建“一带一路”高质量发展，构建“人类命运共同体”，推动建设一个持久和平的世界、普遍安全的世界、共同繁荣的世界、开放包容的世界、清洁美丽的世界。

现在，世界百年未有之大变局正加速演变，新一轮科技革命和产业变革带来的激烈竞争前所未有，气候变化等全球性问题对人类社会带来的影响前所未有。共建“一带一路”是中国为全球发展搭建的一个合作共赢的新平台，是改善全球治理体系、推动构建“人类命运共同体”的中国方案。世界银行有关报告认为，到2030年，共建“一带一路”有望帮助全球760万人摆脱极端贫困、3200万人摆脱中度贫困。中国将本着开放包容的精神，同愿意参与的各相关方共同努力，把“一带一路”建成“减贫之路”“增长之路”，为人类走向共同繁荣作出积极贡献。

水，是梦的故乡；梦想，照亮前进的方向。刚果河两岸广袤的土地，给了“心忧天下、敢为人先”的湖南人广阔的舞台，他们把远行当日常，把他乡当故乡。寻梦天涯，不计九霄之遥远；心中有梦，只等霞光的召唤。在这片土地上，他们把中华民族伟大复兴的中国梦与《2063年议程》描绘的非洲梦，一同刻入自己的脑海，化作奋斗的蓝图。而他们抛洒过的泪水和汗水，落地生根，遇风而长，是开放在刚果河两岸的凤仙花，是梦想之花、友谊之花。刚果河也奉献自己的湿润和肥沃，滋养着这些浸染了湘江铁血柔情的湖湘精灵。湖南与非洲，携手同心向未来——这是花之心语，更是湘江波涛、刚果河激流，跨时空的交融，在天际的回响！